古典学术观澜集

刘宁 著

凤凰枝文丛 / 孟彦弘 朱玉麒 主编

凤凰出版社

图书在版编目（CIP）数据

古典学术观澜集 / 刘宁著. -- 南京 : 凤凰出版社, 2020.6
（凤凰枝文丛 / 孟彦弘, 朱玉麒主编）
ISBN 978-7-5506-3187-8

Ⅰ. ①古… Ⅱ. ①刘… Ⅲ. ①古典文学研究－中国－文集 Ⅳ. ①I206.2-53

中国版本图书馆CIP数据核字(2020)第071233号

书名	古典学术观澜集
著者	刘 宁
责任编辑	李相东
书籍设计	徐 慧
出版发行	凤凰出版社(原江苏古籍出版社) 发行部电话025-83223462
出版社地址	南京市中央路165号,邮编:210009
出版社网址	http://www.fhcbs.com
照排	凤凰零距离数字印前中心
印刷	苏州市越洋印刷有限公司 苏州市吴中区南官渡路20号 邮编:215104
开本	880毫米×1230毫米 1/32
印张	10
字数	184千字
版次	2020年6月第1版 2020年6月第1次印刷
标准书号	ISBN 978-7-5506-3187-8
定价	68.00元

刘宁

1969年生，江苏江阴人，毕业于北京大学中文系，中国古代文学博士。现任中国社会科学院文学研究所研究员，第十三届全国政协委员。主要从事唐宋诗歌与古文、唐宋学术思想史研究，著有《唐宋之际诗歌演变研究》《唐宋诗学与诗教》《汉语思想的文体形式》等。

弁 言

“凤凰台上凤凰游”，是李白《登金陵凤凰台》之诗句，昔年我江苏古籍出版社立足南京、弘扬文史，而更名所由也。

“碧梧栖老凤凰枝”，是杜甫《秋兴八首》所吟咏，今日我凤凰出版社为学林添设新枝，而命名所自也。

30 多年来，凤凰出版社围绕中华传统优秀文化，彰显传承文明、传播文化、服务大众、贡献学术的出版理念，坚持以整理出版中国文、史、哲古籍及其研究著作为主的专业化方向，蒙学界旧雨新知之厚爱、扶持，渐已长成“碧梧”，招引了学界“凤凰”翩然来栖。箫韶九成，凤翥凰翔！嘤其鸣矣，求其友声！

“凤凰枝文丛”是本社与学界同人共同打造之文史园地，除学术研究论文外，举凡学人往事、经典品评、学术札记之文化随笔，旧学新知，无所不包。是作者出诸性情而诗意栖息之地，读者信手撷取而涵泳徜徉之处。

“凤凰鸣矣，于彼高冈。梧桐生矣，于彼朝阳。”

愿“凤凰枝文丛”成为我们共同的文化家园。

2019.5.22

目录

【游学新知】

问道师说

不可思议的“通识”

——启功先生的古典文献学研究

启功先生在北京师范大学招收的硕士生和博士生，都属于中国古典文献学这个学科方向，同时他也讲授这方面的课程。启先生的学术博大精深，但如果看他与现代学科体系的关系，无疑与古典文献学的联系最为紧密。

启先生讲文献学，有很独特的方式。他不太同意将自己讲授的内容称为文献学，认为这提得太高太大，而自己所讲不过是古代文化的一些常识，不如叫“文史典籍整理”更恰当。他借用北京谚语“没吃过猪肉，还没见过猪跑”，把自己所讲的内容，称为“猪跑学”。1982 年 9 月至 1983 年 6 月，他第一次为北师大中国古代文学和中国古典文献学专业的硕士生讲授“猪跑学”，当时他的讲课目录是这样的：一、目录、版本、校勘；二、文体；三、音韵；四、文字；五、诗文声律、对偶；六、文与史的关系；七、官制；八、行文；九、学和派；十、典故；十一、对联、联

和启功先生在北京师范大学校园 摄于1999年

语；十二、考古[①]。这个讲课提纲，多年来一直没有太大的变化。1998 年上半年，我正在先生门下受业，与几位同门一起听先生在家中授课。先生当时讲授的内容仍然围绕着上述题目。

目前高校古典文献学的课程设置，一般是以目录、版本、校勘、文字、音韵、训诂等科目为核心，在此基础上涉及辑佚、辨伪、注释等古籍整理的基本内容。启先生的“猪跑学”与这种授课结构相比，更加关注三方面内容：第一，古汉语基本语言现象；第二，官制；第三，学术源流。古汉语基本语言现象，包括文体、行文、诗文声律、对偶、对联、联语、典故等，这在“猪跑学”中占了很大的比重。在目前流行的学科设置中，这些内容无论是古典文献学，还是古代文学，都很少涉及，在日趋专门精深的音韵学研究中，也较少关注，但这却是阅读古书的重要基础，先生特别予以关注，是深具会心的做法。对于官制的重视，也见出先生对古籍和传统文化的深入理解。读懂古书，需要对历代制度多有了解，但制度庞杂繁多，而官制则是最基本和切要的。中国古代士人的社会生活，和官僚体制息息相关，不了解官制，读书便寸步难行。邓广铭先生提出治史四把钥匙，职官便居其一。启先生对官制的重

① 郭英德《海纳百川，有容乃大——启功先生与中国古典文献学》，《北京师范大学学报》2005 年第 4 期。

视，亦是抓住了阅读和整理古籍的关键所在。“猪跑学”还特别重视中国古代的学术源流。学术史和思想史、哲学史有联系，也有明显的区别，它与文献的整理、注释、传承有极为密切的关系，是理解文献学史的重要背景。章学诚认为，目录学要“辨章学术，考镜源流”，启先生不太同意提得这样高，不必摆这样大的架子，因为目录学毕竟只是提供治学之门径，而不能等同于专门的学术研究。但他还是强调，对学术史的了解，是从事古籍整理的重要基础。在现在的学科设置中，学术史并没有获得独立的地位，文史哲各个学科虽然都承认学术史的重要，但其课程体系里并没有学术史的位置，因此在具体的教学中，就往往缺少系统的讲授。在我听先生授课时，先生对学术史的内容，讲解得尤为详细，提出许多精辟的见解。这些见解有不少经过整理，记录在《启功讲学录》中。先生对学术史的特别关注，对于我们思考古文献学的教学内容和课程设置，很有启发意义。

由此可见，启先生虽然说自己讲授的不过是一些常识，但这绝不是泛泛的常识，而是对于阅读古籍、整理古籍最为必要的知识。先生自己说，这门课应该叫“文史典籍整理”。这些内容的挑选、抉择，包含了先生对古籍整理的深入理解。先生反复强调，从事古籍整理的人，要有尽可能丰富的知识和修养，但面对广博无涯的知识，为学者要有次第，教学者要示人以津梁，否则只能泛滥无归，事倍而功半。先生“猪跑学”正包含了他对这个次第与津梁的思考。

启先生讲“猪跑学”，非常强调实践。他在讲各种字体时，曾在课堂上发给学生草书作品来识读，帮助学生提高读草书的能力。他留的作业，要求学生用文言文来完成，比如要求学生用文言文复述讲课内容。这对学生掌握文体、行文都有很大帮助。先生认为，自己会写才能加深对古人的理解，古人行文中有许多隐微的、旁敲侧击的地方，自己有写作经验，就更容易体会。

启先生讲课透辟、活泼，略显枯燥的文献学知识，经他的讲解，便生动醒豁，而他对古文献教学的独特想法和做法，都是和古文献学的精深造诣分不开的。作为一代学术大家，启先生的学术成就宽博无涯涘，人们不会把他局限为一位文献学家，启先生自己也谦逊地将自己讲的课称为“猪跑学”，不愿意提得太高太大，但他在文献学方面的卓越成就，在很大程度上体现了20世纪文献学所达到的深度和广度，需要给予充分的关注和认识。

20世纪70年代，启先生参与了中华书局二十四史和《清史稿》的点校工程，具体参与《清史稿》的点校。和启先生一起负责点校《清史稿》的还有刘大年、罗尔纲、孙毓棠、王钟翰诸先生，其中刘、罗、孙三位先生因事因病提前退出，只有启先生和王钟翰先生坚持到最后。在此之前，马宗霍等人对《清史稿》做过初步的整理，但遗留了很多问题，最大难点有两个：第一，清人入关前，即清朝建立初期——努尔哈赤时代，很多典章制度都不系统明确，很多记载也比较简略凌乱，整理起来很困难；二是清史中的很多称谓，如人名、地名、官职名，和历朝历代有很多不一样的地方，特别是人名，本来就颇为复杂，再加之乾隆乱改，很多人一遇到这种情况，就难以定夺[①]。启先生因为对满人的风俗习惯和历史沿革都很熟悉，所以对上述疑难可以准确地排纷解惑，使点校工作得以顺利进行。点校后的《清史稿》，成为目前最准确和通行的本子。

启先生对《红楼梦》的注释和研究，也令人瞩目。1952 年，作家出版社邀请俞平伯、华粹深、李鼎芳、启功先生对《红楼梦》的程乙本进行校注整理。1957 年，人民文学出版社对于作家出版社的《红楼梦》重新加以整理，新版印行，邀请启功先生独立对《红楼梦》做注释。根据此书的《出版说明》可知，启先生的新注，相对于作家出版社的旧注而言，注释的数量明显增加，原有的注释，也大都经过纠正、补充、修改、删汰和重新编排。启先生注释的最大价值，“在于以其丰富的文化知识，尤其是对于满族生活的熟悉和理解，为我们提供了他人所不能或很

① 启功口述，赵仁珪、章景怀整理《启功口述历史》，北京师范大学出版社 2004 年版，第 143—144 页。

难提供的说明”[1]。问世以来，启先生的注释沾溉了无数读者，产生了巨大影响，也必将传之久远，成为我们这个时代留给后人的不朽的学术成果。

谈到启先生的文献学研究，就不能不谈他在书画鉴定与书画文献整理方面的巨大贡献。启先生一生鉴定过大量书画文物。早在20世纪40年代，他便担任故宫博物院的专门委员，负责为故宫征集收购文物。新中国成立后，他继续留任此职。20世纪80年代初，国家文物局先后组织了两次全国性的书画巡回鉴定小组，对全国的书画文物进行了鉴定。启先生是国家文物管理局中国古代书画鉴定组的成员之一，1986年被任命为国家文物鉴定委员会的主任委员，全面参与了书画文物的鉴定工作。在全国书画鉴定小组工作的基础上，文物出版社出版了《中国古代书画图目》，启先生对此有突出的贡献。经他亲自鉴定的书画文物以十万计，可谓前无古人；其中对《平复帖》的释文，对《急就章》《千字文》《兰亭帖》《自叙帖》的考证，对南北宗的研究，对董其昌代笔人的考辨等，在书画鉴定史上，都具有卓越的贡献。他对柳公权《蒙诏帖》、黄庭坚《千字文》以及所谓孙过庭《景福殿赋》的考订鉴别，皆见解超卓。而类似这样的考辨见解，在先生的研究中不胜

① 于天池《润物细无声：谈启功先生对于〈红楼梦〉研究的贡献》，《北京师范大学学报》2005年第4期。

枚举。

启先生在书画鉴定上的精见睿识，是和他深厚的文献学修养分不开的。书画鉴定既需要鉴定者有深厚的艺术素养以体认各家笔墨与时代的书风、画风，同时也要有文献、文化的多方面修养，以探幽入微，澄清疑难。启先生是书法、绘画大师，加之由于特殊的时代机缘，他有机会亲见大量的书画作品原迹，因此对笔墨特点以及书风、画风的体认，自然目光犀利，经验丰富。杨新先生曾经回忆说，故宫博物院收藏有石涛《悬崖墨竹图》，启先生一看，就说："这是横着画出来的。"果然，把条幅横过来欣赏，便笔笔顺畅，作伪者在技巧水平上达不到，就采用横着画、竖着题款的方式来作伪[①]。

启先生目光之犀利令人叹服，但他更注重从文献考证入手，结合书画本身的内容，以及历史上的相关记载进行考辨。他对于书法的认识是很辨证的，一方面指出，书法是文辞以至诗文的"载体"，对于有人试图将书法"从文辞中脱离出来而独立存在"，他感到"百思不得其法"。他举例说："纸上写的'佛'字，贴在墙上，就有人向它膜拜，所拜并非写的笔法墨法，而是这个字所代表的意义。"但是，另一方面，"书法作为载体，也不是毫无条件的，

① 故宫博物院编、杨新主编《中国历代书画鉴别文集·序》，紫禁城出版社 2000 年版。

文辞的内容与书风，也不是毫无关联的。不同的文辞内容，会影响书写者的情绪，进而影响书法的风格”[①]。所以，对任何一幅书法作品的把握，都要兼顾书写形式与书写内容两个方面。启先生的书画鉴定，正是艺术素养和考证功力的完美结合。例如，他对旧题唐张旭草书四帖的真实年代，做过很令人信服的考证。这件狂草书古诗卷，宋人题为谢灵运书，载入《宣和画谱》，明代董其昌改题为唐张旭书，清代收入乾隆内府。启先生从书风判断它应为宋人所书，而更令人信服的，则是指出帖文所书古诗中“北阙临丹水”一句，庾信原诗为“北阙临玄水”，改“玄”为“丹”，为有意避改“玄”字，启先生又根据宋人李攸《宋朝事实》指出“玄”字为赵宋始祖“赵玄朗”名讳之一，而宋真宗追定其祖名为“玄朗”，且下令避讳是在真宗大中祥符五年闰十月，故而此帖当写于此年之后。对《平复帖》的释读和研究也有类似特色。《平复帖》虽然首尾完整，未经割截，但用字、用笔都非常古奥难辨，启先生详细研读了相关文献，不但释出全文，而且把残损的五个字补出了三个，还对帖中出现的三个人名作了考证。

启先生的文献整理与文献考证，有一些非常突出的特点，给人以深刻的启发：

① 启功《谈诗书画的关系》，见所著《启功丛稿·论文卷》，中华书局 1999 年版。

《启功丛稿》书影

首先，他对文献证据的搜求，有着常人难以达到的广度。陈垣先生提倡文献考证要“竭泽而渔”，启先生深入发展了这个传统。他不仅对传世典籍有广泛的了解与掌握，而且充分发掘了碑帖书画的文献价值。开拓文献领域，一直是提高文献考证水平的重要途径，王国维的“双重证据法”，提倡将出土文献与传世典籍结合起来，而书画碑帖文献，虽然一直为文献学家所重视，但真正将其文献学价值充分发挥的并不多。启先生在这方面的成就是十分卓越的。在写于 1961 年的《碑帖中的古代文学资料》一文中，他将古代碑帖资料分为三类：一、文学家所书自己的文学作品；二、书家所书他人的文学作品；三、有关作家和作品的考证资料。他认为这些资料，可以发挥四方面的作用：一、作品的校勘；二、集外作品的补编；三、作家、作品的史实考证；四、创作技巧的研究[①]。这些意见都来自丰富的实践经验。启先生利用书画碑帖文献，不仅与传世文献相互参证，而且揭示出许多传世文献难以呈现的问题，例如他从《红楼梦》作者曹雪芹祖父曹寅所藏《楝亭图咏》上的题咏，探测出许多有关曹寅家世、生活和当时曹家政治地位及社会地位的信息。他指出，曹家作为内务府人，是皇帝的亲信，在社会上属于“暴发户”一类，在

① 启功著《启功丛稿·论文卷》，中华书局 1999 年版。

他收藏的《楝亭图》上，题咏者既有当朝的名公巨卿如徐乾学，也有操行不可谓不坚定的明代遗民如恽寿平、陈恭尹、杜濬、余怀等人。“恽寿平尽管画得非常潦草，不题上款，从画上几乎听到他说‘爱要不要！’但究竟还得写上‘楝亭图’三个字。”“这些可以见到曹寅的势力，如果深一步推测，这些书画的背后，也即透露着曹寅拉拢这般人的痕迹。”启先生进而指出，题咏者中，最可笑的是王士禛，他本人的字并不坏，但在此画上的题咏是出之以代笔，而且他还在自己流行的著作中揭明这一点，由此可见，王并不愿意应酬曹寅这样的人，但同时他又指出，与王同时的尤侗曾在诗序中记载，曹寅是王的座上宾，可见王与曹一方面私室燕欢，一方面在赋诗题字上，又要煞费苦心地保持“距离”，这个矛盾的人格，正是透过画上的题咏透露出来。如此通过书画碑帖，发历史之隐微，令人叹为观止。

启先生对文献的掌握既如此广博，而他对文献的理解也十分精深。我们在听启先生讲课时，觉得他的讲解是如此透彻，许多人所共知的材料和现象，经先生讲过，便更清晰，仿佛一下子就能刻进脑海。读先生的著作，相信很多人都有类似的体会。这主要是因为启先生在许多领域有开创性的、功力深湛的研究，这使他能对文献看得深、讲得透。启先生关注汉语基本现象，他对诗文声律等重要的汉语现象做了极为深入的研究，其《诗文声律论稿》《汉语现象论丛》受到学界的高度肯定；在文字学方面，他深入探索了汉字字体的演变规律，其《古代字体论稿》对汉字学和汉字史的研究有重大贡献；在书法史、绘画史、书法理论的研究上，他也有巨大的开拓，他所提倡的碑帖并举，“结体为上”的书法理论体系对书学的发展做出了卓越贡献[①]。其《论书绝句百首》《论书札记》集中反映了这方面的创获。在中国学术史、中国古代文学方面，启先生也多有创见。对于中国古代诗文，先生的见解十分发人深省，例如，他在比较李白和杜甫之差异时，认为“李白是‘继往’，是‘往’的总结。……（李白）还没有完全脱离事和物的特点。六朝多玄言诗，也还是由具体的事物（景、人、事）才归入到玄言”。“杜甫的诗歌创作的路子虽然是旧的，但他所走的和李白并不是一条路。以诗人的感情、思想为主，事物均为我用，其咏事咏物均为表达思想感情的材料”。“在风格上，李白是继承的多，杜甫则是开创的多。在思想上、政治上，李白是通过古体曲折的方法来表达自己的爱憎、批判，而杜甫却是直抒胸臆。但在理想的表现方面，李白却是直率的、公开的，杜甫却是曲折的”[②]。这个意见，对李杜艺术肌理的差异，分析得鞭辟

① 叶鹏飞《论启功先生的书学和书法》，启功中国书法研究中心编《第三届启功书法学国际研讨会论文集》，文物出版社 2003 年版，第 1—8 页。
② 启功口述，赵仁珪、万光治、张廷银编《启功讲学录》，北京师范大学出版社 2004 年版，第 14—15 页。

入里，绝无陈腐肤泛之语。类似这样见解，在启先生关于古代诗文的研究中在在可见。启先生在注释《红楼梦》的同时，对“红学”也有深入的研究，其《读〈红楼梦〉札记》《〈红楼梦注释〉序》，细致分析了《红楼梦》令人扑朔迷离的虚构手法，在此基础上探索了对《红楼梦》如何进行注释的原则。虽然由于种种客观原因，启先生对《红楼梦》的研究没有继续下去，但这两篇论文，足以奠定他在“红学”研究上的重要地位。此外，他对八股文、子弟书的研究，也极具开创性。正是这些专精深湛的研究，使启先生能充分发掘文献的内涵，触类旁通，形成开阔的文献考证格局。

在进行文献考证时，启先生是很勇于裁断的，例如对苏轼诗“与君世世为兄弟，共结来生未了因”之语，他怀疑其中“世世”当作“此世”，后检核常熟翁氏所藏宋本《施注苏诗》，果然作“此世”。另外，他怀疑苏轼《书鄢陵王主簿所画折枝》“赋诗必此诗，定知非诗人”之“此诗”，当作“此语”，但传世诸本，皆无作“语”者。启先生仍然坚信自己的意见，他说：“东坡此诗，又安知他日不遇善本如嘉靖闵刻《后汉书》者乎？即使天壤众本，皆刻‘诗’字，亦难释其可疑之理焉。”[①] 启先生的意见，正

① 启功著《启功丛稿·题跋卷》，中华书局 1999 年版，第 183 页。

是陈垣先生所总结的“理校”一法，这样的校勘之法，清代如戴震、王念孙父子等识见精深的朴学家，经常加以运用，排疑解惑，多所创获。启先生对这一校勘之法的运用，正体现出他勇于裁断和精于裁断的特点。启先生在学术上决不盲从，他常说自己的研究是“捅马蜂窝”。他在文献考证上所留下的无数精辟的见解，正来自这种敢于怀疑、独立思考和精神和犀利的裁断之力。

当然，在勇于裁断的同时，启先生也充分遵循了多闻阙疑的科学态度。例如，他指出，书画鉴定有一定的“模糊度”，无论是书画本身，还是鉴定者自身，情况都是很复杂的，因此“真伪”二字，“很难概括书画的一切问题”。他说：“我听到刘盼遂先生谈过，王静安先生对学生所提出研究的结果或考证的问题时，常用不同的三个字为答：一是‘弗晓得’，一是‘弗得确’，一是‘不见得’。……我现在几乎可以说：凡有时肯说或敢说自己有‘不清楚’、‘没懂得’、‘待研究’的人，必定是一位真正的伟大鉴定家。”[①]

从文献学史的经验来看，文献考证要取得比较突出的成绩，一方面要有无征不信、多闻阙疑的态度，另一方面，也离不开文献学者本人对于历史文化所具有的“通识”。所谓“通识”是针对研究对象基本问题、基本现象的通贯

① 启功著《启功丛稿·题跋卷》，中华书局1999年版，第183页，第98—99页。

性理解，这是在文献考证中，对于不同文献证据之内在联系能做出深入发掘和认识的基础。一个优秀的史学家，所以能对史事有深入的考证，一方面在于他可以全面地掌握文献证据，另一方面，也在于他对该史事所处的历史背景有深切的把握，具有历史的“通识”。单纯强调材料证据，缺少深厚的“通识”作为支撑，材料和证据之间的深层联系就难以被发现。启先生的通识，来自对众多学术领域的融通，比起只专精某一领域的专家之识，往往更加通达平正。我们读启先生的考证，常觉得他的分析入情入理，复杂的纠葛，能够怡然理顺；他面对人所共见的文献材料，总是表现出敏锐的感知力和触类旁通、活泼不居的联想力；所下的判断，其精彩透辟常让人感到不可思议、难以名状，甚至要将其神秘化。这就是启先生之“通识”的过人之处，但应该说，这固然包含着天分、才情，但更主要的是在广博的阅历、长期的沉潜以及精深的思考中所形成。

无论从天才还是学力来讲，启先生的“通识”都难以企及，但如果从事文献整理与研究的工作者，都能够在知之广与思之深的基础上，尽可能培养一种“通识”，那么，对文献的整理与分析无疑会深有裨益。这是启先生的古典文献学研究最值得深入体会的重要启示。

本文原刊于《古籍整理出版情况简报》2008年第12期

其学沛然出乎醇正

——吴小如先生的古典文学研究

吴小如先生的学问，绝非古典文学一个学科所可范围。有人称他是“文武昆乱不挡”的全才，的确，在文学研究之外，其京剧研究与书法艺术，也俱臻一流。近些年，他有感于社会文化之滑坡，做力却陈俗的呼吁，其声音更越出一己的书斋，进入公共文化领域；然而究其学术的重心，还是在古典文学方面。在大学讲坛上，他讲授古典文学逾四十年；作为学者，已出版近二十种著述，主要是关于古代诗文与戏曲小说之研究。

在古典文学领域，吴先生的研究也以其通达广博，给人难以名状的感觉。讲文学史，他可以从《诗经》讲到梁启超；研究诗文，从先秦贯通于明清与近代；对戏曲小说也有深入的发掘。在学术日趋专门化的今天，这样的治学格局已经越来越成为空谷足音。博涉与专精，本为矛盾，但吴先生的研究，多自出手眼，精义纷披。学问上宫室既富，就往往难以识其门径。吴先生没有一得之见，绝不落笔，宁可被人讥为“杂家”，也不愿堆砌芜辞以追求表面化的体系和完整，许多成果都出之以札记的形式，因此，其内在学术理路的认识，亦非浅尝所可得。

吴先生的学术，养根俟实于二十世纪，在这一世纪里，古典文学旧学新知，群星璀璨，一大批学术大师，以其深厚的学养，开拓出风光各异的研究道路。论学养之广博深厚，吴先生取法前辈大师而得其仿佛，至于其学术道路，则颇具独特的个性。具体来讲，他继承乾嘉考据学而益之以通贯古今的眼光，为中国传统的诗文批评之学打开新的格局。其研究在充分尊重传统的基础上融会新知，取精用宏，浩乎沛然而皆出于醇正。在经历了古典文学研究新声旧曲的喧哗之后，体会吴先生为学的独特境界，会有许多新的启发。

一、通古今之变的考据学

吴先生被学生陈丹晨教授称为“乾嘉学术最后的守望者”。在诗文考证、字义训诂方面，他有大量为学界瞩目的成果，其《读书丛札》即是这方面的代表作。前辈学者周祖谟、吴组缃、林庚、周一良诸先生，都给此书以高度评价。美国夏志清教授，曾经认为这本书，凡教中文的老师，当人手一册。

但是，吴先生对考据学的态度，前后有过很大变化。在四十年代为傅庚生《中国文学欣赏举隅》所作的书评中，他认为“自有清乾嘉以来，帝王们存心遏塞学者的思想，文字狱的把戏屡次在社会上公演，弄得知识分子一个个噤若寒蝉，只想在故纸堆中讨生活，于是朴学的风气便盛极一时……直至清末，余风犹烈，凡文人欲求有所建树，也大抵先从考据下手，终亦必据考据名家，真有舍此非学问之概。至于义理辞章，都可撇开不谈，这不能不说是一种弊端吧”[1]。

吴先生早年对考据学如此苛评，并非偶然。提到自己的学术成长道路，他认为自己受教最深的老师有三位：吴玉如先生、俞平伯先生、朱经畲先生。吴玉如先生是吴先生的父亲，为一代书家，学殖深厚。吴先生幼承庭训，于传统诗文打下坚实的基础；俞平伯先生绛帐恩深四十年，全面影响了吴先生的学术道路。朱经畲先生是吴先生的中学老师，他以学术新知，最先给吴先生以启迪。在其他先生讲《诗经》而必遵毛传郑笺的时候，朱先生让还是中学生的吴先生第一次知道了五四以后的新学术，知道了胡适、顾颉刚，知道了从清代姚际恒、方玉润以来，对《诗经》的新阐释，知道了古史辨派的观点，并产生了浓厚的

① 吴小如《读书拊掌录》，山西教育出版社 1998 年版，第 45 页。

兴趣。青年的吴先生深刻地感染了五四的学术精神。朱自清先生的《诗言志辨》从五四以来新《诗经》学的方向，对《诗经》的重要问题做了新发掘。吴先生在朱先生去世后，为此书撰写书评寄托哀思，其点评朱先生学术之精要切中肯綮，今天读来仍极具启发意义。对学术新风尚的感染，还体现在吴先生对待现代文学的态度。二十世纪上半叶，治旧学的学者，常鄙薄新文学，西南联大教授刘文典对同为联大教授沈从文的偏见，即足以见出新旧间的畛域。吴先生在四十年代，对当时的新文学涉猎甚广，撰写过许多书评、评论，其中对穆旦、沈从文、张爱玲、萧乾、李健吾等人的评论，至今仍受到治现代文学者的关注。穆旦之《诗八首》，今天已为各类新诗选本所必选，吴先生是最早阐扬其诗学价值的学者之一。

五四以来的新学术，如古史辨派，其实与乾嘉之学有十分密切的联系，不加区别地斥乾嘉为旧学而一概抹倒，不过是对五四学术之真精神未能探本的皮相之论。吴先生在四十年代对考据学的态度，当然包含了很明显的局限，不过它更多地反映了一个刚刚踏上学术之路的青年，积极感染学术新风的热情。

真正使吴先生意识到考据之重要的，是五十年代执北大教席时编注《先秦文学史参考资料》和《两汉文学史参考资料》。吴先生承担了前者的全部以及后者近八成的篇目注释。他沉潜故训，研安字义，倾注了全部的精力。这两部书出版后因选材精当，注释详明可信而广受赞誉，而吴先生自己对考据的态度也发生了深刻的转变。在注释过程中，他对乾嘉时期戴、段、钱、王等人的代表著作有了更深刻的理解。考据从此被他视为学术不可或缺的基础。从五十年代出版《读人所常见书日札》，到八十年代出版《读书丛札》，他在考据学上取得了丰硕的成果。

吴先生的考据，主要是关于诗文字义的考证，深得乾嘉之学的精髓。这主要体现在注重通假和讲求故训。清代考据学之成就与古音学的发展息息相关，顾炎武“六经自考文始，考文自知音始”即成为乾嘉之学的核心精神。以古音为基础，注重通假之分析，即可以不为字形变化所左右，探究古书之真相。吴先生对此有直接的继承，他说：“古今语言之通转，词义之通假，皆以字音为主，音同则义通，固不必泥于字形之异也。”[①] 例如，《诗经·周南·静女》“静女其姝”，“静”，《毛传》训为“贞静”，朱熹《诗集传》训“闲雅”，历代说诗者都固执贞静闲雅之训，五四以来亦无新的发明。吴先生则引《说文》《方言》《广雅》《国语》韦昭注等，以“静”训“好”，静女即美丽女子，并指出汉魏以来，训“好”之“静”，多用“靓”字。《集韵》“静”韵：“靓，女容徐靓。”“静”“靓”为通假[②]。

① 吴小如《读书丛札》，北京大学出版社 1987 年版，第 9 页。
② 同上，第 9—10 页。

乾嘉学者每博极群书，广引诂训以为佐证，吴先生之考据亦讲求故训之广博，例如《诗经·周南·芣苢》“薄言掇之”的“掇”，《毛传》：“掇，拾也。”而他引宋杨简《慈湖诗传》，以“掇”训“掐”，并指出“拾”从“合”得声，而“洽、恰字亦皆从合得声，与掐音近，故疑‘拾’即古‘掐’字”。林庚先生翻译《诗经》即取此说而译为“捡大的掐”[①]。又如《左传》宣公二年灵辄对赵盾语中“宦三年矣”的“宦”，吴著发现杜注以讹传讹，并引阮元《诂经精舍文集》卷六所载金廷栋《鲁诗三岁宦女解》中的意见，以“宦”为“为人臣隶”的意思[②]。这些意见，都体现出吴著对故训考察之广。乾嘉考据广求故训这一优秀的传统，在今天也许会随着诸如《故训汇纂》之类大型工具书的编纂和电子数据库的建设而变得相对容易，但在吴先生写作的时代，坚持这一传统，意味着艰苦的考察和一丝不苟的搜检。即使在检索变得相对容易的今天，这种竭泽而渔的态度和谨严的精神，仍然有很深的启发意义。

如前所述，吴先生是在积极吸收五四以后新学术风尚的基础上，随学术的成熟而深刻认识考据学之意义，因此他对于考据，并未完全因袭乾嘉之旧路。乾嘉学术因崇古而泥古的弊端，在吴先生的考证中，被通古今之变的眼光

① 吴小如《读书丛札》第 7 页。
② 同上，第 54—55 页。

所回避。他曾说："清儒对章句训诂之学有所发明和发现，固然是对我国古代学术的一部分贡献，但工作做得并不算彻底。有的墨守古人旧说，有的则缺乏触类引申、旁通隅反的精神，往往孤立片面地看问题，即使一字一词之微，也往往沿袭因循，不能跳出古人窠臼。"①当然，乾嘉学术本身有复杂的脉络理路，对待故训旧说，吴派和皖派即有不同的表现。吴先生十分尊重段玉裁《说文解字注》、王念孙《广雅疏正》等著作的考据成就，而他的考证，则鲜明地呈现出不迷信旧说的特点，例如，《论语》所谓"文献"之"献"，汉儒训为"贤"，吴先生则认为此说于文义未能恰当，杞、宋去夏、殷已久，即使有高年耆宿，也不能活到几百岁以上。"献"当为"甗"之通假，"文"泛指文字记载，"甗"泛指前代器物。有了文字记载和前代器物，古礼始可取征。因此，"文献"之初义与今天所谓"文物"接近②。对于通古今之变，吴先生尤为着力。他注意古今语音的关系，关注为清儒所忽视的方言资料，其《读杨树达〈长沙方言考〉、〈长沙方言续考〉札记》，就深入发掘了方言所保留的古音。又如对《史记·滑稽列传》之"滑稽"，他认为当训为"圆转滑利。具体言之，则指言辞辩捷，出口成章而不穷竭"，并无俳谐可笑之义。他举例

① 吴小如《读书丛札》第 54 页。
②《读书拊掌录》第 320—321 页。

说，自己1964年秋至1965年夏到湖北江陵参加农村四清运动，发现天门、江陵、沙市、公安诸地方言，皆以“滑稽”为狡猾、圆滑、能言善辩之义，而无用为俳谐可笑之义者[①]。

对于魏、晋、唐、宋人的意见，清儒往往执汉儒旧说而加以非议。吴先生则认为，唐宋训诂多有通情入理之处，一律排斥，显然是门户之见在作祟。例如，《左传》昭公二十年之“形民之力，而无醉饱之心”，杜预注云：“言国之用民，当随其力任，如金冶之器，随器而制形，故言形民之力，去其醉饱过盈之心。”此说把“形”作本义解，宋人以下都认为“迂回难通”。而吴先生认为孔颖达《左传正义》之疏解甚为畅达：“若用民力，当随其所能而制其形模，依此形模而用民之力，而无有醉饱盈溢之心也。”而苏轼在《志林》中的解释也明顺可喜。清代考据学大师王引之和俞樾的注解，则对字义展转考求，实不免穿凿[②]。故吴先生每为考据，必博观而约取，求通达而忌穿凿。

通古今之变的眼光，使吴先生为乾嘉考据学的古老传统，增添了开阔的视野和通达的方法论，这无疑得益于五四以来新学术的影响。他曾说：“我相信辩证法这个足以攻克学术堡垒的武器乃是与人类俱生并且与人类共存

① 吴小如《读书拊掌录》第156页。
② 同上，第59—63页。

的，是人类社会向前发展不可须臾离开的一把钥匙。”[①] 其通达的考据格局，无疑可以看到辩证法的影响，由此所取得的考据学成果，许多都经受了时间的考验而得到广泛的接受，代表了二十世纪诗文字义考证所达到的高度。

二、批评之学的新境界

虽然在考据学上用力甚勤而成就斐然，但吴先生是将考据看作文学研究的起点和基础，其研究涉及古典文学更为广阔和丰富的层面。在诗文方面，他的《古典诗文述略》《古典诗词札丛》《古文精读举隅》《当代学者自选文库·吴小如卷》《莎斋笔记》是集中代表，内容由先秦通贯于近代；在古典小说方面，他先后出版了《中国古代小说讲话》《中国古典小说漫稿》《小说论稿合集》（合著）等著作，其《关于〈红楼梦〉的后四十回》《关于曹雪芹生卒年问题的札记》《闹红一舸录》三篇文章，是红学研究的重要成果。在戏曲方面，其《吴小如戏曲文录》《京剧老生流派综说》《吴小如戏曲随笔集》《吴小如戏曲随笔续集》《吴小如戏曲随笔集补编》等著作对京剧研究的重要贡献，已经不是古典文学研究这个题目所能范围，值得

① 吴小如《北大学风与我的治学》，见所著《常谈一束》，福建教育出版社 2000 年版，第 19 页。

做专门讨论。

吴先生曾有诗论学书之法："学书必自二王始，譬犹筑屋奠基址。"那么，他本人如此堂庑特大的学术广厦，其"基址"又在哪里？仔细寻绎，可以发现，吴先生的学术与中国传统的批评之学有极为密切的联系。

文学批评是中国传统文学研究的核心，二十世纪，随着文学史学科的建立，文学理论日益受到重视，批评之学也改变了传统的面貌而开拓出新的格局。批评是文学研究的基础，二十世纪所有在古典文学上卓有建树的学者，虽研究方向虽各有侧重，但无不在诗文批评上有相当的根基与素养，有些学者还在批评之学上开拓出新的面貌，如王国维的词学批评，引入新的理论视野，俞平伯先生的诗词批评，有了新的学术内涵和文学观念。但另一方面，对批评之学的忽视，也是二十世纪文学研究不能不面对的问题。在文学史和文学理论体系性、理论性的反衬下，传统批评之学显得散漫而缺少理论深度。有的研究者甚至认为，文学史和文学理论可以无需以批评的素养为基础，受此影响，相关的研究也越来越脱离文学内部的问题，弊端重重。五六十年代"以论带史"的风气，更使得僵化的理论完全取代了对作品的严肃批评和对文学史的深入探讨。

吴先生经历了二十世纪文学研究的剧烈变动，但始终对直面作品文本的批评之学，倾注了最大关注。即使是在僵化的理论风气盛行的五六十年代，他仍然在撰写《读人所常见书日札》这样的诗文字义训诂之作。八十年代后，新理论、新观念、新方法流播一时，而他仍然把研究重心放在深入文本的批评之学上。当然，吴先生并非是对理论探索和方法创新闭目塞听，而是在继承传统批评之学精髓的基础上，将新的理论意识和研究方法融会其间，因而既能深入作品内部，又能有开阔的视野来提炼和点化，为诗文批评打开新境界。如今，在新的世纪里，当许多曾经风行的理论潮流已如过眼云烟，吴先生的大量见解，反而历久弥新，给人以启发，这正是其批评之学高度成就的体现。

中国古代的批评之学，虽然在方法上不够系统，但有许多值得珍视的传统，例如以“知人论世”来探讨作家作品和时代的关系，探究作品的风格、意象、体制源流，以精妙的艺术体验对作品的审美特点做整体把握，强调批评者要兼具艺术家的艺术敏感与学者的学养与识见。吴先生的批评之作，相当全面地继承了这些传统，其中，他尤其加强了尊重文本实际的求实态度、强调博观精鉴的学者素养，在此基础上融会高度的艺术感悟，形成学力与感悟妙合无间的批评之境。

吴先生在大学讲坛上分析诗文，每每给学生留下极为难忘的印象，待要向他请教该如何理解古典的诗文，他的回答则朴素到了极点：“我本人无论分析作品或写赏析文章，一直给自己立下几条规矩，一曰通训诂，二曰明典故，三曰察背景，四曰考身世，最后归结到揆情度理这一总的原则，由它来统摄以上四点。”[①] 这些“平淡无奇”的方法，却每每能把诗文解读得令人神旺。

吴先生认为，诗文字义训诂，是诗义解读不可或缺的基础，故授课撰文，每倡“治文学宜略通小学”。他以精湛的考据功力，研讨字义，推敲训诂，抉旧注之非，发诗句之隐。例如《诗经·周南·芣苢》共三章，传统上认为三章是并列复沓关系，而吴先生从训诂上认为，第一章与下两章并非并列，第一章之“采之”呼应第二章之“掇之”与“捋之”，第一章之“有之”，呼应第三章之“袺之”与“襭之”。此说俞平伯先生认为是“定论”。汉乐府《长歌行》“焜黄花叶衰”之“焜黄”，李善注训“色衰貌也”，五臣注“华（花）色坏”。此说多被沿袭，而吴先生遍检汉晋古书，认为此“焜黄”，即当时通用词“焜煌”，是形容华（花）叶在春夏时缤纷灿烂[②]。又如张衡《四愁诗》“侧身东望涕沾翰”之“翰”，李善注引韦昭曰“翰，笔也”。而吴先生认为此“翰”当是《汉书·江充传》所载之“交输”：“充衣纱縠单衣，曲裾后垂交输。”如淳注：“交输，割正幅使一头狭若燕尾，垂之两旁见于后。”明人凌稚隆《五车韵瑞》去声二十五翰条引此条传注皆作“交

① 吴小如《我是怎样讲授古典诗词的》，《古典诗词札丛·代序》，天津古籍出版社 2002 年版。
② 吴小如《古典诗词札丛》第 39—40 页。

翰”，疑通行本《汉书》“交输”为“交翰”之误。因此，《四愁诗》之“翰”当为衣裾之义，“沾翰”与下文之“沾襟”“沾裳”“沾巾”文义协调[①]。通训诂而能发诗义之隐的又一出色例子，是吴先生对《木兰诗》“问女何所思，问女何所忆，女亦无所思，女亦无所忆”之“思”与“忆”的分析，他遍考《诗经》、汉乐府中“思”的用法，认为“思”与“忆”当有广狭二义，广义的“思”和“忆”无所不包，而狭义的“思”和“忆”则专指男女间的互相思忆。因此，木兰所说的“女亦无所思，女亦无所忆”，就意在说明自己并非少女怀春，而是想到父亲年老，出征作战不易。北朝《折杨柳枝歌》“问女何所思，问女何所忆？阿婆许嫁女，今日无消息”，即可旁证[②]。又如韩愈著名的作品《师说》云：“师者，所以传道、受业、解惑也。”其中“受业”之“受”，《古文眉诠》《唐宋文醇》等坊间选本多作“授”，而世彩堂本《韩集》以下诸本作“受”，吴先生认为，韩文此处从学者立论，当从后者作“受”，意思是“学者求师，所以承先哲之道，受古人之业，而解己之惑也”[③]。

① 吴小如《古典诗词丛札》第59—61页。
② 《我是怎样讲析古典诗词的》，《古典诗词札丛·代序》。
③ 吴小如《古文精读举隅》，天津古籍出版社2002年版，第186—187页。

考据是阅读文本的基础，但僵化机械的“考据家”，往往会以文害意。吴先生特别注意到诗文训诂的独特性，他说：“董仲舒在《春秋繁露·精华篇》提出‘《诗》无达诂’的看法。‘达’者，通也。鄙意此言讲诗是没有一通百通的训诂的，即一个词语本有多种解释，不宜执一义以遍释一切诗作。但诗无达诂不等于诗无定诂或诗无确诂，后人固不得引董说为借口，而任意胡乱解诗也。”[①] 例如诗文中之“落”字，可以解为下落，也可以解为“遗”“留”“余”“剩”之义，孔稚圭《北山移文》“青松落阴”之“落”，即当作后一种解释。北朝薛道衡《人日思归》“人归落雁后，思发在花前”，杜甫《重过何氏五首》其二“鸦护落巢儿”，其中的“落”都是此义。孔稚圭《游太平山》“阴涧落春荣，寒岩留夏雪”，其中“落”与“留”相对，意谓山中幽涧的背阴处，竟还保留着晚谢的春花[②]。

吴先生对典故的解读，有许多精彩的意见，例如，他认为辛弃疾《水龙吟》“休说鲈鱼堪脍，尽西风，季鹰归未”是以张翰由洛归吴，比喻沦陷于中原、思归未得之人：“意谓莫道吴中鲈鱼味美，今河洛尚有思南归而未得之人也。盖‘归未’云者，正是期待远人归来语气，近人

①《古典诗词札丛》第123页。
② 同上，第121—123页。

或解为辛不欲效张翰之忘情世事、弃官还乡云云，疑非是。”这种解释，显然更贴合词中“归未”一语所表达的语气[①]。又如南宋末年刘辰翁小词《柳梢青》，其中有“辇下风光，山中岁月，海上心情”之句。“海上心情”，注家多释为感叹陆秀夫负帝投海，或是张世杰、文天祥在沿海一带抗元。但吴先生认为此解颇牵强，应是用苏武在北海牧羊之典。这样更切合刘辰翁困处元朝统治下的心情，在被异族控制的杭州城，他过的是隐士一样的日子，心情则像苏武一样。

吴先生提到，他曾向俞先生请教如何才能将典故解释确切，俞先生认为，查典故要首先熟读作品，比如注唐诗，最好唐以前的书都能熟读，但这显然不可能，但至少必须把所要注的作品熟读，然后只要遇到有关材料，就会立即想起那篇作品，从而可以随时随地加以蒐辑，自然得心应手[②]。吴先生就是在这样的博观和长期积累思考中，深化了对典故的理解。例如对刘辰翁“海上”一词的理解，就经历了长时间的思考。

“通典故”包含着十分复杂的内涵。吴先生对杜诗的研读，用力甚深，谈到读杜诗最困难之处，他认为杜诗无

①《我是怎样讲析古典诗词的》，《古典诗词札丛·代序》。

② 吴小如《漫谈我的所谓“做学问”与“写文章”》，见所著《古典小说漫稿》，上海古籍出版社 1982 年版，第 189 页。

一字无来处，而古人之追寻“来处”，基本在“古典”，而杜诗的一些“今典”则人莫能明。诗人之间的在意象、典故上的相互取法，也是“通典故”所需要关注的。例如，李商隐《筹笔驿》结句之“他年锦里经祠庙，梁父吟成恨有余”，就是直接脱胎于杜甫《登楼》之“可怜后主还祠庙，日暮聊为梁父吟”。揭出这一层渊源，才能更好体会李商隐为诸葛命运所发的深重叹息。

至于“考身世”与“察背景”，则是对传统“知人论世”之说的发扬。例如，他反对将《诗经·伐檀》中的“彼君子兮，不素餐兮”讲成是对“君子”的讽刺，认为此“君子”是诗人理想中之正面人物，“意谓惟彼君子，乃为不素餐之人也”。他指出《诗经》中之“君子”，无一处为讽刺之义，而且尤需注意的是，“此诗乃二千余年前之奴隶制社会，或由奴隶制向封建制逐步转化社会为劳动人民立言而作。夫存在决定意识，其人作诗必不能超越时代之局限。当时这被剥削、被压迫者，固未能如五四时代之资产阶级学者，已能辨识所谓‘君子’（即奴隶主或封建主）之反动阶级本质”[①]。

无论是对字义训诂的考察，对典故的阐释，还是“知人论世”的分析，吴先生认为最终要统摄于“揆情度理”。

①《我是怎样讲析古典诗词的》，《古典诗词札丛·代序》。

例如，杜甫的《石壕吏》，废名先生认为，“三吏”中，惟独这一篇，作者本人没有直接站出来发言，这是要追求独特的艺术效果。吴先生并不同意这个看法，他认为，古代家中若只有妇女，是不会留宿男性客人的，杜甫“暮投石壕村”，是因为有老翁在家，能招待他留宿。石壕吏前来抓人时，“老翁逾墙走”，所以他只能躲在暗处，绝不能暴露自己，否则老翁逃走之事，便要暴露。诗中诗人不讲话，不是什么特殊的艺术手法，而是情理决定。又如李清照《如梦令》之“争渡，争渡”，当作“怎渡，怎渡”讲。“这一叠句乃形容泛舟人心情焦灼，千方百计想着怎样才能把船从荷花丛中划出来，正如我们平时遇到棘手的事情辄呼‘怎么办？怎么办？’的口吻。不料左右盘旋，船却总是走不脱，这样一折腾，那些已经眠宿滩边的水鸟，自然会受到惊扰，扑拉拉地群起而飞了。”这样的解释，比之将“争渡”解释为与别人竞赛或快划，都更符合在“藕花深处”的情境。又“昨夜雨疏风骤”一首，吴先生认为此词中的“卷帘人”，当是作者的丈夫，是以清新淡雅之笔写秾丽艳冶心情。词中写倦卧未起的妻子，问卷帘的丈夫，外面春光如何，答语是海棠依旧盛开，并未被风雨摧损，实则惜花之意，正是怜人之心。丈夫对妻子说“海棠依旧”者，正隐喻妻子容颜依旧娇好，是温存体贴之辞。但妻子却说，该是“绿肥红瘦”，叶茂花残，只怕青春即将消逝了。诗意饶有情味又兼含比兴。如果卷帘人解为侍婢，便觉索然[1]。

类似这样"揆情度理"而能力却陈说、发隐抉微的点评，自然给读者留下难忘的印象，许多听过吴先生课的学生，都会记得他对李清照《声声慢》之"满地黄花堆积，憔悴损，如今有谁堪摘"的讲解，他认为"黄花堆积"，当是指菊花盛开而非残英满地，而"憔悴损"指自己忧伤憔悴，而非菊花凋零。这样讲解，无疑更入情在理，词意也更觉深婉。

如此使人神旺的诗文批评，吴先生并不认为有什么莫测的玄妙。他认为理解作品，必须自"求实"始。无论对训诂典故的解读、身世背景的察考，以及揆情度理的体认，都指向对作品实际的深入把握。他认为所谓"以意逆志"，应该是以作品之"意"逆作者之"志"。不是以读者之意，逆作者之志，后者必将陷于主观。而要得作品之"意"，就要从训诂典故、身世背景上，字字安稳，句句落实。

"求实"的鉴赏，在吴先生看来，不是"欣赏"，而是"苦赏"。态度上的尊重客观，方法上的力求实证，无疑都对批评者的主观感受和想象有所限制，艰苦的研讨，也使品读诗文不那么潇洒，所以吴先生常说，所谓"欣赏"，其实是"苦赏"，必先经过一番艰苦的了解，才能真

①《古典诗词札丛》第 383—385 页。

正去“赏”。

文学批评中主体与客体的关系，是一个内涵非常复杂的问题，吴先生对作品这种求实的态度，无疑会引起一些不同的意见。例如，有人就认为他讲解陈寅恪诗文典故，太征实，缺少心灵的解读。而吴先生认为不认真搞懂典故的含义而妄谈心灵的感受，无疑是蹈空务虚。事实上，不难看到，吴先生之求实，不是机械的征实，而是充分考虑到诗文的独特性，他对诗文字义训诂不可拘执的意见，对诗文要“揆情度理”的认识，都是注意到批评中主客体关系的融通之见。在这一点上，他既把实证研究方法积极引入诗文批评，又能充分尊重文学文本的特殊性，在实证中体现了成熟的文学研究素养。

传统批评之学对批评者学养和功力给予高度重视，吴先生对此有积极的继承。他的批评显示出博观的视野，深厚的学养，以及精审的批评眼光。在这一点上，二十世纪文学史的研究成就和文学理论探索风气，都对他有积极影响，其分析作品艺术源流演变，有了开阔的文学史背景。例如分析王勃绝句的成就，而能着眼于绝句艺术的源流；讨论《春江花月夜》的特点，则有对宫体诗整体了解的大背景在。他本人对文学史有深入的研究，例如其《古典诗文述略》《〈历代小品文大观〉序》，都是洞悉文学史源流的功力深厚之作，在关于小品文源流的讨论中，他所提出的经过唐宋两次古文运动，古典散文的发展优势体现在自宋代开始以迄明清的小品文方面，这一观点极富启发意义[①]。

吴先生的文学史素养，不是机械的教科书知识，而是在长期洞悉源流、精熟文本中涵养起来的一种旁通隅反的文学史意识。例如，对于明代古文家归有光古文成就的分析，他就很精辟地指出，归有光的散文“不仅取法《史》、《汉》、韩、欧，能兼得古人之神与貌”，而且“已经开始受到当时白话小说的影响”，《项脊轩志》中“写老乳母转述作者母亲的问话，和作者祖母对作者的谆谆嘱咐，既酷似班固《汉书》中人物琐屑问答的口吻，又是蒲松龄写《聊斋志异》的蓝本”。《项脊轩志》“所记录的人物对话，已是把口语对译成文言，所以读起来活灵活现，而遣词造句又十分精练”[②]。吴先生对归有光散文语言的分析，出自于他对明清时期文言、白话之复杂关系的深入体会，他认为归有光、蒲松龄是将白话对译为文言，而自然贴切，蒲松龄尤为出色，可吴敬梓则是将文言变成白话，不免生硬。公安三袁、张岱都有类似的问题。曹雪芹的白话，则是有很深的古文诗词底子，决非寻常白话可比。归有光的口语对译文言，其语言成就置于这样的背景下观察，就更能体会其独特的造诣，以及在古文史上的地位。

①《古文精读举隅》第 392 页。
② 同上，第 328 页。

除了深厚的文学史素养，吴先生的诗文批评还可以看到许多新的理论视角。例如对贺知章《咏柳》绝句的分析，就围绕艺术中"逼真"与"如画"，"艺术模仿自然"与"自然模仿艺术"的问题展开，作为自然的造化，通过"师人"，给柳树裁剪出美丽的"细叶"。以诗咏柳，本是"艺术模仿自然"，而"自然"又通过模仿"艺术"来造就美，如此巧妙的内涵，正是此诗形神兼备的佳处①。

中国传统的批评，在强调批评者求真务实、精鉴博识的同时，也高度强调批评者主观感受的意义。学养与诗心妙悟的融合，才是批评的佳境。有成就的批评家，往往是学者和艺术家的融合。二十世纪批评大家如王国维、俞平伯、顾随、夏承焘、沈祖棻等莫不如此。吴先生早年即学习旧体诗词和古文的写作，以杜诗和桐城派古文为法，其诗作深具沉潜锻炼之功力。丰富的诗文创作经验，带给他过人的艺术敏感，他对作家的点评，也往往能敏锐捕捉其艺术特点，例如称龚自珍诗"豪气纵横，有李白、苏轼的才华而多霸气，具杜甫、王安石之沉郁而见锋棱；真挚若陶潜，奇如李贺，朦胧神秘处近于李义山，隐晦幻诞处又似王逢原。与其同时代人相比，龚诗与舒位、王昙相近，而龚更能摧刚为柔、秀中有骨"②。又如，李煜《子夜歌》

①《古典诗词札丛》第 165—168 页。
② 同上第 261—262 页。

“人生愁恨何能免，消魂独我情何限。故国梦重归，觉来双泪垂。　　高楼谁与上。长记秋晴望。往事已成空，还如一梦中。”吴先生敏锐地指出，下阕“长记秋晴望”，是全词的警策。晴朗的秋空，一无所有，这是下面“往事已成空”的形象化，使人“愁恨”，使人“销魂”的“情何限”的“情”，也是无限的，也像秋日晴空那样茫无涯际。上阕以梦作真，下阕则以真实而如梦境，不论真，还是梦，都如秋晴远望，一无所有，却又“长记”而眷恋不已，一切都完了，却又一切都摆脱不掉[①]。如此精妙的分析，视于无形而听于无声，真可以是妙悟的典范了。学养与妙悟的融合，无疑是学者型批评的佳境，而这样的融合，当面对尚人工、重锻炼、沉郁顿挫一脉的作品时，就更见出批评的功力。吴先生对谢灵运、杜甫、韩愈、周邦彦、辛弃疾等诗词作家的分析，精彩焕发，能将作品中千回百转之思透达无隐，读来回味不尽，堪为赏鉴之高格，批评之胜境。

在散文批评方面，吴先生也多有深入腠理之见，对文义的分析，常能透过表面而揭示其内在的寄托与怀抱，例如论归有光《项脊轩志》，他认为文章的主旨并非停留于亲子夫妇之情和怀念昔日家庭生活，而是“作为一个没落

①《古典诗词丛札》第336—338页。

地主家庭的子弟，对家道中落的身世发出惋惜和哀鸣，同时也在沉痛地凭吊个人遭际的不幸”[①]。而欧阳修的《丰乐亭记》亦在“丰乐”之意中传达了对时局的忧患[②]。在知人论世、揆情度理以体察文章主旨的同时，吴先生也对散文的行文、构思、语言方式有敏锐的观察，例如欧阳修《五代史·伶官传序》以一唱三叹的方式表达讽谏之义，而吴先生特别指出，这种一唱三叹的效果，来自作者对主题、史料的高度概括，而文中具有强烈抒情效果的感叹句和反问句，也含蓄有力，具有很大的概括性。这说明，欧文虽平易，但内在的提炼凝聚之力非同寻常[③]。如此的点评，无疑深入地揭示了欧文的精髓所在。

在诗心妙悟的基础上，吴先生对读者主观感受之于作品的意义，有很精到的认识。例如词的寄托问题，明清以来的词论家对此纷纭不已，吴先生认为：“作者填词时主观上诚未必即有寄托，却无碍乎不同读者根据个人身世经历，于读词时各随己意加入诸般联想。然则‘寄托’云者，乃读者之感受，非必作者之初衷也。”[④]这显然是对读者的主观感受给予了充分的重视。作为学养与感悟的融合，吴

①《古文精读举隅》第328页。
② 同上第268页。
③ 同上第274页。
④ 同上第282页。

先生的批评做到了实而能虚，虚而能实。

吴先生对批评之学的贡献，倘若置于二十世纪的文学研究的学术史来看，很有其独特而重要的价值。如前所述，二十世纪是一个文学研究的观念和方法剧烈变动的时代，理论的探索和方法的创新，远过于历史上任何一个时期，而如何建设新的批评之学，使之与理论和文学史的研究形成良性互动，使理论的创新和文学史的重构能植根于中国文学的内部特点，是一个十分重要而又经常受到忽视的问题。在二十世纪的文学研究史上，王国维、俞平伯等人对中国传统批评之学的开拓创新，由此形成的一个新的批评传统，并未受到充分关注，而吴先生的成就，正要置于这样的传统之下，才能更深刻地理解其价值和意义。总的来看，受二十世纪实证精神和研究方法的影响，吴先生的批评之学，更为强调对批评之客体的尊重，更为突出研究和学养在批评中的意义，对批评主体感悟体验方面的研究，相对着墨较少，这是二十世纪新批评之学，受时代学术风气影响而带有的普遍性特点，今后，随着学术视野和观念方法的开拓变化，批评之学会获得更多的发展，但在尊重作品之实际的前提下而取得的批评成就，将永远是新发展最值得珍视的传统和基础。

三、取精用宏与移步而不换形

吴先生批评之学的成就，在其诗文研究中有最集中的体现，而他的小说和戏曲研究，也沾溉于此。治古典小说，他也是在充分尊重小说文本之客观实际的前提下，知人论世、推源溯流，以实证精神和敏锐的艺术感悟力，探讨小说史上的重要问题，例如，他曾多次谈到，对历史人物的评价，“既不能用批评现代人的标准来苛责古人，也不能毫无保留地对古人全盘肯定”，“用嬉笑怒骂的态度对古人乱加贬斥，或对古人寄予一些无原则的同情”，这都是批评的“大忌”[①]。他认为对王昭君的刻画，不能简单地改变历史上所形成的“积悲怨”的一面，“凡是简单地把王昭君写得‘高高兴兴’、‘欢欢喜喜’，决非她的‘本来面目’”[②]。对于《儒林外史》《水浒传》等人物形象的分析，他也平理若衡，照辞如镜，深入揭示人物形象的“本来面目”。在方法上，运用实证的原则，例如对“平话”之“平”为“平常”之义，“平话”是对话本中“诗话”、“词话”等称谓而言的考证[③]，体现了他对训诂之于研究的基础意义的重视。

①《古典小说漫稿》第 31 页。
② 同上第 187 页。
③ 同上第 18—21 页。

在京剧研究方面，吴先生卓然为一大家，其研究被金克木先生喻之为“绝学”。自儿童时代起，吴先生即对京剧入迷，自己还曾登台演出。识见既广，加之思考深入，学养丰厚，其京剧批评往往切中要害，为京剧界所重视。他与裘盛戎、叶盛兰、奚啸伯等著名演员，有着长期的交流讨论，友谊甚笃。吴先生的京剧研究，涉及京剧艺术批评、京剧流派史、京剧演出史、京剧文献等多方面的内容。其《京剧老生流派综说》立足京剧演出史，以演员为中心，探讨京剧流派艺术的发展演变，积极地探索了京剧史研究的道路，启功先生称赞此书“内行不能为，学者不屑为，亦不能为”，“真千秋之作”，与王国维《宋元戏曲史》同有“凿破鸿蒙”之力[①]。对京剧演出史，吴先生倾注了很大的热情，近年还出版《鸟瞰富连成》《盛世观光记》等著作推进有关讨论。此外，他对于京剧文献的整理，也十分关注，特别是对于京剧老唱片，多年来勤于搜求，品鉴甚深，还希望撰写一部京剧唱片知见录。吴先生认为，自己在京剧研究上，所以能有所得，是因为京剧艺术已经越来越趋于衰落，在这样的背景下，反而容易把握其源流大势。陈寅恪先生认为学术要“预流”，而自己的京剧研究，是另一种意义上的“预流”。然而真正把时代所提供的契

① 启功著《启功书信选》，北京师范大学出版社 2008 年版，第 60 页。

机，变成研究的实绩，还要靠学养与识见。吴先生京剧研究的成就，需要做专门的研究，非本文所能置评，但他在研究中，以流派为核心推究艺术源流，探讨京剧艺术与时代风会之关系，评析演员艺术而得其神髓，这些都可以看到其诗文小说研究中“知人论世”、“推本溯源”的研究取径，其京剧研究的高度成就，离不开批评之学的沾溉与影响。当年，吴先生的学生金开诚教授读完《京剧老生流派综说》，曾对吴先生说，先生一生治学之精髓，尽萃于此书。批评之学是吴先生之学术得以取精用宏的根基所在。

值得注意的是，吴先生在古典文学研究上的成就，植根于创新必须充分尊重传统这一基本的文化理念，他在京剧研究中对梅兰芳“移步而不换形”理论的积极发明，正是对这一文化理念的深入传达。

他认为一切京剧艺术的改革，都必须以充分尊重京剧自身艺术传统为前提，只适宜“移步”以求发展而不宜任意“换形”以使其成为四不像的变种；京剧在当代的衰落，主要是由于把本不属于京剧艺术内部发展规律的各色内容与形式强加于（或硬塞入）京剧中去，使之成为不伦不类的东西。这样的改革和创新，并不了解我国传统的戏曲艺术的美学特点为何物，只凭一己的逞臆与武断来随心所欲地对我国的传统戏曲艺术妄施斧斤，从而造成无可弥补、无可挽回的濒于灭绝的危机[①]。

这样的认识，从提出之始，就受到批评，但吴先生却以“自反而缩，虽千万人吾往矣”的信心和勇气，坚持不懈。他说，有人说我是文化保守主义者，我就是文化保守主义者。其实，在学术道路上，他一开始就能积极感受新的学术风尚，其治学无论视野、方法，无不带有五四以后优秀学术精神的影响；而他的“保守”，是对古典文学艺术之内在规律的深刻尊重，是强调要在祖述前人的基础上，获得对研究对象的深刻认识。通古今之变的考据学、对批评之学的开拓，都是他得以深入古典文学内部的津梁。他坚信，所有的新知，只有在这样的土壤上才能真正带来创新；而所有的研究，只有如此，才能“本固根深，枝荣叶茂，既不会风一吹就倒，更不是昙花一现，昨是今非”[②]。如果把学术上的尊重传统称为“醇正”之路的话，吴先生为学的广博与精深，也正出自于这样的“醇正”。

吴先生的文化思考，回应了二十世纪以来学术文化新旧之争的大问题，但尤为可贵的是，他的古典文学研究，以扎实的成就，显示了植根于传统的创新所具有的“浩乎

① 吴小如《试论“移步而不换形”——关于京剧表演艺术的规律问题》，见所著《常谈一束》，福建教育出版社 2000 年版，第 36—55 页。

②《古典小说漫稿》第 190 页。

沛然"的生命力，其对文化创新、学术发展的贡献，绝非虚谈理论者所可比拟。这也许正是他反对文化滑坡、力却陈俗的呼吁，能够在公共文化领域引发强烈反响的原因。在古典文学研究不断要面对传承与发展之问题的今天，吴先生内涵丰富的著作，值得反复品味和深入思考。

本文原刊于《文学评论》2010 年第 4 期

沉潜开拓、神超独游

——葛晓音先生的古典文学研究

葛晓音先生的古典文学研究，起步于改革开放伊始的八十年代初，在其后的三十年间，她为学界贡献了一大批卓有建树的优秀成果，对汉唐文学的研究做出了极为深广的开掘。在喜欢以代际特征描述学者的流行风气里，葛晓音先生该归入哪一代学人，往往让人很费踌躇。她的研究，既有八十年代的开阔广博，又有九十年代的规范细腻，在人们普遍为研究创新而焦虑的新世纪，她仍然以深邃的诗歌体式研究，开拓了新的学术格局，引领了新的学术方向。不论时代风尚如何变换，她始终以独立探索的品格，既立足时代，又创造出超越时代的研究成绩。

从研究内容来看，葛晓音先生在汉魏六朝隋唐五代文学史的综合研究、以山水田园诗派为核心的诗歌流派研究，以及先秦汉魏晋诗歌体式研究方面，都取得了重要的成就；而在治学方法上，她的创新从不依傍新理论、新方

和葛晓音先生在北京大学优秀博士学位论文颁奖典礼　摄于1999年

法、新框架的简单植入，而是在深入历史文献的基础上，以实证和理论相结合的方法，追本溯源，扎实地推进对研究对象的认识；以深入材料的沉潜之功，发现问题的妙悟之力，以及观察历史大势的开阔格局，开拓了一条可以进入中国文学史内在肌理的研究道路。20世纪的中国古典文学研究，在经历了中外文化碰撞所带来的观念方法革新之后，日益呼唤在融汇新知的基础上，对中国文学传统更为深入的沉潜与发掘。葛晓音先生的学术贡献，正深刻地回应了这一时代大课题的要求。

一

葛晓音先生的文学史研究，对汉魏晋南北朝隋唐五代这一中国文学历史演进的关键时期，做了极为深广的发掘，有关成果主要反映在她的《八代诗史》《汉唐文学的嬗变》《诗国高潮与盛唐文化》等著作中。

文学史演变的关键环节，是葛晓音先生最为关注的对象，她对齐梁文人革新晋宋诗风的功绩、初盛唐诗歌革新的基本特征、开元诗坛、唐宋古文运动之演变历程等问题的讨论，在学界产生了广泛的影响。关于齐梁诗歌的革新之功，她在回溯诗歌自西晋以来日趋雅化、语言愈益典奥的倾向后，指出齐梁文人在诗歌史上最重要的功绩，是从追求语言的清新浅易和诗歌表现情性两方面来革新晋宋诗风。她同时理清了胡适以为不可理解的沈约“声病说”和“三易说”之间的关系[①]。关于初盛唐的诗歌革新，学界一向认为是以儒家的“美刺”说为指导，以清除齐梁绮艳文风为目的，她则发现唐代诗人的风雅观念，其内涵较之传统的美刺讽谕已发生了很大的变化，恢复建安时代建功立业的人生理想，突破美刺讽谕的传统风雅观念，逐步解决理论和创作之间的矛盾，正确处理内容和艺术的复变关系，用健康的审美标准批判地继承齐梁诗的艺术成就，使盛唐诗形成理想主义的倾向和乐观昂扬的基调，达到融汉魏风骨于南朝词采的完美境界，是初盛唐诗歌革新的基本特征。这个认识，将对盛唐诗歌艺术的精神理解，提高到一个新的层次[②]。她的《论开元诗坛》一文，则通过排比神龙到开元末诗歌发展的若干阶段，对盛唐诗渐次达到高潮的走向，做了更为细致的梳理，使《初盛唐诗歌革新的基本特征》中的有关探讨，更趋深化[③]。关于唐宋古文运动展开的复杂历程，她以系列论文，多角度地探讨了唐宋古文运动与儒道内涵演变的关系，论证了两次古文运动的主要特

①《论齐梁文人革新晋宋诗风的功绩》，葛晓音：《汉唐文学的嬗变》，北京大学出版社 1990 年版，第 56—74 页。
②《论初、盛唐诗歌革新的基本特征》，《汉唐文学的嬗变》，第 85—110 页。
③《论开元诗坛》，《诗国高潮与盛唐文化》，北京大学出版社 1999 年版，第 324—352 页。

征及二者间的联系与差别，提出了许多创见。例如，她指出中唐古文运动的成功，主要在于韩柳对儒家传统的政治观和文学观进行全面清理，提出了许多反传统观念的新解，以“道”的变革带动古文自身的革新，从而揭示了古文运动成功的深层原因[①]。又如北宋诗文革新的对象，学界向来认为是西昆体和杨刘时文。她在理清宋初文风变化的阶段性和各派复古理论之针对性的基础上，指出这次革新历经反对五代体、西昆体和太学体三个阶段。五代体和西昆体的主要区别在于前者反映了乱世的衰飒之气，而后者是适应太平时代需要的雅颂之音，纠正了前辈学者将五代体和西昆体混为一谈的谬误[②]。她还对“太学体”的含义进行了考察，指出其与石介、孙复、胡瑗任太学学官时复古过当有关，其思想根源可追溯到范仲淹复古之道的局限性。欧阳修领导诗文革新成功的主要原因，在于彻底纠正了尊雅颂、贬风骚的观念[③]。她对于“太学体”的考辨，是学界的首次发现，比日本汉学界 1989 年发表的相同成果，要早六年，对于后来的研究也产生了重要的影响。

①《论唐代的古文革新与儒道关系的演变》，《汉唐文学的嬗变》，第 156—179 页。

②《北宋诗文革新的曲折历程》，《汉唐文学的嬗变》，第 215—244 页。

③《欧阳修排抑“太学体”新探》，《汉唐文学的嬗变》，第 208—214 页。

葛晓音先生的文学史综合研究，相当广泛地思考了每一阶段文学与政治思想、学术文化的关系。例如，她对“建安风骨”的研究，就突破了传统上从乱世文学角度对此所做的一般化描述，将建安文人的人生观、道德观、学术思想的变化联系起来加以综合考察，指出建安诗人追求人生永恒价值的共同精神，才是建安风骨的本质[①]。对儒家之道的内涵在不同时代的不同内涵，她有深入的考察，并以此为基础，分析了文学史上一系列重要的问题，其中就包括前面已经提到的对初盛唐诗歌革新基本特征以及唐宋两次古文运动曲折历程的分析。此外，她还分析了诗教说由汉代的美刺并重，到西晋的只重颂美，到南北朝又趋复杂的演变过程，指出《雕虫论》在观念上落后倒退，而刘勰《文心雕龙》也存在局限[②]；同时她全面考察了南北朝隋唐文人在理论上不赞成屈宋的原因，在于骚人的哀怨不符合大雅标准，从而解开了前人关于李白《古风》“自从建安来，绮丽不足珍”，杜甫《戏为六绝句》“劣于汉魏近风骚”的种种争论[③]。其《盛唐文儒的形成和复古思潮的滥觞》则对透过儒学的复杂演变来观察文学史的视角，

① 葛晓音：《八代诗史》，中华书局2007年版，第31—38页。

②《论汉魏六朝诗教说的演变及其在诗歌发展中的作用》，《汉唐文学的嬗变》，第16—36页。

③《论南北朝隋唐文人对建安前后文风演变的不同评价：从李白〈古风〉其一谈起》，《汉唐文学的嬗变》，第37—55页。

做了更为深入的发掘，指出“文儒”型的知识阶层在开元年间的形成，以及礼乐观念在盛唐的普及，是天宝文人所赖以成长之文化环境的显著特征。“文”“儒”结合、与史学相沟通的盛唐“文儒”，在开元前期形成以后，很快成为政坛和文坛的中坚力量，并决定了整整一代文人的命运。由开元时期所培养的“文儒”，在天宝年间，由于时代政治文化环境的改变，其自身知识结构与思想素质都发生变化，天宝复古观念亦由此形成，“文儒”的思想亦出现分化，李白标举复古，创作大量乐府古风，运用比兴抒写理想，抨击现实，大大深化开元诗歌革新的精神内涵，将始于开元中的盛唐诗歌革新推向最高潮。元结和杜甫直接受到吏能派权奸的压制和打击，复古观念促使他们激发起对现实的深刻不满，从而产生了以诗歌“引古惜兴亡”的自觉意识。萧颖士、贾至等循南北朝隋代正统儒家的旧轨，提倡典谟训诰之文，走向对“声病”、“浮艳”乃至“近之诗赋”的否定。透过“文儒”这一视角，她更透彻地解释了盛唐诗歌革新强调大雅颂声的深层背景，李华、萧颖士、贾至等人复古思想的实质和局限，元结、杜甫诗歌中雅颂与讽刺并存的原因，为理解初盛唐诗歌演变的根源，提供了一个极富启发意义的观察视角[①]。

①《诗国高潮与盛唐文化》，第274—300页。

此外，葛晓音先生还从文化交流、女性、文人的生活方式等角度，探索初盛唐诗歌的有关问题，其《论唐前期文明华化的主导倾向》[①]、《论初唐的女性专权及其对文学的影响》[②]、《论初盛唐文人的干谒方式》[③]都提出了很值得思考的看法，受到学界的广泛关注。

总的来看，葛晓音先生的文学史综合研究，有宏大的历史视野，关注文学演变的重要环节，同时善于结合社会政治、思想、文化、学术多方面的背景，推进对文学问题的思考。如果从葛晓音先生学术的发展历程来看，这个开阔的综合研究格局，也为她今后在诗派与诗体方面的深化，奠定了坚实的基础。

二

葛晓音先生早在撰写《八代诗史》期间，就围绕对谢灵运的讨论，开始涉及山水诗的研究，在《汉唐文学的嬗变》中，亦有关于陶渊明、王维等重要山水田园诗人的讨论，其《山水方滋　庄老未退》一文，则深入探讨了晋宋之交玄风与山水的关系。这些对山水田园诗的关注，在她

①《诗国高潮与盛唐文化》，第 301—323 页。
② 同上，第 45—61 页。
③ 同上，第 211—234 页。

1993 年出版的《山水田园诗派研究》中，发展成对“山水田园诗派”的深入探索[①]。

山水田园诗是中国古代诗歌创作的大宗，但在九十年代以前，学界还缺乏从纵向和横向全面展示这一诗派全貌的专著。葛晓音先生在《开拓山水诗的深层研究》一文中，就提出，她希望通过考察山水田园诗生成发展过程，开掘出更深的研究层面。在具体的研究中，她将自己在文学史综合研究中所具有的许多独特长处，引入诗派的探索，例如关注诗派艺术演进的核心环节，广开视角，将诗歌与时代政治思想、文化学术环境联系起来考察，在此基础上探索了诗派研究之路。其研究上创获主要有以下几点：

首先，她对山水田园诗派的核心艺术特征，从精神旨趣、审美观照方式、佛道思想的影响以及艺术表现的发展等多种角度，做了深入的认识。

这方面的有关讨论，从回应学界对于山水起源于玄言诗的质疑入手展开。葛晓音先生认为，晋宋以前，景物描写不忘兴喻，尚未成为客观的审美对象，晋宋之交，山水田园诗同时出现，以回归自然、与造物冥合为宗旨，这是

① 关于葛晓音先生山水田园诗派的研究成就，参见陈贻焮《评葛晓音的〈山水田园诗派研究〉》，《文学评论》1993 年第 4 期，第 152—157 页。本节所讨论的葛晓音先生的有关观点，见葛晓音《山水田园诗派研究》，辽宁大学出版社 1999 年版。

因为东晋后期玄言诗中产生了新的山水审美意识，以山水证道的思维方式使人们认识到万物无主，自然美不随人的情感而变异的客观性，山水因此成为具有客观审美价值的独立的“因咏”对象，山水田园诗亦由此确立了“静照忘求”的审美观照方式和体合自然、适意为乐的精神旨趣。因此，玄言诗不是山水诗的渊源，而是它的催化剂。

前人论山水田园诗派的共同特征，主要是从“清新”的共同风格着眼，葛晓音先生则从表现艺术的发展角度，层次分明地揭示了山水诗在南朝逐渐脱离玄言，由证道向缘情转化的过程，分析了山水诗如何从大谢侧重大全景铺叙和勾勒景物的轮廓形貌，发展到小谢进一步从景物的各种动态和情趣措意；何逊、阴铿又如何将小谢所创造的有光有色、气韵氤氲的山水境界，发展成有声有味有节奏感的艺术世界。山水诗在初唐向盛唐的演变过程中，如何一步步解决艺术表现上的许多重要问题。这不仅充分地论证了山水田园诗派的表现艺术逐步丰富和完善的过程，而且使二谢、王孟、韦柳等著名诗人在这一诗派发展过程中所做出的贡献也得到了更为深入而明确的揭示。

有了山水田园诗派的基本精神旨趣与艺术特征的深入认识，因此葛晓音先生相当有力地反驳了对山水田园诗派在盛唐是否存在的质疑。盛唐诗人往往兼擅各种题材，而且都具备清新的风格，这是人们质疑的主要理由，而葛晓音先生认为，如果仅仅将题材和风格作为划分诗派的标准，这种怀疑不是没有道理。她通过对山水田园诗派形成过程的系统研究，确认了这一诗派的基本特征，指出他们都受东晋玄学自然观的影响，以体合自然、适意自足为旨归，因沿袭了“静照忘求”的审美观照方式而造成了大致相同的艺术趣尚和创作倾向。唐代山水田园诗派以陶渊明和二谢作为共同宗尚的诗人，继承和总结了陶诗重兴寄和感受，谢诗重观赏和刻画的传统，又进一步化仙境和禅境入山水，在方外之情中表现了朗鉴澄照、泠然独往的理趣。由于注意虚实关系的处理，意象的淡化和简约，以及提炼景物以构成概括力较高的典型意境，从而形成了这派诗人清新闲雅、空灵淡泊、富有韵外之致的共同风格。她进一步根据这些基本特征，结合诗人交游的考证，对盛唐山水田园诗进行界划。这就比单纯依照题材和风格分派的笼统印象远为深入。

葛晓音先生对山水田园诗派艺术演进中的核心问题及关键环节，都有深入的思考。其中对玄学与山水诗形成之关系、隐逸方式的变化对山水诗创作之影响的分析，尤见会心。她深入地研究了“自然”从哲学的理念转入审美范畴的过程，首先发现了东晋玄言诗以游仙始，而以佛理终得现象，又通过东晋名士与名僧交游年代的考证，找出了玄言诗发展的三个阶段，并认为第二期是转变的关键：以支遁、王羲之、许洵、孙绰、谢安、简文帝为代表的一群诗人在晋穆帝永和年间的交游唱和，使玄言诗发展到高潮，同时在支遁《逍遥游》新注的启发下，玄学自然观向山水审美观转化。到第三阶段在慧远及庐山道人“以佛理为先”的玄言诗中，便正式提出了“因咏山水”的观念。在此之前，支遁《逍遥游》新注的新意何在，学界并未讲透，葛晓音先生通过《逍遥论》与郭象注的比较，联系支遁与王羲之的玄言诗，考察了支遁《逍遥论》中的基本观点在王羲之、戴逵等同时代人诗文中的反映，及其对王绩、王维等山水田园诗人思想的影响，指出其新意主要是用佛教“即色义”的彻底的相对论，解决了郭象无法从根本上改变庄子“无待于物”这一主旨的逻辑障碍，承认“不物物”的前提是“物物”，把“有待”和“无待”等同起来，强调在“至足”中求“适”。这一新解促使东晋士人参透“物莫不以适为得，以足为至”的道理，并将它发挥到闲游之中，确立了在山水游赏中“欣于所遇”、“快然自足”，得逍遥之乐的旨趣。这一解释，由于立足东晋玄言诗以及晋宋至中唐山水诗基本旨趣的继承性来观察支遁的逍遥新义，其结论是很有说服力的。

隐逸是与山水田园诗创作关系最为紧密的社会风尚，葛晓音先生对东汉到盛唐的隐逸方式作了十分深细的考察。她指出汉代隐逸风气之盛行，除儒道二家的思想影响之外，还与招隐的风气有关，而魏晋隐逸风气的变化，则是“招隐”这一题材内涵由招隐转变为归隐的原因，从而理清了“招隐诗”这一诗体的由来。同时，她还对盛唐“朝隐”

以及士人“待仕之隐”对山水田园诗创作的重要影响，作了细致的梳理，将对这些问题的认识，推进了一大步。

此外，她对山水田园诗派形成过程中的一些重要环节，也多有关注和发现。例如“方外十友”及道教思想对山水诗的影响，是前人未曾关注的问题。她不但考订了“方外十友”活动的时间地点、交游性质以及政治背景，而且通过对茅山道派的纵向考察，分析了这一道派以入世为本，以出世为迹的传统。她还指出，陈子昂《感遇》三十八首实际上是以这一道派的思想为指导，用天命论和历史循环论来解释自然与历史的发展，解决了初唐四杰苦思而不得其解的时、才、命三者的关系，确认了以道教哲学为依托的士人用舍行藏的处世哲学。她认为“方外十友”的交游虽然没有直接促成山水诗的勃兴，但他们这种“道心”却促使他们将出处进退的人生原则和山林隐逸生活联系起来，对盛唐文人的仕隐观具有深远的影响，同时也促使这批诗人将中断了百年之久的游仙诗传统引入山水，为盛唐山水诗开辟了重要的境界。她还通过敏锐的观察，揭示了初盛唐山水诗发展中学习大谢和小谢的两次复变，深化了对山水诗演变进程的认识。

总的来看，葛晓音先生的山水田园诗派研究，在充分发挥自身文学史综合研究之优长的基础上，开拓了宏观与微观相结合，善于观察流派核心特征、梳理艺术演变脉络的诗派研究道路，突破了以往单纯依赖艺术风格印象和诗

《古典文学的内部研究》书影

人交游来观察诗派的研究格局，为诗派研究水平的提升，做出了突出的贡献。

三

进入新世纪，葛晓音先生的研究重心，转向了诗歌体式研究，新近问世《先秦汉魏六朝诗歌体式研究》汇集她过去十年间的研究成果。这部厚重的专著，以开阔的视野和缜密深细的考辨，极富创造性地开拓了一个新的学术领域，推进了古典诗歌的内部研究。①

所谓诗歌“体式”，是指与诗歌体裁相联系的艺术规范，包括形式规范与表现功能等。体式研究是诗歌内部研究的重要内容，而葛晓音先生则希望从原理的角度，进入体式研究的阃奥。中国古代的文学批评重视文体研究，魏晋时期的文学批评关注文体规范与其使用功能间的关系；唐代的文学批评注重作法、声律类具体的创作指导，更明显地将文体与审美趣味联系在一起。北宋的诗话涉及“体”的专论较少，明代诗论辨析诗体，对各种诗体的艺术风格和创作方法的研究较前人远为深入。清代对各种诗体发表

① 本节所讨论的葛晓音先生的有关观点，除特别标明者外，见葛晓音《先秦汉魏六朝诗歌体式研究》，北京大学出版社 2012 年版。

了更集中的专论，关于各种体裁的艺术规范的探讨也更加细致实在。总的来看，传统的诗学批评注重从功能和风格的角度界定诗体，重视典范作家与诗体的历史渊源对诗体内涵形成的影响，这些都构成了诗歌体式研究重要的历史资源。

但是，从现代学术的要求来看，古代的体式研究有许多局限，由于重视鉴赏和写作的实用性，因此有关的分析多有过于强烈的主观色彩，难以公允客观，同时，过于偏重感觉层面的描述，缺少在原理方面的探讨，难以说明各种诗体从产生之初到艺术规范形成之时的发展过程，以及该种艺术规范与诗体本身结构体式节奏的内在联系。

20 世纪以后，虽然产生了许多分体研究的诗歌史研究专著，但基本上沿用古代诗学批评中积累的概念术语，缺少创新，尤其缺少体式原理的探索。只有极少数学者作过尝试，例如林庚先生从诗行的结构和节奏等角度来考察楚辞体的散文化，还注意到律诗适合表现空间意识的问题；日本学者松浦友久从汉语的拍节节奏和诗型发展的关系，以及各种诗体的表现功能来研究中国诗歌体式的生成原理，虽比较笼统，但都做出了可贵的探索。葛晓音先生认为，摆脱对前人现成理论概念的依傍，从创作实践的具体分析中总结出更新更科学的理论，透彻地说明古代诗歌各种艺术标准形成的内在原理，这是未来诗歌艺术研究的方向之一。

早在90年代末，她就对绝句、歌行、新题乐府这几种诗体的体式的起源和艺术规范发展过程，做出探索。从90年代末期开始，她与日本学者户仓英美合作，结合日本保存的雅乐和唐代乐谱等资料，对隋唐乐舞的相关问题展开研究，其中两人合作发表的《从古乐谱看乐调和曲辞的关系》[①]、《敦煌舞谱对舞结构试析——兼论谱字的解释》[②]、《从唐乐谱和姜谱的关系看词的音乐背景》[③]、《日本吴乐"狮子"与南朝乐府》[④]等论文，都结合乐舞的音乐与表演，对乐府与词的体式结构做出了深入的分析，提出了许多超越前人的见解。这些研究，都呈现了她从体式的角度深化诗歌内部研究的追求。在新世纪的十年间，她通过对先秦汉魏六朝诗歌体式的全面研究，将这一新的研究方向，开拓成一个内涵丰富的学术新领域。

在这项研究中，她梳理了诗骚体式的节奏结构和表现原理、七言诗的生成原理及其与各类诗型的关系、五言诗的产生和创作传统的形成等三大方面的问题，从各种体式的生成途径和发展过程出发，从句式节奏、篇体结构、表现方式等多种角度说明各种诗体的创作原理，提出了许多

①《中国社会科学》1999年第1期，第147—167页。
②《敦煌吐鲁番研究》1999年第4期，第509—527页。
③《文史》2004年第12期，第124—131页。
④《唐研究》2004年12月总第10期，第111—138页。

极富启发性的见解：

首先，她从体式生成与语言节奏的关系出发，深入探讨了诗骚体式的节奏结构及表现原理。她参考上古语言研究的成果，以及散见于各种文献中的先秦韵语，确认了《诗经》和《离骚》都是从当时散文语言中提炼出来的诗歌形式，在此基础上，从《诗经》的全部句式中总结出音节配合和诗行构成的规律，由此提出《诗经》篇体节奏的形成主要是依靠“句序”。所谓“句序”，是指句子排列组合的规律性，句序不同于众所周知的重叠复沓，而是指每一段或每一章里句子的排列顺序能否构成一种自然流畅的韵律，句序的构成重在各句之间结构的呼应，这种呼应可以用相似的句法，或用叠字的对称，或用顶针勾连等手段。每一章或每一段中有几句成序，即可形成基本的节奏段落。寻找句序的序列规律是四言诗化的一条重要途径。句序的建立又以诗行的建构为基础，她对《诗经》最常见的五种诗行建构方式进行了分析，指出这五种诗行建构方式的任意组合或重复使用，形成了四言体最常见的句序。对于骚体，她从楚辞中总结出三种基本节奏音组，通过仔细分析楚辞将散文语言诗化的规律，解释了为什么楚辞体的典型句式需要句腰，而且多以单音节词前置的问题。她指出，楚辞的节奏构成实际上是通过“兮”字或虚字把《诗经》的两种基本词组相加，使诗句延长一倍，屈原的贡献在于他顺应了当时语言节奏发展的整体趋势，借鉴了《诗经》体的节奏构成原理，发现并提炼了节奏音组的规则，创造了与《诗经》的节奏和形式迥然不同的更富有表现力的新诗体。

对早期七言体式特征和生成原理的分析，是又一重要创获。关于七言体的起源和成熟问题，文学史上争讼不决。葛晓音先生跳出传统思路，从七言的节奏提炼和体式形成过程来加以考察，从三言、骚体、四言的词组结构和节奏变化着眼，解释其早期体式的成因。她指出，战国末年，由于韵文中四言和三言的愈趋实字化，对于四言词组合三言词组之间节奏关系的探索，成为骚诗和民间谣谚的共同现象，这是酝酿七言节奏的主要背景。早期七言篇章由单行散句构成、意脉不能连属的体式特征，使之长期只适用于非诗的应用韵文，而不适宜丰富的叙述和抒情。晋宋之后，七言体式发生重大变化，葛晓音先生期望回答两个学界尚未给出满意回答的问题：一、七言从“句句韵”变成“隔句韵”的原因是什么？二、七言古诗和杂言古诗之间的关系是什么？在回答这些问题的过程中，她对中古七言体式转变的过程，做了深细的发掘，指出七言在中古的转型，不仅仅是在句句韵之外，出现了隔句韵，更重要的是确立了双句成行的观念，以及首句入韵，以四句为基本诗节转韵的结构，对绝句体和歌行体都有重要的影响。魏晋以来，七言的连押转韵促使双句成行的意识逐渐从模糊趋于清晰，杂言中赋体句和五言句、七言六言句的组合，又对四句一节的诗节结构产生了直接的影响，从而产生了极少数的一二四押韵的七言句段，这些变化提供了七言转型的前提条件。鲍照在这些变化方向上进行自觉的变革，以大量的方法来解决双句诗行和诗节构建方面的问题。齐梁以后，七言体和五七言杂言体同步而行，七古大体保持了和鲍照五七言和七言相同的特征，五七言杂古成为杂言古诗的主流，和七古的亲缘关系也最为突出，改造了七言的格调，对七古抒情结构给予极大的扩张，对新题歌行的“篇”体做出贡献。

在五言体的研究方面，葛晓音先生也提出了一系列重要的看法，她从五言句节奏的形成以及五言诗体的成立两方面入手来展开分析，指出五言成熟的主要路径就是探索如何通过各种方式使已经形成二三节奏的各种五言句式相互呼应，以构成节奏流畅连贯的整体。汉代作者通过叠字、对偶、顶针、排比等修辞的重叠找到了比较容易形成流畅节奏的一些句式组合方式，从而再现了《诗经》重章叠韵、一唱三叹的特点。但这仅仅是五言成熟的一个必经阶段，而不是固定的成熟模式，探索五言句连贯叙述的节奏规律，逐渐摆脱对修辞重叠的依赖，充分发挥五言便于单行散句组合的优越性，是五言体此后发展的长远方向。西晋五古篇制结构层次多样化，诗行构句因追求内容的对称性而形成“俳偶渐开”的语言特色。

在从句式节奏、篇体结构探索诗歌体式的基础上，葛晓音先生更为深入地剖析了各类诗体的艺术表现方式，将以往关于诗体艺术特色的许多印象式分析，上升到基于原理的理性观察。例如比兴的问题，她指出比兴的使用方式，与《诗经》四言体强化节奏感的需要有关。在《离骚》中，比兴的几条主思路就成为组合全诗复杂结构的纲领。五言从汉魏到西晋，到陶渊明，一直到齐梁，其结构方式发生变化，直接影响到每个阶段的诗风和艺术表现的不同特征。早期五言诗和陶体的天然、南朝五言诗“古意”和“近调”的差异，都可以从体式上找到原因。由于对五言体式演变的历史阶段与艺术变化有深刻的把握，因此她准确地揭示出江淹《杂拟诗》三十首是一组通过拟诗形式表明其辨体意识和诗史观念的特殊作品，它总结了刘宋以前五言古诗的题材、诗体随时代发展变化的史实，其出现时间恰好处在南朝五言诗体调由古趋近的转折关头，因此，这组诗也以精炼浓缩的形式总结了五言古诗的体式特征，反照出其后齐梁五言近体诗体式和表现的巨大变化，因而具有重要的诗史意义。

葛晓音先生的体式研究，是以句式节奏和篇体结构为核心所展开的对诗歌体裁艺术规范的探究，她充分关注到语言学对这一课题的积极影响，但并不简单搬用语言学的方法，而是从影响语言诗化的关键因素出发，寻找恰切的观察视角。她所提出的“句序”问题，以及从体式与语言、体式与体式之间的互动，体式自身的生成转型等角度所展开的观察，都创造性地回答了语言诗化、诗歌体式生成演变的关键问题，其有关的结论，不仅加深了对诗歌史的认识，也在方法论上为诗歌艺术的内部研究、形式探索，开拓了新的成功的途径。

四

葛晓音先生的古典文学研究，在三十年间，不断地自我突破，开拓创新，呈现出旺盛的学术生命力，然而，倘若要总结其治学之道，往往会有一种难寻形迹之感。在研究对象上，她并未给自己圈定一个固定的范围，其论题虽以魏晋南北朝隋唐为主，却又上探诗骚，下及明清，在思考文学史核心问题时，呈现出十分开阔的观察视野；在研究方法上，她从不简单地依傍某种理论，或者某个研究框架，而是在全面阅读原始文献的基础上，通过材料的排比辨析，敏锐地发现问题，并探索最恰切合理的解决问题的方式，因此其所使用的方法，一空依傍、随物赋形、活泼变化，因此很难将其变成固定的模式加以模仿。这种独特的研究之路，其深刻的意义，也许要置于 20 世纪古典文学研究现代化进程的变迁大势中，才能充分领略。

中国古典文学研究，在 20 世纪经历了从传统到现代的深刻转变，而在世纪的前半期，现代化进程主要体现在中外文化碰撞为研究带来新的视野，王国维、鲁迅、闻一多、俞平伯、林庚等一大批前辈大师，都在这方面，表现出积极的开拓。新中国成立以后，以马克思主义来指导文学研究，在具体应用中产生许多僵化教条的倾向，但其基本格局，仍然是接受外来文化的影响，以新的观点重新认识中国文学。改革开放之后，学界一方面期望以对外部世界更丰富的认识，在新的层次上推进中外文化碰撞，开拓新视野、新方法；另一方面，则在反思机械马克思主义的僵化与教条，以及简单搬用西方理论之局限的基础上，意识到深入认识历史的重要性，追求将文化碰撞所带来的理论意识，融汇在对历史的沉潜与认知之中。这个从“碰撞”向“沉潜”的转型，显示了古典文学研究现代化进程的深化，学界也越来越深刻地意识到，任何因“碰撞”而有的新视野与新方法，只有建立在“沉潜”的基础上，才能生根开花。在改革开放三十年后的今天，我们会发现，新时代在文化“碰撞”上的开拓成绩，似乎不能与世纪的前半期相比，许多新方法、新视野的引入，难以产生世纪前半期那样显著的影响力；而另一方面，学界在回到历史，以沉潜求开拓这一方向上，则有较多创获，成为古典文学新时期成就最显著的标志。

“沉潜”本是中国学问的核心精神，中国古代学术对如何沉潜历史，商量旧学以开拓新知，积累了丰富的经验。朱熹所强调的“格物致知”，指向对文本的涵咏体察；清代乾嘉考据学，面对文本，立足考证，提倡“义理、考据、辞章”的结合；中国古代源远流长的诗文批评之学，则提出了大量阅读文本的经验和方法。事实上，中国学术任何新的前进，都离不开对这一“沉潜”的学术传统的继承。20世纪前半期的学术大师，以其深厚的素养，继承传统理学、考据学以及诗文批评的“沉潜”传统，他们在文化碰撞中所开拓的新视野，所以能产生重要影响，与其具有“沉潜”的功力与素质，无疑有密切关系；而改革开放后新时期的许多新视野、新方法，则常常因为研究者本身“沉潜”素质的薄弱，成为无源之水、无本之木而昙花一现。上世纪八十年代以后，学界对“沉潜”之方式方法，有极大的丰富与开拓，而葛晓音先生的研究，则无疑是其中最突出的代表。她将实证之功与妙悟之力，深刻地结合在一起，使中国学术的“沉潜”传统，在现代学术的格局中，得到继承和深化。

葛晓音先生的研究，呈现出鲜明的实证精神，她谨记导师陈贻焮先生的教诲，走“义理、考据、辞章、时代、作家、作品”相结合的道路，对于每一个学术疑难，她一定追本溯源，务实求真，力求从大量的原始材料中归纳出观点，得出最接近历史实际的结论。而与清人的考据之学相比，她的实证更多地融合了宏观的历史视野以及深刻的理论意识，注重在历史现象的复杂联系中，在历史演变的背景下，观察问题，她对于文学史上许多具体问题的考证，都着眼于一些大问题的解决，而许多小问题的分析，也成为大问题解决的点睛之笔。

另一方面，葛晓音先生对艺术作品有深刻的感悟力，尤其善于通过阅读大量作品，发现文学流变的趋势，将对文学现象的敏锐感受上升为锐利的见解。这一妙悟之力，并非是神秘玄虚的品质，而是在长期的沉潜与磨炼中形成的学术洞察力。正是这样的洞察力，使得她的研究"一空依傍"，能够面对问题，寻找最恰切的探索路径，见人所难见，发人所未发。程千帆先生曾经以一副对联，高度评价了葛晓音先生《山水田园诗派研究》的妙悟之力："句好无强对，神超有独游。"旁注云："晓音大家损书论学，谓欲合静希先生（林庚）之悟性、昭琛先生（王瑶）之功力为一。余观其新撰《山水田园诗派研究》诚亦庶几矣！凛妙才之可畏，幸吾道之不孤。……"

这样的学术洞察力，融合了深刻的理论意识，也建立在对文学作品深入的领悟之上，因此，它尤其能够透彻地理解文学问题。回到历史，沉潜开拓，一方面要克服空谈理论，不能对历史现象做扎实认知的局限，另一方面，则要避免单纯强调认知，忽视艺术理解，不能深入关注到文学发展之复杂性的局限。葛晓音先生的研究，在注重认知、讲求实证的同时，始终保持了对文学的高度敏感，致力于解决文学演进中的核心问题。她从文学史的综合研究，走向诗派的讨论，进而在诗歌体式上深有开拓，正是这种文学研究自觉意识的体现。这对于当下的古典文学研究，显然有很强的借鉴意义。

值得注意的是，“神超独游”的妙悟之力，既来自艰苦的磨炼，也与宁静致远的精神境界有密切的关系。“一空依傍”既是思考上的独立与自主，也是内心宁静专注的体现。在过去的三十年间，古典文学研究，乃至整个文化领域，都众声喧哗，而葛晓音先生始终坚持深入地沉潜历史，走出了一条独立探索的道路。这种“独立而不改，周行而不殆”的专注与沉着，在学风浮躁的今天，尤其给人以深刻的启示和感染。

本文原刊于《天中学刊》2012 年第 8 期

《吴小如讲杜诗》[1] 整理后记

己丑春，小如太夫子望九之年，重开帷幄，授杜工部诗于中关园。余与谷君曙光、沈君莹莹等，半月一至席前，承其謦欬，寒去暑来，都为一十五讲。余与谷君退而谨书所闻，征录音以成此讲记，敬付剞劂，庶燕郊席上之珍，流布而为寰区之宝。

先生执上庠古典文学讲席，逾四十载，所论及于古今诗人者，华章盈箧，然终未专力于杜工部诗，其将有待也。夫黄钟大吕，知音实难。杜工部集诗家大成，颠沛饥寒而成此山高水深，其沉郁广大，非老成无以相契！古今注杜者众矣，其间有所得者，非器识深浑、学力超迈，弗敢入于宝山。若先生者，博观沉潜，六十年间，其学沛然

① 吴小如著《吴小如讲杜诗》，天津古籍出版社 2012 年版。

《吴小如讲杜诗》书影

一出乎醇正。于今杜律重研，考洪钟而出巨响，斯皆老成之力，而为精诚之所感怀也。

方其口讲指画，娓娓忘倦。夔府风云，盈容膝之陋室；诗律琳琅，耀冬日之寒窗。吾与诸君，得侍函丈，仰千载而思接，忽忽若身世之两忘。所愧才拙笔短，徒惊绚烂，余音虽在，而无以识其妙处。

严沧浪云：诗有别才，非关学也。此诗家三昧，然末流所及，不免蹈空。先生论诗之旨，厥有四端：明训诂、通典故、考身世、察背景。此惩蹈空之弊而以征实相尚者也。先生深于小学，所著《读书丛札》发明诂训，见重学林。其论诗，亦倡“治文学宜略通小学”，未有字义不安，而能得风人之旨者。此编所论“静”（衣露静琴张）、“堕”（及我堕胡尘）诸字义，皆深有发明。“锦里祠庙”诸典故之考校，亦多精核。所谓“欣赏”者，当自此实学四端之“苦赏”始，而一归诸揆情度理，斯又烛幽照微，藏往知来，所论《石壕吏》《新安吏》《咏怀古迹》，融会通达，冰释悬疑，皆揆度之妙境。

杜诗非胸藏古今体式，无以知其独造。先生博观之识，尤多圆通。循宋词婉约以解杜律之“沉郁”，以宋诗新变，明杜诗之广大。先生复精皮黄，此编或以氍毹神妙发明诗道，其论《赠卫八处士》之收结，李、杜诗才之异，尤会心而莫逆者也。

古今注杜者，无虑千数百家，先生幼秉庭训，受杜诗于其先君玉如公，其后复承俞平伯、林静希诸先生教诲，此编于前代注家之外，每及于诸先生之所见。风流已远，逝者如斯，杜工部睹玉华之虚无，感世事之沧桑，“忧来藉草坐，浩歌泪盈把”。尝记先生讲解至此，而一室怅然。呜呼！若杜律之光华不泯，诚藉诗心千载相续之力，而百代之下，先生所深察于少陵者，亦将有待于来者也。

时维庚寅岁杪，小门人刘宁敬识于燕东园

仁义之人　其言蔼如

——读陈贻焮先生《杜甫评传》[①]

从1979年到1984年，陈贻焮先生撰写了一部近百万字的《杜甫评传》。为杜甫作传是近几十年杜甫研究中的热点，在陈先生的《评传》问世之前，冯至先生的《杜甫传》就以诗意和敏悟载誉学林。和冯作的激情与诗意相比，陈先生这部评传则显得比较含蓄，但细读之后却不难被它内敛的精彩所打动。在长达百万字的娓娓叙述中，《评传》深厚全面地体察了杜甫的精神和诗艺，非常鲜明地体现出从整体和根本处把握对象的特色。如果说冯至先生的《杜甫传》是以诗人的体验心接古人，那么陈先生的《评传》则在认识的丰富与完整上显示出近乎儒家仁者体道的精神追求。

① 陈贻焮著《杜甫评传》，上海古籍出版社1982—1988年版。

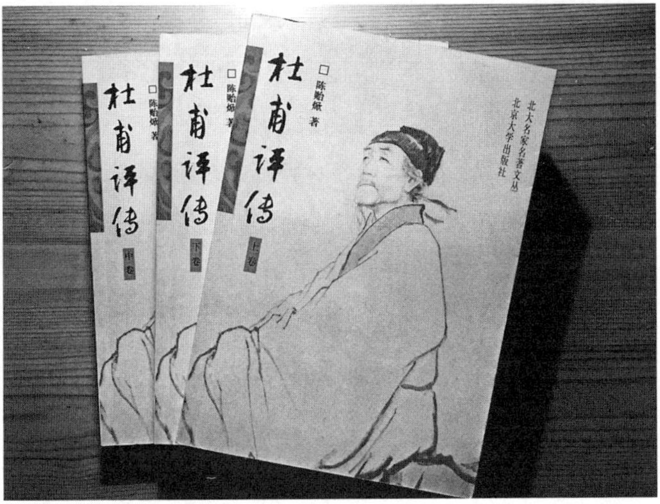

《杜甫评传》书影

仁者爱人，发乎情是陈先生这部《评传》的特色。虽然作为一个对古典诗艺深有造诣的诗人，陈先生对杜诗艺术颇具会心；作为一个卓有成就的学者，他对唐诗研究多有创获；但是，在创作《杜甫评传》时，他实际上超越了诗人的感悟和学者的智慧，以仁心和厚爱体会着杜甫这位他一生至爱的诗人。谈到创作体会，陈先生说自己写到沉痛处，常掩卷而泣，以至于痛哭，从《评传》的字里行间，可以体会到这种真情的流露的确发自肺腑而浸于辞端。

爱之深故知之深，感情并没有扰乱《评传》的认识，反而使它对杜甫的精神世界有了相当深入的把握。这突出地表现在它对杜甫作为诗圣的剖析和认识上。杜甫被后世誉为诗圣，这一方面是称赞他的诗古今无匹，一方面也包含了对其人格的高度肯定。杜甫许身稷契，虽颠沛流离而不失家国之志，理想之坚定，胸怀之宽广都迥异常辈，因此他虽是诗人而得“圣”名却从未遭到异议。但是，杜甫这个“诗圣”究竟是怎样一个“圣”呢？要比较好地做出解释并非易事。苏轼说杜甫“一饭未尝忘君”，这当然不是杜甫的本来面目。近年来用人民性来解释杜甫精神的可贵处，也往往有夸大之处。事实上，理解杜甫身上“圣”的因素，不能离开时代，也不能离开中国传统文化的特殊思想背景。从时代角度认识杜甫思想，近年的研究已经取得许多收获，如探讨安史之乱前后社会环境对杜甫的影响。但对传统文化，特别是儒家文化对杜甫思想和行为方式的影响则研究得比较少。杜甫在社会大变动中所走过的追求理想的道路，实际上有着传统文化的深刻影响。儒家文化所理解的圣人，虽然在精神上追求超越，但在认识和行为方式上和现实人生有着密切的联系，追求在家国人伦的关系中成圣立贤。因此，杜甫对理想的追求、对现实的失望，常常不是以抗世嫉俗的形式出现，而是在深察世情、饱谙世味中委曲道出。作为诗人，他对理想的壮美和理想失落的苦痛有着超乎常人的感受，但他能将理想的光芒化作温暖人生的阳光。这是一个在中国土地上造就的“圣人”。他与西方奋身独行的圣者是很有差别的。冯至先生曾经这样吟咏杜甫：

你在荒村里忍受饥肠，
你常常想到死填沟壑，
你却不断地唱着哀歌，
为了人间壮美的沦亡。

这壮美的诗句使我们激动，但它刻画的杜甫更像一位西方的圣徒，而和中国的杜甫差着些什么。陈先生《评传》的描述也许更具有“乡土味”。在上卷“旅食京华”一章中，它详细地描绘了许身稷契的杜甫如何过着“朝扣富儿门，暮随肥马尘。残杯与冷炙，处处潜悲辛”的生活。“献三大礼赋的前前后后”以冷静的考证揭示出杜甫献三大礼赋这段光荣史，不过是为迎合玄宗的求仙好道以阿谀之辞求进身之阶。三大礼赋对当时的奸相李林甫也不惜谬加称颂。杜甫不仅没有在求仙崇道的乌烟瘴气里保持清醒认识，而且在旅食京华中与权贵达官也不乏委蛇趋奉。他和李林甫女婿有过交往，投奔过杨国忠的亲信鲜于仲通。对此，《评传》有一段很中肯的分析："社会是复杂的，人是复杂的，'在山泉水清，出山泉水浊'，像杜甫那样出身旧家望族的士大夫，同当时整个封建上层社会本来就有千丝万缕的联系，何况来到京师，四处活动，急于找条出路，哪能那么泾渭分明，不挨着这沾着那呢？……难能可贵的是，他不是越陷越深，而是越深入这个污浊的上层社会，他的头脑越清醒。"（157 页）《评传》将杜甫长安十年"彷徨、苦闷、追求、失望、猛省……的苦难历程"剖解得相当深入。杜甫在长安从某种程度上讲不能免俗，但正是由于深入"俗"中，猛省之后才会有深刻的现实认识，这又是杜甫精神成熟的独到之处。

《评传》中下卷对杜甫精神世界丰富的一面揭示得更加生动。它谈到杜甫卜居草堂的清幽闲居，为人幕僚的帮闲凑趣，甚至多次戏称杜甫是老江湖，说他善于和人拉关系。这不是杜撰的小说家言，而是真实地反映了杜甫精神的多个侧面，让读者很实在地理解杜甫在人事中的辗转。杜甫很看重家庭，对妻儿有深深的眷恋，《评传》写到这一点十分温煦动情："他到底有个不无可爱的家，可怜老杜如今却像只蜗牛，他的家就是蜗牛背上的壳。他背着这个壳慢慢地爬，爬到哪里，家就在哪里。实在疲惫不堪了，暂时缩到‘壳’里喘息一下，寻求一丝温暖，以至获得继续爬行的勇气。”（547 页）中国的诗圣杜甫，身上背着这样一个“重壳”，而且依赖眷恋着这个“壳”，这看上去不那么潇洒，却是杜甫真实的面貌。

当然，《评传》并没有忘记“诗圣”的主旋律，它说：“我们在研究作家作品时，既要看到思想感情的各个方面及其表现形式的多样化，也要看到它的主流。”（658 页）它认为杜诗虽屡屡表现了隐居之志，但杜甫毕竟不是陶渊明：“陶渊明的隐逸有逃避污浊官场、追求人生真谛和愤慨晋宋易代的意义，而且认识是透彻的，态度是坚决的……须知老杜虽极谙闲适之趣，奈何也并非真正旷达之人！这是他的痛苦和悲哀。我们不应该把他吹得飘飘然，也千万别对他貌似闲适的生活和诗歌过多责难。”（696 页）

《评传》的剖析，热情里不乏冷静，严谨处又见出从容，而它的成功在于恕道，从最深厚最根本处体察诗人的心灵，显示了丰富的人生阅历和学识素养。

《评传》对杜诗诗艺的发明也很有独到之处。首先，它相当成功地反映出杜诗之为诗史的特色。杜诗被称为诗史，这不光是因为它广泛反映了安史之乱前后的社会状况，而且从诗艺上讲，杜诗在致力于反映丰富社会人生内容的过程中全面地革新了中国古典诗歌的抒方式。当然，杜诗的革新不是突变和与前人对立的，它吸取了前代诗歌可能提供的一切影响，以集大成的面貌在最广泛和深入的继承中实现了创新。宋人秦观说："子美穷高妙之格，极豪迈之气包冲澹之趣，兼峻洁之姿，备乐丽之态，而诸家之作所不及焉，然不集诸子之长，子美亦不能独至于斯也。"（《淮海集》卷二二）

对杜诗集大成艺术的分析是一个有相当难度的艺术课题。《评传》讨论这一问题的入手处不是直接的艺术分析，而是诗意的串讲。《评传》用了大量的笔墨讲解杜诗，翻译的文字相当优美生动，有些甚至能步诗的原韵。诗能不能翻译是一个值得讨论的问题，诗歌艺术的许多内容不能转化成散文式的表达，如象征、隐喻、音韵、节奏、感觉印象、辞藻声色等等。但对于杜诗来讲，文意的串讲是相当必要的。范温说学杜诗，要"先学其精神气骨"（《诗眼》）。的确，杜诗所运用的丰富艺术手法都立足于诗歌具体的感情内容，它以极大丰富的"意"结合着精彩纷呈的"艺"，这在中国古典诗歌也是相当罕见的。黄生白山《杜诗说》曰："看杜诗，如看一处大山水；读杜律，如读一篇长古文。其用意之深，取境之远。制格之奇，出语之厚，非设身处地，若与公周旋于花溪草阁之间，亲陪其杖屦，熟闻其謦欬，则作者之精神不出，阅者之心孔亦不开。"说得简单些，就是读懂了杜诗才能体会。

杜诗串讲的难度也是相当大的。杜诗意脉或隐或显，或断或连，朱熹说："杜诗佳处有在用字造意之外者，惟虚心讽咏乃能得之。"《评传》对杜诗讽咏既多，也就有不少精彩的发见。如它认为《乐游原歌》中"长生木瓢"一段是言玄宗求道之事，揭示出杜诗诗意的跌宕。又如《示从孙济》写在下杜时杜甫受族人杜济的冷落，其中"淘米少汲水，汲多井水浑。刈葵莫放手，放手伤葵根。阿翁懒惰久，觉儿行步奔"一段，古来诸家解释都不圆满。杜甫何以因杜济这番举动而生出"所来为宗族，亦不为盘飧。小儿利口实，薄俗难具论。勿受外嫌猜，同姓古所敦"的议论来呢?《评传》认为，"淘米"一段生动地刻画了杜济勉强招待杜甫时极不耐烦的举动，汲水将井水搅混，刈葵放手乱砍一气，杜甫见了，当然会有所察觉，有所感慨。理解了诗意，才会理解杜甫的处境和诗中的感情："朝廷故旧冷落他，乡里儿童不容他，甚至连多少谙事的从孙招待他一顿米饭葵羹也要给他颜色看，处此困境，怎教他不感慨万千，悲愤欲绝呢?"（246页）

杜诗诗意深微婉转，许多诗篇在音韵节奏、遣词用字上朴实无华，但靠着抑扬深婉的思绪造就了奇异的诗境，《评传》细腻的诗意分析常能对这类作品妙达无间，使传统诗论缥缈玄虚的评语变得易知可感，如《秋笛》："清商欲尽奏，奏苦血沾衣。他日伤心极，征人白骨归。相逢恐恨过，故作发声微。不见秋云动，悲风稍稍飞。"浦起龙评此诗"超神入化，千古未窥其妙"，《评传》则层层剖解：“笛所发商、徵悲切之音，故能悲感风云。风云稍动，见笛声之轻微，闻之者似不应过于愁苦。这是实写笛声。但一开始就说若吹得太响，则会令人联想到死人白骨而伤心泣血，这是虚写。从实闻远笛微声，到引出虚拟的尽奏，以及尽奏后产生的强烈效果，实而虚，虚而实，这岂不将诗人闻笛而悲痛欲绝的心情巧妙地表现出来了呢?”（536页）类似这样的剖解在《评传》中不胜枚举，又如屡为人称道的名篇《客至》（舍南舍北皆春水），《评传》在杜甫迎客的欢快中体味出更复杂的心情。它认为全诗的首句并非泛然之笔，而是在美的境界中隐隐流露一种被冷落的情绪。杜甫虽然嘴上说“渐喜交游绝，幽居不用名”，但心里对这种被冷落的处境并非毫不介意，如今他那冷漠人生态度的微霜，一下子给好客的热情融化，这岂不足以见出他内心始终是热的（690页）。

在讲解诗意的同时，《评传》对杜诗的艺术也多有发明，见解十分精到。《评传》认为“美是和理想联系在一起的”（688页），艺术离不开情感，“有真情实感，不嫌披头散发；无真情实感，最怕搔首弄姿：真文学假文学区别在此”（583页）。这种认识在分析杜诗艺术的正与变上尤其见出敏锐和深刻。杜诗在艺术上集前代大成而开后出诸多法门，尤其对中晚唐诗歌构思富于启发。明人王世懋说：“子美集中，贺奇、仝辟、郊寒、岛瘦、元轻、白俗，无所不有。”（《杜诗详注》引）陈先生治唐诗多年，在中晚唐诗歌的研究方面多有开拓，因此《评传》每言及杜诗的正与变，往往妙语中的，如《江畔独步寻花》其二“稠花乱蕊裹江滨，行步欹危实怕春。诗酒尚堪驱使在，未须料理白头人”，王嗣爽认为“花恼”“怕春”皆反语：诗酒而曰“驱使”，白头人而曰“料理”，俱是奇语，《评传》则认为诗中“裹”字下得最奇，“这种想事的路子，这种措辞法，很有点现代诗人的味道”（683 页）。

《评传》善于发现杜诗之“变”，更善于揭示杜诗的“变”中之“正”。如《光禄坂行》：“山行落日下绝壁，南望千山万山赤。树枝有鸟乱鸣时，暝色无人独归客。马惊不忧深谷坠，草动只怕长弓射。安得更似开元中，道路即今多拥隔。”钟惺评此诗“树枝”以下四句“奥甚幻甚”。《评传》认为：“孟浩然‘日暮马行疾，荒城人住稀’略有恐怖感反见孤清高致。贾岛句‘怪禽啼旷野，落日恐行人’固然恐怖而道路辛苦、羁愁旅思见于言外，另饶意趣。老杜此诗所写，不止是一种值得玩味的感觉，而是随时可能遇险的担心，所以就真恐怖煞人。”（771 页）杜诗诗艺的“奇”总是比较贴近真切深刻的感受。这正是杜诗诗艺不乏创新而又不流于新异、变中有正的地方。又如在分析《徐步》诗“仰蜂粘落絮，行蚁上枯梨”、“芹泥随燕嘴，蕊粉上蜂须”两联时，《评传》认为这种精细处见境界的方法在晚唐人手中有了进一步发展，如李商隐的《凉思》写他在天涯凉夜怀人的情意，由“客去波平槛，蝉休露满枝”写出水亭凉夜的境界和感受，渲染出客去后的孤寂之感；温庭筠的《夜宴谣》以“高楼客散杏花多，脉脉新蟾如瞪目”的奇异构思刻画繁华过后的凄清。这些诗能于瞬息间觉察水的涨、露的繁、花的开。精微细腻与杜诗并无二致，只不过“杜诗偏于客观描写，温李偏重主观感受，前者较直，后者更巧而已”（699页）。

对于杜诗呈现变态的原因，《评传》也从诗人情感的丰富与艺术的大胆创新两方面作出解释。在分析杜甫入蜀之作何以峭刻生新、一反常态时，《评传》认为，杜甫久客长安，生活贫困，安史之乱的爆发，他的处境与遭遇无一不反常态。这种情感很难用基于正常美学标准的旧法来加以表现，因此杜甫在长安时就已经开始突破传统的诗法，创作了《秋雨叹》等一批避陈腐而就生新的作品，而一旦置身于风貌与中原迥异的蜀中山水，自己又“从辛苦中来”，复杂的感触遂使他作出风格特异的入蜀之什（635页）。

《评传》知其人，论其诗，这条看上去传统而平实的道路实际上对杜诗研究提出了很高的要求。杜甫的精神世界是丰富的，他的诗艺也是丰富的，要理解这样的诗人，需要研究者时时突破一己的局限，揭示尽可能博大的胸怀。总的来看，《评传》在理性的知察与审美的感悟之外，努力追求对于杜甫的圆融的体认。这并没有损害知的明晰与感的敏锐，反而使学术与鉴赏的成果有了更丰富的含义。《评传》对于杜甫所表现出的浑朴而完整的认识，是杜甫研究中值得珍视的成果，它提供了这样的启示：古典文学的研究应该以宽广的胸怀全面而深刻地体察认识对象，在学术门类与分科日渐发达的今天，追求浑朴与完整的感受是越来越应该受到重视的问题，这种感受直接影响着学术研究的起点以及它所能达到的境界。

本文原刊于《北京大学研究生学刊》1995 年第 4 期

研炼史识，考求文心

——读聂石樵先生《唐代文学史》

聂石樵先生继其《先秦两汉魏晋南北朝文学史》各卷陆续出版之后，又总结其多年从事唐代文学研究和教学的成果，撰著出版了《唐代文学史》[①]。全书的行文朴素典雅，立论也没有故作惊人之语，然而细味之下，其贯通文学史的识见，考求诗情文心的功力，以及将深厚的传统学养融化在现代学术中的独特境界，对唐代文学的研究，形成了诸多启发。

作为一部文学史，此书最引人注目的，是先生裁断一代文学现象之深刻史识。在为“魏晋南北朝卷”所做的跋语中，先生谈及著述之旨，明确写道要“铨评文学现象和作家、作品，着眼于其在文学发展过程中之地位和作用，

① 聂石樵著《唐代文学史》，北京师范大学出版社 2002 年版。

和聂石樵、邓魁英先生，摄于1999年

即具有史的观念，所谓‘史识’，这是修撰史书的灵魂，也是本书稿希求贯注的”。对史识的推重，是古代史家的共识，没有史识的历史是不存在的，问题在于如何寻求一种深刻的史识。《史记》以来的历史编纂，说明真正深刻的史识不能外在于历史，而要深入历史之中，藏往知来，洞悉幽微；先生总结自己多年文学史教学与研究的体会，也提出要贯彻真正的马克思主义唯物史观，要尊重历史的客观存在，从一切文学史的客观实际出发，评述文学辨证的发展过程，而不是从理论模式出发。这一著述大旨，在先生的文学史撰述中有丰富而深刻的体现，而其中尤其值得体会的，则是一种从文学史的实际出发，会通文学源流的识见与功力。

与其他各卷相同的，先生此书仍然采用了依据文体进行叙述的框架，全书分为“诗歌”、“赋”、“骈文”、“散文”、“传奇”、“词”六个部类，每一部类之下，再据“初、盛、中、晚”的顺序叙述。在“魏晋南北朝”卷的跋语中，先生谈到这种体例的安排，是贯彻“辨章学术、考镜源流”的修史原则。清人章学诚在《校雠通义》中提出这一原则时，本是针对我国的目录学传统而发，而先生将它确立为自己的修史原则，则是其撰写文学史独到史识之体现。在历史上，古人虽然没有明确的文学史观念，但一些重要的诗文评著作，史书之文苑传论以及文集之序记题跋，大量保留着古人关于文学史的看法，而其中最丰富、最深入的，往往是以条别文体、考镜源流的方式来表达，如《文心雕龙》既有《时序》一篇总论文风与时变化的轨迹，更有大量的篇幅，区别文体“原始以表末，释名以章义，选文以定篇，敷理以举统”，从而作到“振叶以寻根，沿波而讨源”。在古代文论进入总结和集成时期的明清时代，批评家关于前代文学史的看法日见成熟，而条别文体、观其流变的分析方法，更被普遍采用。中国近代早期的文学史著述，对传统诗文评、文苑传的叙述体例是有所借鉴的，随着文学思潮的不断演变，传统的影响日趋淡薄，大量的文学史形成了以时间之先后为经，以文学与社会之关系为纬，综论作家作品之成就的叙述框架。这种框架处理不当，一部文学史就成了作家作品论的集合。聂先生回顾自己文学史教学与研究的过程，说自己早年也曾以作家作品为讲授文学史的重点，后来发现这是偏颇的，应将重点转向考稽文学之源流（《我与中国文学史》《书品》2000 年 3 期）。这就是先生之文学史以文体为纲的由来。先生的考虑不是简单地回复古代的诗文评与文苑传，而是从中国文学史的客观实际出发，得出深刻认识。

辨章考镜的基础在于会通，对这一原则的成功运用，要求史家有会通古今的识见与功力，具体到文学史来讲，它首先要求对各类体裁的体制源流做出深入的分析，对此，聂先生的《唐代文学史》给予了充分的关注。先生长年从事文学史的教学与研究，自先秦以迄明清，无不有所关注与探索，因此他对各类文学体裁的渊源流变之迹，有通达之了解。因此，这部《唐代文学史》，虽然就本身而言，是断代史的规模，但其撰述的基础，却是通史的眼光与识见，如书中指出“唐代之赋包括文赋、骚赋、俳赋、律赋四种体式，文赋、骚赋、俳赋是沿袭前代人之创作而有所变化和创新，律赋则是形成并定型于唐代的赋，是真正的唐赋”；又如骈文，书中认为“骈文起于西汉，形成于东汉，至魏晋已臻于成熟并发达起来。刘宋则偏重辞采，句必偶对，言必用事，惟形式之美是求。齐梁永明体刻意求工，精心藻饰，遂开四六文之门径。梁陈时徐、庾精于裁对，谐于声律，长于敷藻，已形成原始之四六体。迨至唐代，四六文正式形成，成为当时文坛上重要之文学体裁”。这些见解看上去平实朴素，但事实上赋与骈文的源流演变是相当复杂的，自古以来，有关的意见就不无纷纭歧义之处，而先生在其长期精研两汉魏晋南北朝文学史的基础上，做出如此清晰的分析，其执简驭繁的功力的确值得细细体会。书中对“散文”源流的分析，也很可注意，近代以来，“散文”的概念一直颇多歧义，古人所普遍采用的，是一种与骈文相对立的概念，这个概念，就今天能够见到的材料来看，最早是明确出现于南宋，但它的内涵却早已伴随着骈文的发展而逐渐成型。在“魏晋南北朝卷”中，先生认为书中所论述的“散文”：“即我们所谓‘言’类，是一种与骈文对立而近于通俗语言之文体，句法散行，不尚雕饰”；而在“唐代文学卷”中，他提出“散文作为特定时期出现的一种文体，是伴随着骈文之繁荣而产生的。……迨至唐朝，骈文发展到极至，因而形成了四六文，散文进一步发展，便产生了古文。这两种文体完全是在对立中演变、发展的。唐时，四六文之为文体，已经达到僵化的程度，因此平易古朴的古文便兴盛起来”。这段论述，从骈散之间的密切联系出发，综述散文在唐代的演变大势，其见解是十分精辟的。

由于先生对文学史有博通的理解，因此对于作家创作上的渊源影响，常有精到的发明，如他论述元结之山水游记与议论文，“两类文章皆以议论为主，不以叙事为主，于议论中显其精义。这种体制和写作特点，是上承《礼记・檀弓下》所记孔子过泰山侧一节文字和《穀梁传》之文风，下开韩柳古文之先河，韩愈之议论文、柳宗元之《三戒》《捕蛇者说》等，明显受其影响”；又如论柳宗元之古文，称其“议论文源于韩非，山水游记源于《水经注》，序别书札则源于司马迁”；刘禹锡之古文“主要源于刘向和班固……承袭两家雅丽之文辞，深博之思想，形成自己巧丽渊博之文风”；又称“其对后代之影响也很大，宋代苏轼、李淑、汪藻、洪迈等皆取法之”。又如论及李商隐在唐诗史上的地位，云“其产生标志着唐诗之结束，犹扬雄赋之出现标志着汉赋之结束然”。这些见解，虽读来平实质朴，但其中所体现的开阔视野，洞悉源流的深湛功力，都非同寻常。

先生对有唐一代之文学，亦深具会通之眼光，因此铨评作家作品在一代文学中的地位，亦能清晰允当。许多唐代作家，都是才能全面，文备众体，但在各种体裁上所取得的创作成绩并不均衡，在文学史上所占的地位也就各不相同。目前一些作家作品论式的文学史，对叙述所及的每一位作家，往往是面面俱到地叙述该作家各种体裁之创作成就，细大不捐，但结果是赅备有余而裁断不足。先生对唐代作家的论述，依据文体而有精当的详略取舍，如初唐四杰，书中分见于诗歌、赋、骈文各个部分，张说、苏颋等人则只在赋与骈文中论述，并不讨论其诗歌成就；王维不仅见于诗歌，又见于赋与骈文。而李白与杜甫，则在诗歌部分着力论述外，又见于赋这个部分。从中可以看出，只有作家的创作真正能在文学史上占有一席之地，才会出现在有关的论述中，这正是文学史有别于资料长编而以史识的别白精审见长的有力体现。

尤其值得体味的是，聂先生对各类体裁在唐代的流变分衍有精到的认识，因此，其对文学现象的分布关系、渊源脉络，就有许多精彩的描述，如其对赋在盛唐时期的发展，区分了三条线索来分析，其一为张说、苏颋、张九龄、蔡邕；其二为萧颖士、李华、独孤及；其三为王维、李白、杜甫、钱起等。虽然书中并未刻意在三条线索中严分畛域，但它们的确反映了盛唐时期赋的三种创作趋向，张、苏等人以雄浑开拓赋体气格，萧颖士等人运散于赋，而王维和钱起则是律赋的高手。又如论及中唐时期的散文，书中对韩愈以及李翱、樊宗师、皇甫湜等人，是作为一个派别来论述，以李翱为韩愈派古文中的“平易派”，而以樊宗师、皇甫湜等人为“艰涩派”。对柳宗元的论述，则与韩愈派区分开来。人们论及中唐古文运动，往往习惯上韩柳并称，但韩柳之间的差异实际上相当显著，对后世的影响也彼此不同，聂先生显然充分注意到这个重要现象。他清晰地勾勒了韩愈派古文的特征与传承轨迹，分析了韩柳古文的差异，同时又专门论述了刘禹锡和白居易等人的成就，细致地说明了古文运动的核心成就及其广泛的影响。

此书的另一个突出特点，在于对诗情文心有鞭辟入里的探求。文学史固然离不开史识的理性审视，但它同时也是关于文学的历史，对文学作品做深入的解读，是文学史不能回避的重要内容。在《唐代文学史》的《自序》中，聂先生谈到自己“由于长期教学工作形成之习惯，多着眼于学生的接受能力和效果，对作家、作品及文学史之史实、现象，重视从具体分析出发，再加以综合论述，得出恰当的评价，使学生在具有感性知识的基础上，达到理性之认识”。先生虽然将自己对文学作品的重视谦虚地归因于长期的教学工作习惯，但他的追求实际上揭示了文学史写作不可或缺的基础。他对唐代文学史的论述，正是建立在大量深入的文本分析之上。先生常说，讲诗应该讲出诗的味道，而为了做到这一点，先生走的是一条朴学的道路。他博稽群书，详细考订诗中的字句典故，不仅充分重视前人的注释成就，而且读书得间，对前人的意见形成自己的补充与修订。

杜甫《春望》诗中的“烽火连三月”，黄鹤注以“三月”为“季春三月”，杜甫以至德二载三月陷贼营，诗意当为季春三月，战事不断；赵汸认为是“禄山反于天宝十四载之十一月，至次年正月为三月”，仇注引顾宸之说，驳赵说之非：“十五年正月，明皇在长安，六月始幸蜀，安得谓之破，是时公移家在奉先，五月方入鄜州，道路未尝断绝，安得谓云‘家书抵万金’？当从鹤说为正。”顾宸之说，虽然受到仇兆鳌的肯定，但先生并不就此盲从，他认为此句就词意而言，当从顾说作“三月之内，烽火不息”，但具体历史背景，与顾说不同，当指“（至德二载）是年春，史思明、蔡希德等围攻太原，受到李光弼之抵御，郭子仪引兵自鄜州出击崔乾祐于河东，安守忠从长安出兵西犯武功；各方战事紧张，三月之内，烽火不息”。这个解释，于历史背景深切著明，于诗意亦甚为允当。

又如对杜牧《早雁》的分析就据《通鉴》之记载，指出此诗是写回纥南侵，大肆掳掠，边地人民深被其难的痛苦之状。这个分析，比号称精详的清人冯集梧之注释要深入得多。在分析李商隐之作品时，先生的以史证诗就体现得更加突出，他十分重视清人冯浩、张采田等人的意见，注重从诗人的身世和时事背景去剖析玉溪诗意，对典故的分析也扎实考订，细入幽微。

当然，先生对作品的分析，并没有淹没在繁琐的征引与考订中，他从考据入而不从考据出，在细致的考证基础上，对诗情常有千载关心的感发，并以大朴不雕的语言寄寓自己深沉的体会。书中对杜甫五律的解读是最令人回味的，先生仿佛完全沉浸在杜甫“天地空搔首，频抽白玉簪”的痛苦之中，讲到《月夜忆舍弟》，先生写道：“诗用伤心之语，令人不忍卒读”，论及“古来存老马，不必取长途”，先生感叹“杜甫虽有政治抱负，终不能实现，只有怀恨老死江潭”。寥寥数语，却感慨系之。

在领略书中胜义的同时，作为后学晚辈更需深入体会的，也许是先生将深厚的传统学养与现代学术融合在一起所形成的独特境界。先生作此书，钩沉古史，博采群书，对古人之意见十分重视，如论唐代文学之社会环境，引《通典》之记载说明唐代经济之恢复与发展；论唐代律诗之发展，引清人朱彝尊《寄查德尹编修书》(《曝书亭全集》卷33）中的意见进行说明；至于在具体论述中，对前人序记题跋、诗话书信等有关评论的征引之博，更为人注目。这种对文献佐证的重视，正仿佛乾嘉学者的作风。当然，先生的传统学养更多地体现在对传统治学之道的理解与发扬之上。先生以一人之力，纂修先秦以迄隋唐的文学通史，虽然这是其文学史教学研究的总结，但我们也不能不看到，这个相当宏伟的著述计划，正是中国传统学者传达其学术人生之思考的一种特有方式。“史”在中国的传统学术中有特殊的意义，它与学术的发展息息相关，古代各类专门史的兴起，恰与专门之学的兴盛相表里；修史往往成为学者表达其学术见解的重要方式，如杜佑为表达其对治世理道的研究，撰著了究明历代典制之沿革的《通典》；黄宗羲之《宋元学案》《明儒学案》，以“学案”的方式，条析宋明理学传承之渊源。对史之原则的深切理解与运用，在中国古代是学者之思考进入深邃集成境界的直接反映。聂先生长期从事文学史的教学和研究，他一直认为治古代之学问，不应在文、史、哲各个领域之间严分畛域，要有综合的素养，培养开阔的眼光。在《司马迁论稿》这部专著中，他对司马迁及其《史记》做了深入的研究，体现出在史学上的深厚造诣。如今，他的文学史，虽然其内容只是历代之文学，但其规模体制，却是以通史之纂修，达文学之通变，究著述之阃奥。这与传统学人以史学集成其学术的精神显然有着渊源关系。在文学史撰写中，他对“辨章学术、考镜源流”之原则的发挥，以朴学的方式考求文心诗情，这些都体现了传统学术的深厚素养。

然而先生的传统素养并非与现代学术精神相排斥，相反，我们于书中看到的，是旧学与新知融合相济的学术境界。先生接续传统史家会通古今之精神，更能从唯物史观的角度，对文学之发展、演变做更丰富之理解，如古人对

“辨章学术、考镜源流”之原则的运用，往往有简单化的倾向，表现在文学上，古人有关诗体、文体的演变兴衰，常有精到的论述，但对于这一兴衰变化的复杂状态与内因、外因的探讨，常失之简略，有时甚至陷入一种机械拘执的认识，如论汉魏古诗者，认为汉魏以下，古诗无所进益；提倡盛唐诗者，认为中唐以下之诗不足观，将辨章考镜之举，变成私心门户之见。这种局限的核心，在于缺乏一种辨证的发展观念，清人叶燮对此曾深致不满，并提出了“诗之为道，未有一日不相续相禅而或息者也，但就一时而论，有盛必有衰，综千古而论，则盛而必至于衰，又必自衰而复盛”，他认为“诗之源流、本末、正变、盛衰互为循环”，主张“辨古今作者之心思、才力、深浅、高下、长短，孰为沿为革，孰为创为因，孰为流为弊，孰为流弊而衰，孰为救衰而盛”（《原诗》卷一）。叶燮的见解是很深刻的，但他所谓的“互为循环”，其实还没有完全摆脱循环论的影子。古人在运用“辨章学术、考镜源流”这一原则时所存在的局限，聂先生正是通过现代学术的思想方法来加以匡补，他实事求是地揭示各体文学之源流演变，杜绝机械拘执之见，同时对源流演变之社会背景与创作基础，有细致的阐发，这一切都体现出唯物史观的深刻影响，文学史的面貌也因此而更加清晰与丰满。

先生融贯旧学与新知的学术格局，展示了为学渊深朴茂的老成之境，其中所包含的，不仅是深湛的学术功力，更有一份对待学问鞠躬尽瘁的至诚。为学者倘能沉潜涵泳，于其“粗看似散缓”的文字背后，体会其中的“奇趣”，相信从中所获得的启发，一定不会局限于文学史之一端。

本文原刊于《书品》2003 年第 5 期

立足文本的创新

——读金开诚先生《屈原辞研究》

现代楚辞学注重综合与交叉的研究，自游国恩、闻一多等著名学者以社会学、民俗学治楚辞，越来越多的学者循此门径，更加广泛地向民俗学、人类学、神话学、考古学等相关学科中寻求他山之助，这种放眼于外的趋势近年来日趋显著。但从五十年代起即致力于楚辞学的金开诚先生，却始终立足楚辞文本寻求突破，这种研究风格，以及其中所体现的精见睿识，在刚刚问世的《屈原辞研究》[①]中得到集中展现。

一

《屈原辞研究》汇集了金先生多年的研究菁华，论

① 金开诚著《屈原辞通论》，江苏古籍出版社 1992 年版。

题涉及有关屈原生平和楚辞成书问题的考证，以及对《离骚》《九歌》《天问》等重要作品的解读。这些内容是楚辞研究的论争焦点，历来众说纷纭，莫衷一是。有些学者甚至认为，从楚辞文献内部已经难以找到研究的突破口，如果没有新材料的发现和新学说的引进，问题的解答只能付之阙如。事实上，学术开放的广度从来都直接根植于内部研究的深度，一种知难而上、推进楚辞内证分析向纵深发展的努力成为《研究》一书的鲜明特色。《研究》不肆博求，务为精鉴，文献征引只取最习见的材料，引用相关学科的成果也要言不烦。金先生曾在多篇文章中提到治学要对常见材料作深入分析，他很赞同黑格尔“熟知并非真知”的名言，认为学者要善于从习见材料中发现问题、解决问题。这种识见奠定了《研究》的学术格局。

自从廖平和胡适对屈原及其作品的真实性加以否定之后，不少学者从维护屈原的立场进行辩驳。这场进行了不止一个回合的论争，无疑暴露出一些汉代文献记载上的矛盾。对这些矛盾，有人认为必须等新材料发现才能澄清。而《研究》认为，对汉人的成果“只有宏观地看才是充分可信的，一进入较为微观的领域，就要具体问题具体分析，不能为汉人旧说所囿”（第28页）。这种认识，近代学者多有论及，但究竟什么是宏观，什么是微观，却少有人清晰地分辨。《研究》在分析有关文献的基础上，提出屈原生平可以确信的三大要点：一、忠君爱国，品格高洁，有进步的理想和主张；二、迭遭陷害，坚持斗争，终于一再被放逐；三、自沉汨罗，捐躯殉国，而汉人对屈原辞的解说则依据这三个要点作了“重点扩散”，以至臆说纷呈，徒增混乱。这种提纲挈领的整体把握，使他得以疏通文献，澄清异说。

同屈原生平问题相比，关于《离骚》等作品的论争则持续了上千年，情况极为复杂。金先生的研究同样从探究作品结构入手。他通过研究发现，《离骚》并不像前人所说的那样“乱辞无绪”（周庚《与夫子》，见《尺牍新钞》一集），而是结构清晰、章法谨严，顺着它的内在思路进行探究，就能对异说纷纭的问题做出明确的解释。例如，《离骚》的“求女”究为求君还是求贤，自王逸以来便争执不下，有人笼统地说成君臣（如朱熹）也无益于问题的解决。金先生指出，《离骚》回旋着两个主旋律：一、寻求君主的支持；二、集结志同道合的人互相扶助。在《离骚》全篇，这两个旋律反复出现，多次变奏，而“求女”一段恰恰是第二个主旋律的变奏。“求女”即是求贤，与求君无涉。而且求贤也不是王逸所说的为君求贤臣，而是寻求志同道合的贤人。下文的灵氛占卜和巫咸降神，金先生也结合两个主旋律作出了合理的解释。

金先生的《九歌》研究颇多创获，而这也直接建立在对《九歌》体制的破解之上。以往分析《九歌》性质的意见，以民间祭祀说和楚国郊祀歌说最接近事实，但两者又都有局限。金先生认为《九歌》是在楚国祭祀活动中起娱神作用的歌舞，这个意见既充分考虑了《九歌》本身的内容特点，又吸收了民间祭歌说与楚郊祀歌说的合理意见。更为可贵的是，金先生进一步探明了《九歌》的仪式特点，揭示出其中对唱与独唱两种不同的表演方式，从而否定了前人所谓“神人相爱”“神巫相爱”之说。这些意见都是很有启发性的。

这种立足结构辨析的研究方式再次在《天问》错简研究中发挥作用。对这个棘手的问题，《研究》有独到的回答，它注重把握《天问》的叙事结构，注意到其中的历史叙述虽然遵照兴亡的演变顺序，但旧朝之灭亡总是放在新朝兴起之后叙述，形成类似“顶针”“续麻”的格式。按照这种认识调整某些错简就更为合理。例如“缘鹄饰玉，后帝是飨，何承谋夏桀，终以灭丧。帝乃降观，下逢伊挚。何条放致罚，而黎服大悦”这一段商灭夏的记载，传世文本置于“简狄在台”之前，一般研究错简的学者也无异议，但金先生将其置于“汤出重泉，夫何罪尤？不胜心伐帝，夫谁使挑之”一节之后，这种布置显然更符合《天问》的结构特点。

二

《屈原辞研究》选择文献内证分析作为突破，这充分体现了作者的勇气和学术功力。实践表明，文献内部研究不深入，外向的综合考求往往会无的放矢，甚至表面上的旁征博引往往掩盖着实质上的研究失范。内部研究的深入不能回避，而前人在这方面积累的经验又很不丰富，面对这个学术难题，《研究》创造性地借鉴了系统论思想。方法论上的革新成为这本楚辞专著的又一显著特色。

金先生利用系统论研究楚辞已有十多年，而应用系统论分析楚辞的前提是将楚辞作品视为一个有效的控制系统。在分析《离骚》的整体结构时，金先生从文艺创作心理角度指出“真正的艺术创作没有不经过有意识的创作和整理的”（第136页），《离骚》结构完整、首尾清晰，并非“乱辞无绪”。对《天问》错简的确认则是这一认识的反用。然而这只是认识的开始，事实上，绝大多数的楚辞研究者都具这样的认识，汉人对屈原辞搞“重点扩散”，历代论者对《九歌》篇章分合的争论以及对《天问》错简的各种调整，实际上都暗含着将楚辞作品视为完整系统的共识。但这种共识只是朦胧的系统思想，不是自觉而科学的系统方法论，在多数情况下，研究者用主观假想的系统替代了客观对象的内在系统，将想象之辞强加给客观对象，导致了大量主观臆说，使内证研究走入困境。金先生对系统论方法的运用则是找到了一种客观探求对象系统性质的有效手段。这种运用在《九歌》研究中创获最多。以往学者已经有人指出《九歌》所祀之神分天神、地祇、人鬼三类，但由于不了解《九歌》的表演体制，对《九歌》具体内容的解说“拉进了许多‘不相干’的内容”。金先生则利用章法较清晰的《少司命》制成模式，从中发现了表演的对唱形式，将天神附体的主巫的独唱与迎神群巫的合唱区分开来，揭示出其间的应答关系。这个结论被推广来考察《九歌》的其他作品，从而证明，天神五篇即《东皇太一》《云中君》《大司命》《少司命》《东君》都是对唱制，而地祇和人鬼五篇即《湘君》《湘夫人》《河伯》《山鬼》《国殇》都是“神鬼”所依主巫的独唱词，并无群巫的迎送颂祷之语。这不仅印证了《九歌》分祀天神、地祇、人鬼三类的区分是正确的，而且更清晰地揭示了《九歌》的体制规格，扫清了种种附会之辞。例如前人根据《九歌》中的情爱之词提出的“神人相爱”、“神巫相爱”之说，通过系统分析就可以确证：《东君》《云中君》《大司命》《少司命》中的此类内容是“天神与世人之间的友爱”（第203页），而祭祀地祇的四篇《湘君》《湘夫人》《河伯》《山鬼》，则无一例外的都是爱情内容，但也只是地祇之间的爱情，并非神巫、神人之爱，更与屈原没有关系。

通过制作模式进行系统分析，这在分析《天问》错简上又一次发挥了作用。前面提到，金先生对《天问》叙事形式有独到认识，而这正是通过制作模式发现的。在分析中，内容相对完整的商周史实被制作成基础模式，重新调整后的顺序被推及全篇进行模拟。而对《离骚》整体结构的分析虽然没有明确标出模拟形式，但对主旋律和变奏的辨析同样透露出系统论的思维特色。

法国人类学者列维·施特劳斯曾经说过，千万不要想象我们能像喷泉一样创新，“新”必须长期酝酿才能成熟，才能在（有价值之传统的）约束中锤打出自己的道路。《屈原辞研究》在学术创新中取得的成绩，同样带给我们这样的启示。

本文原刊于《文学遗产》1995 年第 4 期

“文学”是文学研究的根本

——读陶文鹏先生《唐宋诗词艺术研究》[①]

在当今的中国古典文学界，陶文鹏先生对“文学本位”的推重，十分引人注目。他认为一个研究者，应当是文学的解人，要在懂得作品艺术三昧的基础上，藏往知来，揭示文学的规律。面对研究者过于“眼光向外”，把文学研究变成社会学与文化研究，以至于忽视甚至忘记“文学”的倾向，他总是深感焦虑，不断呼吁要回归文学本位。

作为一名有幸亲承教诲的后学，我对陶先生提倡文学本位研究的执着与热情，有着异常强烈的感受。记得二十多年前，我第一次向《文学遗产》投稿，陶先生就热情地鼓励我认真思考文学的奥秘。他说，文学的深邃，值得毕生探索。多年来，不论学界的风气如何变换，陶先生始终

① 陶文鹏著《唐宋诗词艺术研究》，社科文献出版社 2018 年版。

《唐宋诗词艺术研究》书影

对“文学研究”的意义抱有坚定的信念，也不断提点我要始终关注“文学”中的核心问题。每每拜读学习陶先生的论文，吟咏他自己创作的诗篇，都令我沉浸于文学无限丰富的世界，不光思想得到启迪，精神也有淘洗后的纯净与激动。如今，陶先生汇聚其唐宋诗词研究的精华篇章，编定这部《唐宋诗词艺术研究》，命我谈点读后感。作为后生晚学，面对先生的信任与期待，深感惶愧，然而拜读之后，又对先生的学术有了新的体会。陶先生对“文学”的爱与信念，不仅投注了他的诗人性情，而且有着深刻的学理思考。如果放眼中国文学研究在20世纪围绕“文学独立”所形成的新传统，就会发现，陶先生的研究在积极继承这一传统的同时，又有其独特的阐发，尤其在借镜美学以探讨文学规律、深入开拓文本文学批评等方面，其恢廓研究视野的探索，很值得深思。书中的许多文字，仿佛带着陶先生的謦欬，让我重温了他二十多年来对我的亲切教诲，我想，自己的认识虽然粗浅，但体会是真切的，故不揣浅陋，做简单的汇报，还请陶先生原谅我的僭越。

《唐宋诗词艺术研究》(以下简称《研究》)上编中的文章，着眼唐宋诗词的核心艺术现象，下编则围绕作家作品展开讨论。全书论题丰富，观察作品的视野亦极为开阔，对全书内容任何简单的概括，都不免要有所遗漏。在学习中，陶先生几个突出的研究特点，给我留下深刻的印象，这就是文本细读、视野会通与情理圆融。

对唐宋诗词文本的细致体察，是全书运思立论的基础。唐宋诗词是中国古典诗歌艺术精华中的精华，对研究者提出了极大的挑战，陶先生就曾经直面这一问题，提出："既然唐代诗人们把汉语言文字的具象性、抽象性、抒情性、含蓄性、象征性、朦胧性、音乐性、跳跃性、超越性、诱惑性等奇妙性能发挥到出神入化的境地，我们就应该呕心沥血地研究诗人们是怎样运用这种奇妙的汉语言文字创造出美的诗意诗境。"（《唐诗艺术研究的现状和思考》）《研究》中有许多探寻诗心妙境的精彩笔墨，如《论唐宋梦幻词》指出："在唐宋词那些梦境与现境映衬对照的词篇中，绝大多数写梦境的句子，都被放置在词的过片，特别是结拍，作为'神光所聚'的'通体之眼'，或篇末的点睛传神之笔。"这种在词的结穴处写梦的笔法，使梦境更曲折，情意更悠长。类似如此精妙的观察，在书中俯拾皆是，又如对岑参诗歌如何创造奇象奇境的分析，陶先生指出岑诗以"奇字为眼"，尤其注重对动词的选择和提炼，但求奇并不入于僻涩。书中对宋词如何在绘自然之声的笔墨中传达诗人之心声，宋诗如何使"荒寒"之景拥有美的情趣，李贺诗歌在表现色彩中对光的处理，李商隐诗歌如何表现幻象与幻境，梦窗词的气味描写等等的分析，都尤为令人神旺。这些都来自陶先生诗词解读的长期积累，绝非朝夕之功。仅举一个很小的例子，陶先生曾为《古典文学知识》开设"名句掇英"栏目，每期一篇，每年六篇，前后坚持二十五年，共发表一百四十篇赏析名句的文章，每一篇皆有不同的视角，被程千帆先生誉为“别具手眼”“极具妙解”。这些妙解，经过涵泳思考，化成细察文本的深厚功力，在这部对唐宋诗词艺术做宏观综合思考的著作中，有了鲜明而集中的呈现。

《研究》的又一特出之处，是视野上的会通。陶先生对古今中外的诗歌皆有关注，在精研古典诗词的同时，对 20 世纪以来的新诗，无论创作抑或评论，皆颇为擅长，曾主编《中国现代名诗三百首》，很受欢迎。《研究》援引新诗发明唐宋诗艺，别开生面。在会通古今诗艺的同时，陶先生尤其注重将诗歌与音乐、绘画、书法甚至戏剧等艺术门类联系起来观察，对唐诗与唐代人物画、宋代山水诗与山水画、王维诗歌的音响表现艺术、常建诗歌音乐境界、李贺诗歌色彩艺术的讨论，都体现了这样的用心。此外，因篇幅有限未收入本书的《论张旭诗中有书》一文，则体现了对诗歌与书法的会通观察。陶先生对诗理和画理、乐理的把握都颇为深细，相互发明，时多妙解，例如对宋人山水诗中“借窗观景”手法的揭示，对杨万里《舟过谢潭》一诗化用绘画之“皴法”的分析，对韩愈如何善用“画格”避免直写动作情节顶点所产生的艺术效果的讨论，对常建山水诗构思章法与音乐旋律之接近的观察，都借助音声画理，映衬出诗心的精妙。这种借助，显然不是简单地套用，陶先生尤其注重在会通中，认识诗的精微与独特，例如他对苏轼诗中自然山水动态美的分析，可以看出诗画艺术差异为诗歌研究带来的独特启发，又如他指出，“细心研读宋代山水诗中数量众多以绘画比拟天然山水风景的作品，不难发现它们具有一个共同的艺术特点，就是诗人们都喜爱在作品中追求幽默诙谐、反常合道、富于智慧、耐人寻味的意趣”；宋代山水诗“普遍表现出一种追求水墨韵味的美学倾向；……（而这）又是同创造虚融淡泊、荒远清冷艺术意境的自觉意识紧密相关”。这就透过诗中画意而进入诗境的品味。在绘画与音乐的启发下，《研究》进而捕捉到诗歌中的声与影这些独特的观察视角。对宋词绘影绘声艺术的讨论既别开生面又多有发明。陶先生指出宋词的绘声艺术极为精工，既善于写自然之音声，又善于刻画人之心声，尤其善于借助声影的摹绘来营造一种朦胧或空灵的意境。这种独特的观察，正是会通视野为研究带来的妙境；至于通过戏剧与诗词艺术的会通来观察唐宋词的戏剧性，以灵心慧眼寻绎梦窗词表现气味的艺术，更是提出了新颖的艺术课题。

陶先生注重体悟诗艺，感受诗心，他认为文学研究“要以‘情’为本，‘感’字当头，从审美的感情体验出发，以自己的心灵和古代诗人的心灵对话，进而调动自己的联想和想象，进入诗歌的境界，感受与体会诗的情思与韵味”（《唐宋诗美学与艺术论·后记》）。无论是对文本的细腻剖析，还是在会通视野下观察诗艺的精妙，都灌注着他丰富的感性体验。然而，陶先生的研究并非只重感性之一翼，而是情理圆融，对探析作品之思理，概括文学之规律的理性思考，同样十分关注。他分析苏轼山水诗的谐趣、奇趣和理趣，观察苏诗情、景、理之内在联系，就深有所见。对于诗歌艺术的特点与规律，他尤其注意做理性的概括与提炼，例如，他指出晋至唐诗人对自然美的表现，是在自然事物的关系以及人与自然事物的关系两个方面来加以表现，在这种关系的表现上，进而引申出理性的、哲学的思考。这种对诗歌运思之理的反思，并非是简单套用现成理论，以作品为理论的注脚，而是在大量文本分析的基础上所作的理性提炼与概括，加之贯穿其间的自觉的文学史意识，在在都呈现出情理圆融的特点。

陶先生以文本细读为研究起点，以会通的视野恢廓研究格局，追求情理圆融，而不陷入单纯的实证与过于抽象游离的理论。这种以“文学”为中心的研究道路，出自陶先生长期的思考与探索，也有重要的学术渊源。

陶先生大学时代求学于北京大学中文系，改革开放后任职于中国社会科学院文学研究所。他的研究道路可以看到林庚先生和钱锺书先生的显著影响。林庚先生对艺术有精妙的感悟，同时注重探索诗歌艺术之原理，思考文学史演进的独特规律，感性的敏悟与理性的思辨妙合无间。钱锺书先生则以渊博的学识展现了会通研究的开阔境界。陶先生对唐宋诗艺的精微体察，时时使人联想起林庚先生对唐诗艺术目击道存般的敏悟；而他贯通艺事文心的探索，则颇有钱先生博观通鉴的神韵。陶先生对两位先生的取法，无疑相当深入，而如果我们把目光放开，从这一直接的学术承传进而着眼于中国文学研究的现代化进程，又会对陶先生研究之路的独特意义，有更为丰富的体会。

现代意义上的中国文学研究，是围绕“文学独立”这一核心精神所产生的，虽然近些年来，学界对“文学性”这一概念提出诸多质疑，引发诸多讨论，但不容置疑的是，“文学性”是中国文学现代研究传统建构的核心追求，围绕这一追求，现代学者对文学原理、文学史进程、文学与社会文化之关系，作出了丰富的探讨。陶先生借镜美学以探索文学规律的努力以及对文本文学批评的开拓，在中国现代文学研究围绕“文学性”建构新传统的大背景下，有其十分值得关注的意义。

陶先生重视会通的研究，尤其注重文学与美学的会通。借镜美学以思考文学的审美艺术特征，是20世纪中国文学研究探索文学自身规律时所走过的一条独特道路。王国维、宗白华、朱光潜、李长之等人，以康德美学思想为基础，从审美自律的角度界定文学的本质，就是这种努力最突出的表现。陶先生借鉴美学来思考唐宋诗词艺术的问题，是对这一传统的继承和发扬。当然，美学在近些年遇到了许多新的问题，文学研究也越来越远离与美学会通的格局，呈现出多样化的取向；但是，美学为文学研究带来的许多积极影响，在今天看来，仍然值得深入体会，例如对艺术美学经验的广泛关注与触类旁通，对美学经验的理论总结。陶先生沟通诗书画乐的研究探索，就有着永不过时的启迪意义。

陶先生关注文本之文学艺术内涵的探索，他虽然重视对文学的历史文化把握与理论思考，但一切以文本艺术内涵的分析为基础，不让文学研究变成单纯的史实考证和空洞的理论演绎。这种情理圆融的研究格局，反映了他对文本文学批评的深入开拓，在近三十年或简单搬演西方理论或一味沉湎繁琐考据的学风中，已经颇为罕见。文本文学批评并不是对传统诗文评的简单复制，而是综合文本、理论和文学史诸多研究层面而形成的一种现代文学研究传统。林庚先生是这一传统的突出代表，而这一传统的形成，综合了来自古代诗文评、现代诗学与诗歌创作以及英美人文主义批评传统的多重影响，而陶先生对此的继承与开拓，则可以对我们提供诸多的启发。

陶先生对文学本位的推重，如果深入其研究阃奥，体会其内在结构，进而沿波讨源，理解其在中国文学研究现代化进程中的意义，就会感到，陶先生不仅用艺术敏悟与思考树立了颇具特色的文学研究范式，而且他对“文学”与审美的执着，也为古典文学的研究提供了一个反省的基点：反省我们应该怎样去理解文学，怎样观察文学与社会文化的关系，怎样通过文学研究培养和提高发现美、创造美的能力。他的研究，给予我们最大的感染，就是要用全部身心去感受和理解文学，再用被深入理解的文学来滋养我们的心灵。

理解“礼”的人文内涵

——读彭林先生《中国古代礼仪文明》

中国素称“礼仪之邦”，然而自19世纪晚期以来，源远流长的礼仪传统已经越来越远离中国人的生活。彭林先生撰著的《中国古代礼仪文明》[①]介绍了古代礼仪的基本内容，从中可看出作者对礼学所表现出的热爱，以及在礼学研究方面厚积薄发、提要钩玄的学养功力。

作为中国旧学之大宗的礼学，素称难治。要深入浅出地介绍，无疑更是难题。19世纪之前有一些普及三礼知识的蒙学读物，如张之洞《书目答问》中介绍的《仪礼韵言》，但这样的作品对当代读者显然有相当的距离。20世纪以后清通晓易而具普及特色的礼学著作，往往多集中于思想文化层面，对于仪节制度的介绍相对薄弱。然而礼法

① 彭林《中国古代礼仪文明》，中华书局2004年版。

与礼义本是不可分离的。张之洞在向士子推荐礼学著述时，曾特别提出对“不考礼制，空言礼意者”摒弃不取。从这个方面看彭著既能得礼义之核心精神，又能抓住仪节制度的纲领节目，观其大体，不陷琐碎。

什么是礼的核心精神，何为礼之义？对这个问题的讨论，在古人的礼论中蔚为大观。彭著直探根本，集中论述了礼与人文精神的联系。中国的古代礼仪，在获得集大成发展的周代，就早已超出宗教礼仪的范围，表现出鲜明的人文特色，彭著对此作了相当集中的阐发。在讨论“礼缘何而作”这个问题时，着重分析了“礼源于俗”的现象，以及“礼”与“人情”的独特关系。中国古礼的来源，是一个相当复杂的问题，文化人类学所提供的资料显示，仪式的产生往往与宗教观念有关，今天从《礼记》的记载来看，商代礼仪仍有浓厚的宗教色彩。“礼源于俗”当然不能全面地解释礼的起源，但礼与俗的关系，对于具有鲜明人本主义特色的周代礼乐文明来讲，却成为一个重要的问题。彭著对“礼源于俗”之说法的关注，正是体现了对周礼之人文精神的关注。作者认为“周公的制礼和作乐，是建立古代中国人文精神的重要开端”，这就使得“因俗制礼”和“以礼移俗”成为周礼的突出内容。

作者对“礼”与“人情”之关系的阐述，也显示了类似的用意。“礼本于人情”是古代礼论中极有代表性的意见，儒家对此有丰富的讨论。作者对此不仅勾勒其学说之大要，而且深入儒家心性哲学的精义并作出细致的阐发。传世文献中的先秦儒家礼论，以《荀子》最有系统，然而《荀子》趋近于政治儒学，强调礼作为政治秩序与法制规范的意义，呈现出礼法融合的趋向，因此对于礼与情性关系的分析失之粗疏。作者则多基于先秦儒家心性哲学的内容来进行阐述，如依据《中庸》讨论礼表现为对性情的适度把握，同时还利用了郭店楚简等出土文献，如根据《性自命出》讨论"志"与"情性"的关系，以及"因性明教"的意义；根据《成之闻之》讨论情性志向在心理发生作用的定式，这些意见揭示了礼与人情的复杂联系，从而使礼的人文内涵更加彰显。

彭著对具体礼仪的介绍，也时时着眼于人文内涵的发掘，如介绍冠礼，着重阐发其成人之义；其论婚礼，着重阐发了夫妇为人伦之基，"万世之本"，因而婚礼为"礼之本"；论士相见礼，阐发士人的交往原则；论乡饮酒礼，阐发其尊贤养老的教化之道；论射礼，发明其立德正己之精神；论燕礼，则着重阐发君臣上下之义。而总的来看，作者对传统礼仪的介绍，选取了冠、婚、丧、祭、乡饮酒、士相见、乡射、燕、释奠等礼仪，其中除燕礼和释奠礼以外，都属于士人之礼的范围，接近《礼记·王制》"专言礼之在民者"的六礼。古代礼仪的种类相当丰富，《周礼》所举五礼，包含了大量以国家为主体推行的礼仪。根据作者自己的介绍，本书原计划是要完成三十余章，限于时间，许多章节只好付之阙如，也许作者原本是希望对礼仪做比较全面的介绍，但目前这些保留下来的章节，透露出作者对“士礼”是最为重视的。“士礼”与人们的个人生活有密切的联系，显示了礼在人文内涵方面最核心的内容，它们更能超越具体的历史环境而对当代生活产生直接的意义。对于集中记载上述礼仪的《仪礼》和《礼记》，彭著给予了更多的关注，这体现了作者对礼仪之于日常生活的意义的特别关注，显示了探讨古礼之人文内涵和现实价值的独特用心。

以三礼为代表的礼学经典，素称难治，黄侃先生曾说：“三礼中《周礼》广大，《仪礼》繁密，《礼记》纷错，等之未有易治者。”宋代学者陈皓提出读《仪礼》之法有分节、绘图、释例数端，读《礼记》当仿照刘向《别录》之法，分类读之。孙诒让则提出读《周礼》当以太宰八法为纲领，众职纷陈，区畛靡越。黄侃本人则认为“治礼次第，窃谓当以辨字读、析章句为先务，次则审名义，次则求条例，次则括纲要”[1]。彭著在“审名义”、“求条例”、“括纲要”等方面都有很好的体现，对礼法仪节的介绍，能执简驭繁，如丧服制度，这向来是礼学中最为繁难的内容，彭著介绍丧服之形制，梳理亲属关系，介绍丧服确立之原则，以及亲属关系确立的方式，名义清晰，条例明

①《礼学略说》，《中央大学文艺丛刊》第2卷（1936）第2期。

白。对冠昏丧祭等礼仪的介绍，则尤其能括其节目，明其纲要。礼的仪节纲目，不是无意义的形式，能化繁密纷错为清通简要，说明作者对礼有着全面而通贯的理解。得仪节之要，与识礼义之精，其实是互为表里的。对于当代的读者来讲，这种以深厚学养功力为基础的清通简要，无疑对人们理解失坠已久的礼仪传统深有助益。

彭著在介绍各种礼仪的同时，不止一次地谈到古礼在海外的孑遗，如射义在韩国弓道中的表现，丧服制度在韩国以及东南亚等地的存留，特别是祭祀万世师表的孔子的释奠礼在韩国的完整传承，更令作者感慨唏嘘。在作者看来，中国的礼仪传统曾经产生了巨大的影响，就是今天的海外孑遗，也并非只是文物与化石，而是仍然发挥着关乎世道人心的作用。礼仪传统对于当代中国社会的意义，又如何可以轻易否定呢？这种真诚的慨叹，呼应了贯穿全书的现实关怀。中国的礼仪传统如何摆脱种种误解与偏见，真正对新文明发生积极的影响，是一个迫切需要思考的问题。这一问题的解决，非一人之力所能完成，但彭著为阐发礼义之精髓、揭示仪节之大要所做的努力，连同对礼仪失坠所怀有的深刻焦虑，相信会使更多的人来关注和思考这个与中国文明的命运，与每个当代中国人切身相关的问题。

本文原刊于《中国史研究动态》2005 年第 10 期

雅俗张力中的“俗文学”

——读郑振铎先生《中国俗文学史》

郑振铎于1938年在商务印书馆出版的《中国俗文学史》，是较早全面系统梳理中国俗文学发展史的一部专题文学史，书中对“俗文学”概念的界定，对“俗文学史”重要理论问题的阐释，对其历史脉络的梳理，都有筚路蓝缕的开创意义。

此书的命运颇为曲折，1957年曾受到激烈批判，此后在中国大陆沉寂二十余年。上世纪八十年代以来，俗文学研究出现新的热潮，此书再度受到广泛关注，十多家出版社先后再版。与出版传播的浮沉曲折相伴随的，是书中“俗文学”观所不断引发的质疑和讨论。钟敬文主张“民间文艺”专指“产生和流传在广大的劳动人民中间的口传文学”，反对“把城市中所创作和流行的唱本、通俗小说、小调和戏剧等也包括进去”（《关心民间文艺的朋友们集合起来》）[①]。《中国俗文学史》所讨论的内容，虽然包括前者，但后者的分量更重。郑振铎很清楚他与钟敬文的分歧，但并未改变自己的看法，他曾风趣地说："关于这一点，我和钟敬文先生经常吵架"。[②]20世纪80年代以来，俗文学研究重新崛起，面对民间文学研究积累的丰富成果，对俗文学与民间文学复杂关系加以辨析，从而理清俗文学研究内涵与边界的呼声，越来越强烈，郑振铎俗文学观的贡献与局限，再度引发思考的兴趣。而要深入理解这个问题，重新回到《中国俗文学史》的写作语境，理解郑振铎本人的雅俗文学意识对其俗文学观建构的具体影响，是一个值得关注的分析角度。

《中国俗文学史》的"俗文学"观，是一个从鲜明的雅俗文学分流意识中产生出来的观念，这种分流对立的态度，在全书的开篇就被提出："所谓俗文学，就是不登大雅之堂、不为学士大夫所重视而流行于民间，成为大众所嗜好、所喜悦的东西。""中国的'俗文学'包括的范围很广，因为正统的文学的范围太狭小了，于是'俗文学'的地盘便愈显其大。"[③]显然，俗文学就是士大夫文学、正

①《光明日报·文代会特刊》1949年7月11日。

②陈福康《郑振铎与〈中国俗文学史〉》，《中国社会科学报》2011年9月20日第19版

③郑振铎《中国俗文学史》，第1页。

统文学这种雅文学的反面。郑振铎推重俗文学是文学史的“中心”和“原动力”[①]，而一旦俗文学成为正统文学的一支，“原是活泼泼的东西，终于衰老了，僵硬了，而成为躯壳徒存的活尸。”[②]这种对雅文学的厌恶与排斥，郑振铎不仅在书里，也在很多场合反复道及。朱自清曾特别提到“振铎谈以五四起家之人不应反动，所指盖此间背诵、拟作、诗词习作等事。又谓论文当以现代为标准”[③]。面对二十年代国学复兴的热潮，郑振铎十分厌恶，在 1929 年 1 月发表的《且漫谈所谓“国学”》中，他说，“国学家”就是“士大夫阶级的嫡系子孙”，“我们却希望这一个特殊的阶级，能否早日由没落而趋于死灭”[④]。

然而，郑振铎本人所厌恶的雅文学，究竟是怎样的面貌，一直以来，学界对此的认识颇为模糊和笼统。文学中的雅俗，随时而变，因人而异。郑振铎在清末民国的求学成长经历，形塑了他对雅文学的独特认识。

郑振铎 1898 年出生于温州一个很普通的家庭，在家乡上小学、中学，19 岁远赴北京，入北京政府隶属的北

① 郑振铎《中国俗文学史》第 2 页。
② 同上，第 3 页。
③ 朱自清著、朱乔森编《朱自清全集》第 9 卷，江苏教育出版社 1998 年版，第 298 页。
④ 郑振铎《且慢谈所谓“国学”》，《郑振铎全集》第 3 卷，花山文艺出版社 1998 年版，第 84 页。

京铁路管理学校高等科乙班（英文班）学习[①]。他学习旧文学，不仅没有家学传承，就是在学校里也没有专门深造，不过是接受常规的教育。晚清民初中小学国文教育的重要内容是古文，在回忆其高小语文老师黄小泉的文章里，郑振铎提到在学校里学习《左传》《孟子》《古文观止》等[②]。他自述当年爱看《古诗源》《文心雕龙》《文史通义》，还曾向同学借阅张相编纂的《古今文综》，将其中论文之语，全部抄录下来[③]。1957 年他在中国书店再度见到此书，欣喜买下，忆及抄录此书的艰苦，不胜感慨[④]。负笈北京之后，他曾在大学课堂上听著名学者黄节讲授古文[⑤]。从这些经历可以看出，古文在他的学习中占了很大比重。晚清古文，传绪桐城。郑振铎认真阅读的张相所编《古今文综》，取法曾国藩《经史百家杂钞》而扩大其规模，虽融合骈散，但以古文为重。在诗歌方面，清末民初的旧体诗坛仍是笼罩在同光体的影响下，在大学课堂上为郑振铎讲过古文的黄节，有《蒹葭楼诗》传世，其创作即取法

① 陈福康《郑振铎传》，商务印书馆 1991 年版，第 10 页。
② 郑振铎《记黄小泉先生》，《郑振铎全集》第 2 卷，第 529 页。
③ 郑振铎《中国文学研究・序》，陆荣椿、王爱玉编《郑振铎选集》，第 2 卷，四川文艺出版社 1990 年版，第 707 页。
④ 郑振铎撰、吴晓铃整理《西谛书跋》，文物出版社 1998 年版，第 299 页。
⑤ 郑振铎《中国文学研究・序》，陆荣椿、王爱玉编《郑振铎选集》，第 2 卷，第 707 页。

宋诗。这样的经历决定了郑振铎所理解的雅文学，偏于桐城派和同光体这一类型。作为新文学的猛将，郑振铎对旧文学颇多排斥，回忆起往昔的学习经历，也多是不愉快的，但情感上的疏远并不意味着旧文学对他全无影响。他编辑《晚清文汇》，于 1937 年在上海生活书店出版，虽然标举的编选宗旨是经世致用，但选录倾向上，以古文为重，还是有颇为浓厚的桐城色彩，曾国藩、王先谦、林纾等人选篇甚多，而对于骈文名家如王闿运、刘师培、樊增祥等，所选录者无一篇为骈文[①]。郑振铎交游很广，其中不少人有桐城派的渊源，如与他十分投契的朱光潜，就对桐城派在新旧文化转型中的意义有很深入的认识。桐城后学林纾，是反对新文化运动的主力，但郑振铎在其去世后，特意撰文，公允地评价其以古文翻译小说的成绩[②]。郑本人用心于文学创作，专注于学术研究，倾力于文献的搜集与考辨，这与桐城派所推重的义理、考据、辞章相结合的境界亦颇为一致。

郑振铎的雅文学认知，构成了他“俗文学”观的反面背景，《中国俗文学史》对俗文学作品的界定，提出了六

① 郑振铎《晚清文选》，任继愈主编《中华传世文选》，吉林人民出版社 1998 年版。

② 郑振铎《郑振铎文集》，第 6 卷，人民文学出版社 1988 年版。

点特质：1. 大众的，出生于民间，为民众所写作，且为民众而生存；2. 无名的集体的创作；3. 口传的；4. 新鲜的，但是粗鄙的；5. 想象力是奔放的；6. 勇于引进新的东西。如果透过雅俗的张力来观察这些特质，会发现郑振铎俗文学观有三个颇为独特的取向：

一、文体是区分雅俗的重要标准

《中国俗文学史》最受质疑的，就是所论述的大量俗文学作品，都有明确的作者，并非“无名的集体的”，如散曲、弹词、鼓词、子弟书等。事实上，郑振铎是将文体，而非有无明确作者，视为区分雅俗的重要标准。

宋代以来文学雅俗分流的标志，就是严格的文体辨体意识，视诗文为雅，而以戏曲、小说等文体为俗。《四库全书》不收戏曲、白话小说、讲唱文学，正史文苑传也不会记录关汉卿、王实甫、施耐庵、罗贯中。范仲淹《岳阳楼记》，被尹洙笑为“传奇体”（《后山诗话》）[①]，就是批评其不够纯正，掺杂了“传奇”笔墨。这样的辨体要求，在追求“雅洁”的桐城派手中，被极大地强化。方苞提出古文中不可以入语录中语、佛氏语、藻俪俳语、隽语、佻

①（宋）陈师道《后山诗话》，（清）何文焕辑《历代诗话》上册，人民文学出版社 2004 年版，第 310 页。

巧语（《书方望溪先生传后》）[1]。诗文与其他文体之间的区隔更加严格，而文又更局限于古文，骈文自然要排斥，对辞赋的包容也颇为勉强。《中国俗文学史》说“正统文学的范围很狭小”[2]，“除了诗歌和散文之外，几无第三种文体”[3]，这感叹的背后，正是桐城派极端严格的辨体意识。郑振铎将被排斥在诗文藩篱之外的大量文体纳入俗文学的范畴，可见其“俗文学”观的建构，首先来自对雅文学的反动，来自对宋代以下严格辨体基础上的雅俗分流意识的反动，因此，文体就成为裁定一种文学作品是否为俗文学的首要标准。

二、为民众写作：载道、言志、教化的反面

郑振铎对俗文学内容的讨论，也深刻地渗透了雅俗的张力。他说俗文学“其内容，不歌颂皇室，不抒写文人学士们的谈穷诉苦的心情，不讲论国制朝章，她所讲的是民间的英雄，是民间少男少女的恋情，是民众所喜听的故事，是民间的大多数人的心情所寄托的”[4]。这个特质恰是雅

①（清）方苞《方苞集》，上海古籍出版社 1983 年版，第 801 页。
② 郑振铎《中国俗文学史》，第 1 页。
③ 同上，第 9 页。
④ 同上，第 3 页。

文学“载道”、“言志”追求的反面，郑振铎认为《诗经》就是恋歌和农村生活的歌谣，并无美刺大义，就是对“诗言志”的消解。除了“载道”的大义之论，文人的牢骚情怀，也是郑振铎认为最远离民众的，作家一旦有了这样的牢骚，他就不再是为民众而写作。《俗文学史》对马致远的分析，很能体现这一点。郑振铎认为马“发牢骚，由牢骚而厌世，由厌世而故作超脱语。这是深足以打动文人们的情怀的，但离开民众却很远了。民众是不爱听那一套的酸气扑鼻的叹穷诉苦的话的。从他以后，元曲便渐渐的成了文人之所有，……而益益的远离了民间了”①。

除了对载道言志和牢骚咏怀的排斥，郑振铎更强调俗文学是“为民众写作”，认为这是雅文学所根本缺乏的。《中国俗文学史》在论述“唐代的民间歌赋”时，提出了一个很值得思考的看法，那就是“白居易的诗，虽号称妇孺皆解，但实在不是通俗诗；他们还不够通俗，还不敢专为民众而写，还不敢引用方言俗语入诗，还不敢抓住民众的心意和情绪来写。像王梵志他们的诗才是真正的通俗诗，才是真正的民众所能懂，所能享用的通俗诗”②。

这里对白居易的评价，就“不敢引用方言俗语入诗”这一点来讲，不尽准确，但其他的意见很引人深思。白诗

① 郑振铎《中国俗文学史》，第 390 页。
② 同上，第 104 页。

语言明白易懂，对民生疾苦有大量的表现，何以不是通俗诗？因为像新乐府这类作品是出于补察时政的目的，继承的是儒家所谓“采诗观风”的传统，是“唯歌生民病，愿得天子知”（《寄唐生》），虽然白居易自己说是“为君、为臣、为民、为物、为事而作”（《新乐府序》），但其中的“为民”，是要通过反映民情，让执政者关心民瘼来实现，不是真正的“为民众写作”。儒家的文艺思想很强调教化，因此有对诗教与文教的推重，但儒家教化关注的重心，是在士人，教化的目的，首先是士人的进德修业、成圣立贤，对民众的影响，是通过培养士君子，来实现对民众的引导与管理。因此，儒家的教化传统很难真正眼光向下，产生出为民众的创作。王梵志的诗贴近民众的心理，而唐代变文，更是典型的“为民众”的作品，郑振铎指出，变文在宋初被禁止后，“幻身为宝卷，为诸宫调，为鼓词，为弹词，为说经，为说参请，为讲史，为小说，……在后来通俗文学的发展上遗留下最重要的痕迹。”[1]郑振铎在传统士人所说的“小说”、“戏曲”这两类俗文学体裁之外，自创“讲唱文学”一体，囊括变文、诸宫调、宝卷、弹词、鼓词，在《中国俗文学史》中做浓墨重彩的阐述。讲唱文学虽然常有训示劝导的目的，但与儒家教化思想指导下的

① 郑振铎《中国俗文学史》，第235页。

创作，有着明显的雅俗之别。对历史长河中散在各个时代的讲唱文学，给予集中的关注和讨论，正体现了郑振铎严于雅俗之辨的自觉追求。

三、与雅趣对立的俗趣

郑振铎认为俗文学的特质是新鲜的、勇于引进新的东西，这正是雅文学以拟古为尚的反面。其实，传统士大夫文学也不尽然推重拟古，但郑振铎在旧文学学习中大量接触的桐城派古文和同光体诗歌，却是有着浓厚的崇古、拟古倾向，和俗文学之新鲜特质尤为异趣。从艺术趣味来看，桐城派注重“雅洁”，追求语言简约凝练、质而不芜，反对为文泛滥铺张，因此就很少有瑰奇想象、飞腾纵横的笔墨。取法宋诗的同光体诗歌，也追求瘦劲内敛。郑振铎认为俗文学的一大特质，是要有奔放的想象力，这尤其与桐城古文和同光体诗作的追求，迥乎不同。《中国俗文学史》评论俗文学作品之艺术风格，常以尖新为佳，例如说睢景臣“可怪的是，铸辞用语，仍未脱俗套，尖新的字句很罕见”[①]。可见，尖新便是富于俗趣。他特别举出《白雪遗音》中的情词，称赞这些作品里“漂亮的情语、尖新

① 郑振铎《中国俗文学史》，第443页。

的文句，是撷之不尽的”[1]。尖新是含蓄婉约与崇古的反面，尤其是桐城派与同光体避之唯恐不及的恶趣，然而对于俗文学，就成了艺术上的佳妙。

郑振铎本人对文人艺术趣味其实有很深的体会、在生活中甚至有偏好。他曾在北平大力搜集诗笺，从他自叙来看，他尤其欣赏那些文人意趣浓厚的清隽绝伦之作，称赞陈师曾所作的“虽仅寥寥数笔，而笔触却是那样的潇洒不俗”，对这样的作品“只是赞赏，无心批判”。他很不喜欢所谓洋式笺，“笺上所绘的大都是迎亲、抬轿、舞灯、拉车一类的本地风光，笔法粗劣，且惯喜以浓红大绿涂抹”。“其少数还保存着旧式的图版画，然以柔和的线条，温蒨的色调，刷印在又涩又糙的矾水拖过的人造纸面上，却格外的显得不调和，那一片一块的浮出的彩光，大损中国画的秀丽的情绪”[2]。正因为对含蓄蕴藉的文人趣味有如此深入的体会，郑振铎也经常会感叹俗文学浅薄无聊，难以卒读。他 1932 年在为孙楷第《中国通俗小说书目》所作的序言中，说自己“尝发愿要写作一部中国小说提要，并在上海《鉴赏周刊》上连续的刊布二十几部小说的提要，但连续写了五六个星期之后，便觉得有些头痛，写不下

① 郑振铎《中国俗文学史》，第 646 页。
② 郑振铎《西谛书话》，生活 · 读书 · 新知三联书店 1983 年版，第 43 页。

去。那些无穷尽的浅薄无聊的小说，实在使我不能感得兴趣”[①]。他在《中国俗文学史》中称俗文学“新鲜但粗鄙”，也是这种心声的流露。无论是誉之为尖新，还是遗憾其粗鄙，郑振铎对俗文学的态度，背后都可以清晰看到雅文学趣味的影响。

综上所述，作为中国俗文学研究的主要开拓者，郑振铎自觉地在雅俗张力中建构“俗文学”观，他独特的雅文学认知，形塑了其“俗文学”观许多独特的取向，也深刻地影响着中国俗文学研究，以及俗文学与民间文学的分野。在《中国俗文学史》问世80年后的今天，站在俗文学研究长足发展的时代平台上，固然可以对书中的得失有更清晰的认识，但要理解其更为内在的用心，就需要回到其写作语境。《中国俗文学史》在雅俗张力中所形成的思考，说明五四以来的文学研究创新，固然深受外来学术风气的影响，但其内在的理路，往往与文学传统有千丝万缕的联系。

本文原刊于《民间文化论坛》2018年第4期

① 郑振铎《中国俗文学史》，第36页。

北大中文系给我的古典学术教育

1987到1997，我在未名湖畔求学十载，从一名古典文献专业的本科生，到取得古代文学的博士学位，北大中文系把我领上古典学术的研究之路。在激扬文字、新潮涌动的燕园，古典学术的教育，以其沉静深厚的特色，养育了一大批优秀的学人，使之成为斯文传承的中流砥柱。“文武之道，未坠于地，在人，贤者识其大者，不贤者识其小者”。在中外多样化的古典学术传统中，在近代学术转型的背景下理解北大古典教育的独特，也一直吸引着我的思考。当然，对于如此复杂的问题，我没有“识其大体”的能力，这里，仅借系庆的因缘，撷取一些求学的体会，重温一下在五院初识古典门径的感动。

古典文献专业的基础训练

当年报考北大，我选择的是古典文献专业。在传统文化深受冷落的八十年代，古文献专业的录取分数，在北大中文系三个专业中是最低的。记得填写高考志愿时，我还被中学同学笑话为“手高眼低”，但直到现在，我都很庆幸自己选择了这个专业，它为我打下了扎实的古典学术基础。

当我毕业工作，经常看到许多中文系的学生，即使是到了报考硕士、博士的阶段，也几乎不读、也不会读古书的局促后，就总是很感谢文献专业，在我们求学之始，就要求直接阅读古典文献。四年的本科学习，我们有了一个很牢固的观念，就是尊重原始文献。记得当年读书时，只要看到现代人对历史问题的阐述，我们就会想，他这样的说法，文献上的原始依据是什么呢？不能仅仅相信二手文献，这似乎是所有课程所强调的。这在已经有了不少辞典、工具书和学风不无急切的八十年代，多少显得迂腐。但专业的教育对此有着不容置疑的坚持，而我们这些学子，也深受“迂腐”之风的影响，记得大一开设的“工具书使用法”以及大二开设的“目录学”，都有大量的实习内容，要求我们通过类书、古籍目录等查考原始文献，进而概括一些历史名词的内容。当时班上有位同学，觉得这些名词，在今人编的工具书上都有现成的解释，不如直接照抄，但他这样的捷径，似乎并没有得到多少响应，大家还是老老实实地去寻找原始文献。当我自己走上古典学术的研究之路以后，才深深感到，这种对原始文献的尊重，绝不仅仅是学科训练的技术问题，如果一个学者，根本不具备面对原始文献的能力，只能依赖二手文献与前人之成说，他如何能拥有“独立之思想”与“自由之精神”呢？

尊重原始文献，不仅仅是一种态度，更意味着一整套阅读、考辨和整理古籍的学术训练。文献专业的课程对此考虑得很周详。专业学习的前两年，主要学习文字、音韵、训诂、目录、版本、校勘六门古籍整理的基础课，后两年，则学习“古文献学史”和各类专书选读课。当时文献专业上课的老师，堪称豪华阵容：文字学是裘锡圭先生，音韵学是唐作藩先生，训诂学是张猛先生，版本是李致忠先生，校勘是倪其心先生，目录学是高路明先生，古文献学史是孙钦善先生。此外的专书选读课也十分扎实：文学要籍解读是金开诚先生，哲学要籍解读是王丽萍先生，国外中国学要籍选读是刘萍先生，《论语》则由孙钦善、李零先生先后讲授过，《周易》是王扶汉先生，《楚辞》是高路明先生，《孟子》是董洪利先生，《诗经》是吴鸥先生，《孙子兵法》是李零先生，《淮南子》是吕艺先生。此外，还要学习中国文学史、古代汉语、现代汉语、中国通史。其中“中国文学史”和“现代汉语”要比文学、汉语专业略微简单，而当时班上不少同学都去旁听文学专业的文学史和汉语专业的汉语学史。四年的学习是紧张而忙碌的，而我们真正享受到了转益多师的嘉惠。记得照本科毕业照时，出现一个有趣的现象，文献班在合影时，老师的人数居然超过了学生。这是如今汹涌扩招后的大学再难见到的景象。

文献专业的课程十分强调阅读古籍的能力。对文献的查考和版本的调查，也成为重要的实习内容。当时每上一门课，总要有大量时间泡在学校图书馆的古籍部，其中版本学课的实习，还被李致忠老师安排在北图进行。记得有一次，陈捷老师布置阅读郑玄《诗谱序》，在课上讲解。上课时，我们全不得要领又自以为是，把正文粗粗读过，随便发挥一通便以为完事大吉，年轻的陈老师一向很随和，但那一次她居然发了脾气，骂我们实在空疏。那天课后，全班同学再也不敢懈怠，不仅把孔疏细细读过，还结合后人的意见，分析郑玄的诗学观念。第二次上课，所有发表的同学都分析得异常精彩。而那以后，我们每一次课堂发表，都再无懈怠，而是要努力更胜于前。当时不少课，都有这个阅读文献、发表和讨论的过程。这是我求学时代最珍贵的经历。工作以后，我曾经去哈佛访学，发现那里上课阅读和讨论的方式，与我在文献专业的经历十分类似。我任教高校时，曾想在自己的课堂上运用这样的方式，但效果往往不理想，现在想来，如果没有比较完整的古典文献训练做基础，学生面对古籍会感到异常吃力，绝大多数的大学，都没有古典文献专业，有些只是简单讲一些古典文献概论知识，学生纵然有读古籍的愿望，也会力不从心。

文献专业的课程，又一个突出的特点，是注重“学术史”而极少“概论”式的平面叙述，“辨章学术，考镜源流”的原则贯穿在几乎所有课程的学习之中。从大的方面来讲，我们一入校即被要求认真阅读《四库全书总目提要》，并要求将此书常备左右，要将《提要》所勾勒的古典学术地图了然于胸。大二高路明先生讲授的目录学课程，更以古典目录学的博大体系，丰富了我们对传统文献的理解。大三孙钦善先生的“中国古文献学史”则以通贯翔实的内容，为我们勾画了中国古典学术史的基本框架。在其他的课程上，从学术史入手理解相关的学术问题，也成为一个基本的学习理路，例如《诗经》选读，就从诗经学史进入，体会汉、宋、清人诗经学的不同特点。对《论语》《孟子》《周易》《楚辞》《孙子兵法》《淮南子》的学习，亦无不如此。其中给我印象最深刻的，是高路明老师讲授的《楚辞》选读，她依据游国恩先生主持编纂的《楚辞长编》中的《离骚纂义》进行讲授，《纂义》网罗了前人对《楚辞》的注释，从汉至清，学术的变化、阐释的转型，一目了然，而其中的问题也引发我们浓厚的思考兴趣。上课时，老师或同学逐条阅读和分析前人的注释。那是一个春季的学期，窗外是蓬勃的校园，屋内是埋首故纸的师生，读书的形式很枯燥，但书中的兴味却引人入胜。

这也许就是古文献专业典型的读书环境吧，每一个观点的提出，都有一点顿挫，要回到文本，回到历史阐释的长河里去，但一旦从顿挫中生发，那种精彩，真是久久难以忘怀。我一直记得倪其心先生讲校勘学，倪先生精研六朝文学，为人有六朝名士的洒脱，在校勘学上也有精湛的研究，他的《校勘学大纲》是目前最好的校勘学教材。记得他讲授戴震、王念孙的校勘，驳正成说，层层考辨，那细密的过程，仿佛武陵人在极狭的山洞中穿行，而一旦豁然开朗，又自有千家红树的震撼。经过四年的学习，从学术史出发思考历史问题，似乎内化为我们的一种自觉，我们懂得了自己面对经典的发言，其实只是历史长河中的一环，而真正的创造性，当然要经过对历史长河的沉潜，而非漠视。

文献专业十分强调核心经典在学术史中的地位。我们刚进校时，专业就发给每人一套中华书局影印版的《十三经注疏》，规定这套书在大学四年间一直归我们使用，毕业时归还。四年间，这套书成为许多课程的重要参考书，而对于那密密麻麻的注疏，我们也从最初的一头雾水，变成可以比较流畅地句读。毕业的时候，专业借给我们的书要归还了，但很多同学又自己购买了一套。记得八十年代，学术风气十分活跃，但专业始终强调以十三经为代表的核心文献在古典学术中的重要意义。经学文献也成为学术史学习中最受关注的对象，许多经学史上的问题，也在学术史的框架下得到讨论。例如经学史上的汉宋之争、清代经学的新变，这些已经是我们在文献学史和专书选读课上，耳熟能详的问题。

古文献专业的课程设置和讲授方式，在我们读书时，当然未能深刻体会其妙处。但随着自己走上工作岗位，看到古典学术传统之凋零，大学对古典教育的忽视，特别是近些年国学热中对国学该如何与现代学术体制融合的种种争论之后，就越发感到，前辈学人在设计古典文献专业课程上所展现的创造力。很多人感慨经学传统在当代中国的中坠，其实，古文献专业在学术史的框架中，就积极地继承了经学所包含的学术传统。今天，古典教育、通识教育、经典阅读，都引起越来越多的关注，人们也把目光投向域外的古典学传统，但如何让中国的古典学术与现代学科体制融合，并不是照搬西方古典学所可办到。从 1959 年到现在，文献专业的课程体系和古典教育传统，在风云变幻的时事中，已经延续了半个多世纪，这其中所包含的通古今之变的智慧，很值得思考和体会。

文献专业的课大多是师生一起“读”出来的，而不是学生单纯听概论“听”出来的，当一条一条地读学术史文献后，我们对历史问题的认识，不是一两个观点，而是一种切实的理解，也因此可以形成自己创造性的思考。本科四年，我们大部分的时间是泡在古书里，阅读古典文本的能力、整理古籍的素养和学术史的自觉，是这四年最大的收获。在此基础上，对文学史、汉语史、中国通史等课程的学习，则开阔了视野。但古典文献的学习始终是主干。林庚先生说，学习不能贪多务得，而是要“感受一通，一通百通”。四年的大学时光是有限的，文献专业既让学生认识到古典世界的博大丰富，也切实地指示进入这一世界的津梁，期望他们能由此“一通”以至“百通”。

实证 · 文本 · 通观 · 独创

本科毕业后，我进入研究生阶段的学习，读书与思考的压力也似乎更大了。从跟随倪其心先生攻读宋诗整理与研究的硕士，到跟随葛晓音先生攻读魏晋南北朝隋唐文学的博士，我的研究兴趣从文献整理转向古代文学的研究。这一时期，对北大古典教育里科研精神的感受更加突出，北大学风中注重实证、尊重文本、通观达识和追求独创的特点，都深刻地影响了我对学术的理解。

实证是科研的基础，这是我读书时最为强烈的体会。从本科开始，对实证态度和方法的培养，已经是我们学习的重要内容。立论要根据材料讲话，而材料本身要精于考辨。记得上裘锡圭先生的文字学时，我在期中作业里空发了一些议论，裘先生特意在课间把我叫去，耐心地指着他用红笔在我的作业上划下的一些句子，问我，你这样讲有什么根据吗？有什么材料可以支持你这个说法呢？当时，我真是羞愧无已，因为自己完全是随口空发几句议论，但裘先生那认真的态度，让我明白了，在学术论文里，任何一句话都要有根有据。而当我们能在自己的研究中，真正体现了实证精神，哪怕是取得一点点微小的成绩，老师都会热情地鼓励。记得在孙钦善老师的课上，我通过考证宋人笔记中一条记载的错误，反驳了前人对欧阳修西京交游经历的一个认识，孙老师竟给我很高的分数，在教研室见到，还鼓励有加。

在体会实证学风这一点上，吴小如先生对我的影响也是深刻的。大学时代捧读吴先生的《读书丛札》，读得十分吃力，但每一段考证，都能发人所未发。吴先生说，与其堆砌一些浮词来凑成专著，还不如有话则长，无话则短，切切实实言之有据。吴先生解读诗文，精义纷披，而其核心，乃是实证基础上的揆情度理。他认为，诗文分析，要字字安稳，句句落实，所谓“欣赏”，其实是“苦赏”。这些都时时在警醒我，为学不能蹈空务虚。

实证精神所意味的用材料说话，包含着很丰富的内容，既要综合运用文字、音韵、训诂、版本、目录、校勘的知识来推敲训诂、考辨文义，又要对文本有综合而深入的把握。本科时读高邮王氏父子等人的考证，都深感他们对古籍有通贯的理解，当进入到专业学习阶段，对文本精准而通贯的把握，成为学习中更为重要的内容。跟随葛晓音老师学习古代文学时，葛老师反复强调，要对作品文本有扎扎实实的理解和感受。记得在她的山水田园诗派的课上，我读了一些山水诗作品，感到北宋一些写山水的作品，和六朝之作有所不同，就写了一篇读书报告，对北宋山水之作进行概括，葛老师认为我对宋代的作品读得不深、不细，立论不免肤泛。葛老师认为读古代的作品，要能深入其体制，了解体制上的渊源变化，切实理解一首诗艺术上的特点，如果对一首诗的特点全抓不住要领，一切的分析就不免落空。当然，这种对文本的体会，不是简单鉴赏式的，而是要综合理论与历史，对文本有感悟、有理解。记得一开始，我对自己能否具备这样的能力，没有多大信心，葛老师就举林庚先生的话，说一个人的敏感，当然有天生的成分，但也和后天的锻炼分不开，为什么警察总是最敏锐地发现隐藏在人群中的小偷，就是因为长期的职业训练。这番话给了我很大的信心，鼓励我沉潜于作品之中，反复品味。在写作学位论文之前，葛老师规定了一个阅读重要作家文集的读书计划，每读一个集子，都要写作读书报告。每一篇报告，葛老师都认真批改，指出可以深入思考的地方，也毫不留情地批评那些看似新颖，实际毫无体会的言辞。正是在这样一个反复磨炼的过程中，对文本的感受力，才逐步增强。创作经验对文本理解无疑也是很有帮助的，陈贻焮先生总是蔼如春风地鼓励我写作旧体诗词，每次我向他呈上自己笨拙的习作，他欢喜的态度总是极大地增强了我写作的热情，也使我对古人的文本更有体会。

通观达识，是北大科研精神的一个特色。记得刚进大学时，我们选修袁行霈先生的课，袁先生不止一次地说，一个只读过李白文集，和一个读过《全唐诗》的人对李白的理解当然不同，这番话对还在读本科的我们，有很大的影响。从八十年代开始，古典文学的研究，就很强调多角度、多视野，做综合的研究。而这样的综合，既要开阔，又要扎实，记得陈贻焮先生讲，如果要运用另一个学科的知识来研究古典文学，就要起码具备那个学科的讲师水平。当时我们并没有很体会这句话的分量，现在想来，这是很严谨，也很高的要求。学术是一丝不苟的，不对自己所要涉及的学科下一番苦功，而要做跨学科综合的研究，当然就不免虚泛不实，这样的情形在学界并不少见。

学术离不开独创，在刚刚开始专业学习时，如何独创是最让我们焦虑的问题，如何去找论文的题目呢？读书时，被老师“命题”的幸运是很少的，而一旦你从现有的学术框架和研究路数中去套出一个题目，也总是会被否定。记得我把这样的苦恼讲给葛老师，她总是说，从读书中发现问题，从写读书报告开始，当我在葛老师的指导下，经过六七次的修改，将一篇关于欧阳修的读书报告修改成小论文后，才开始略略对此有了一点体会。我的学位论文思路，是在阅读中晚唐诗歌的过程中一点点摸索出来，当从白居易到欧阳修，一个在唐宋诗歌转型中重要的诗学线索显露出来的时候，我感到很激动，但也不无忐忑，因为前人从未提出过类似的看法，但葛老师鼓励我大胆地提出这一观点。她常说，真正的学术创造都是一空依傍的，套着前人的思路做，总是落入第二义。这种从文本之中，经过通观与实证而形成创新的研究之路，是一条学术的通衢大路。记得在哈佛访学时，我旁听了与哈罗德·布鲁姆齐名的著名诗学教授海伦·文德勒(Helen Vendler)的课程，有一次和她的研究生聊天，那位学生说自己曾经想直接用生态美学的观点研究某一当代诗人，文德勒教授不同意，要求他再读书，再体会，给他定了一系列要读的诗人的名单。当时，我真是觉得“东海西海，此心攸同”。

古典学术传统与北大精神

离开母校的十多年间，我对古典教育传统的丰富性有了更多了解，对燕园古典教育的独特，就有了更深的感受。

北大经历过以启蒙理性为核心的新文化运动的深刻影响，因此，北大的古典学术有很鲜明的理性色彩。对实证的高度强调，就是一个集中的体现，这里既有对乾嘉传统的继承，也可以看到胡适“大胆假设，小心求证”的实证精神的影响。同时，北大又与时代思潮的风云变化息息相通，新的想法与观念时刻在冲击人们的思想，因此在北大学习古典，不可能拘守古书而闭目塞听。从沉潜故训的课堂刚一出来，就可能在三角地看到激烈的论辩，读到刚刚写出的新诗，古今新旧的剧烈冲突，时时激荡着学子的心灵。在这样的环境里，我们经常在想，古典的价值究竟在哪里？难道只因为它古老，因为它是“中国”的吗？也因此难免不产生对古典学问的迷惘和怀疑。但是，在迷惘中我们坚持下来，还读出了兴味，这不能不感谢我们的老师，他们不靠民粹和古老来说教，也没有什么活泼的教学技巧，更不故作玄虚，但是真能讲出古典文本中的神采。记得裘锡圭先生在电教给我们这些大二的学生讲文字学，他讲课时，眼睛常常看着一侧的窗户，并不常看学生，板书也不那么漂亮整齐，但那些看似枯燥的内容，就是紧紧地吸引着我们，似乎直到下课，大家才会松上一口气。在这样的课堂里，你会感到，古典文本所蕴涵的活力，所包含的智慧，一点也不逊于窗外蓬勃的新潮，而且由于经历了历史的锤炼，能使人更享思辩的快乐，而也只有经过古典的锤炼，思想才能走到最精深的境界。这是富于理性气质的北大古典学术传统，对我们最大的启示和感染吧。

北大是怎样的，这是个说不尽的话题。我这里写下的，也只是自己的一点求学体会。读书时，我们感到北大汇聚着那样多的学人，思想缤纷绚烂，但走出母校，才感到广大的世界，比校园更加丰富，思想与学术的风光，更变化而常新。我现在想的问题，许多都是读书时不曾关注与意识的。但在思考一个又一个新问题的时候，我就很感谢北大的古典学术传统，它带给我进入深邃的古典世界的能力，祝愿这个传统，能在博雅塔下永葆其沉着而深厚的气象。

本文原刊于《文史知识》2010 年第 10 期

游学新知

学术的丰富与纯粹

——哈佛大学访学体会

2006 年到 2007 年，我受中美富布赖特访问学者计划的资助，赴美国哈佛大学东亚系访学。一年中，我在哈佛旁听课程和讲座，参加学术会议，泡图书馆，对美国的学术体制和哈佛这所著名学府的教学科研特色有了不少切实的感受，这里就谈谈一些感触最深的体会：

一、压力之下的学习

我在哈佛旁听了文理学院的本科生和研究生的课程，这些课程节奏快、压力大，对学生和老师都是很大的挑战。我旁听过一门本科生的核心课，是海伦 · 文得勒 (Helen Vendler) 教授的诗学课。文德勒教授与在耶鲁任教的哈罗德 · 布鲁姆教 (Harold Bloom) 授齐名，是著名的诗学批评家，尽管这门课她已讲授多年，但仍然一丝不苟。每周由她本人主讲两次，每次只有一个小时，但课后要由助教组织学生分小组讨论，每周一次。讨论小组的规模很小，一般就十人左右，而且不接受旁听，我经文德勒教授特别允许，参加了其中一个小组，这才得以一窥奥秘。小组的讨论一般是围绕几首指定阅读的诗篇来进行，讨论题也早由文德勒教授制定好。每个学生都必须发言，而助教则由研究生担任，负有讲解和引导讨论的职责。一个学期下来，学生通过听课和讨论，认真阅读的诗作，就有六七十首。欧美诗作大多篇幅很长，像柯尔律治的《古舟子咏》、艾略特的《普鲁弗洛克情歌》读起来都不轻松，而这样的作品是学生学习的主体。作为核心课，选课的学生，专业背景五花八门，在短短的 14 周里，要读完这么多的作品，其压力可想而知。一学期之中，还要完成三次课后作业，难度不断加大，第一次只要求 5 页，第二次则是 10 页，而最后一次则要达到 15 页，这些作业的成绩都会记入总成绩。期末考试的难度也令人咋舌，我看到了考试试卷，想想这些刚开始接触诗歌的年轻学生，都要来完成这样的试卷，感叹之余，也生出许多钦佩。

研究生课程的压力也同样巨大，我旁听的宇文所安 (Stephen Owen) 教授的课程，在第一次课上，就会把厚厚的参考文献目录发给学生，每一次课要讲授的内容、要讨论的问题也都事先告知学生，学生要做充分的准备，在课堂上，老师讲授的时间不多，大多时间是学生针对问题发

访学期间参加学术研讨，2007 年摄于哈佛大学 Vanserg Hall

表自己的意见，老师做点评和引导。对学生来讲，每一次上课，都是切实的科研训练，要了解已有的研究成果，又要谈出自己的想法。

哈佛的学生，都不敢选修太多的课程，因为每门课都意味着大量的阅读和艰苦的思考，倘若同时选修四到五门课，就可以算“超人”了。当然，压力也带来了切实的进步，绝大多数同学，一个学期下来，分析问题和表达的能力都有很大提高。

二、形式多样、务实高效的学术活动

哈佛的各类学术活动十分丰富，其中最吸引人的就是令人应接不暇的学术讲座，这主要由学校中的各种学术机构举办，如文理学院中哈佛燕京学社、费正清中心、亚洲中心、欧洲中心、人文中心举办的讲座，都很吸引人。这些讲座或者是以讲座系列的形式定期举行，或者是因为某位学者的临时造访而举办，讲座信息在校报和网上都可以很方便地查到。不少学者拿到免费发放的校报，会立即翻看密密麻麻的讲座信息，大小如《北京晚报》的校报，用蝇头小字登载的一周讲座预告,要占两个甚至更多的版面。许多讲座，群贤毕至，少长咸集，台上台下都是知名的学者，演讲之后的讨论，辩锋四起，甚至比讲座本身更加精彩。这些讲座的形式都是很灵活的，有些就安排在午餐时间，不少听众都是手里拿着三明治、热狗，边吃边听，十分随意。

哈佛的学术会议也是重要一景，这些会议会期短，最多三天，一般是一到两天，日程安排十分紧凑。我旁听的一个最为紧凑的会议是关于中国的印刷文化，会议要求与会者都事先阅读所有参会论文，会上不再宣读论文本身，而是开门见山，直接讨论，首先由一个主要评论人进行评议，再转入集体讨论，每一篇论文都要讨论 1 个半小时，一天下来，就是旁听的人都感到很疲劳。不过，这样的收获无疑很大。当然，哈佛的会议也并非都是这样紧凑，但无论怎样，讨论都是会议中必不可少的，而且内容切实，不流于形式和过场。

除了大规模的会议，还有一种叫“工作坊”的小型会议，也是哈佛学术生活的重要内容。“工作坊”就是一些学术同行的小规模聚会切磋，学者来自本校和外地，虽人数不多，但由于论题集中，彼此的专业兴趣接近，因此讨论可以十分深入。我曾经参加过杜维明教授和陈来教授组织的“子思学派研究工作坊”，参会的每个人都要提交论文，而且在会上，每个人的论文，都要被其他每一个与会者评论，然后再有综合的讨论，因此用在每一篇论文上的讨论时间也有 1 个多小时，加之每个人对论题都十分了解，讨论有的放矢，收获自然是很大。类似这样的“工作坊”，在哈佛十分普遍，有时这种形式还会和研究生的课程结合起来，我的合作教授包弼德 (Peter K. Bol) 在他的研究生课程结束时，就安排了一个这样的讨论会，他请每位选课学生发表一篇论文，并请著名学者奚如谷（Stephen H. West）、伊德玛 (Wilt L. Idema) 参加，评论各个学生的发表，这对学生显然是很好的锻炼。

读书小组也是哈佛一景，这里有一些是教授学生自由组织的，还有一些是由学术机构组织的，比如哈佛的人文中心，它曾经组织过莎士比亚的读书小组。我本人在哈佛的一年，参加了由杜维明教授和陈来教授组织的读书小组，每周一次，阅读儒家思孟学派的经典，一年下来，读完了《五行》和《中庸》。小组里有中国学者，也有美国学者，还有研究生，大多是儒学研究的专家，大家在一起细读文本，研讨注疏，剖析义理，每一次都不觉时光之移。“子思学派研究工作坊”也正是在这个读书小组的基础上召开的。我们在工作坊发表的论文，后来结集为杜维明先生主编的《文献 · 思想 · 历史：思孟学派新探》（北京大学出版社 2008 年版），我的论文讨论了毛诗诗教观与思孟学派的思想联系，正是一年小组读书的收获。

这些学术活动，最突出的特点便是务实高效，不讲排场，不搞繁文缛节，不离题枝蔓，一切都是为了学者的切磋研讨，真正体现了学术活动的本意。

三、图书馆：为思考助跑

哈佛最让人留恋的，就是它的图书馆，其收藏的宏富，令人叹为观止。以前在图书馆，最常感慨的，是“怎么连这本书也没有?”而在哈佛，最常感慨的，则是“怎么连这本书它都有?!”借书没有数量的限制，对于教师，每本书的借期是半年，而且可以续借五次，也就意味着如果没有别人需要，一本书可以在一个人手里借阅两年半。当然，这种宽限，是以发达的图书召回体制为前提的，不久以前，哈佛以巨大的投入，建设了图书馆的电脑管理体系，网上查阅、续借、召回等，都极为便利。其实，一个好图书馆，无非是两条：一是能找到想看的书，二是能快捷便利地看到想看的书，前者当然要靠藏书量大，后者则要靠完善的管理。如果为了看一本书，大费周折，最后必然思考的兴致全无。哈佛的图书馆在这两个方面，都很如人意。

我出国前，在国内借阅外文书很不方便，走进哈佛 Widener 图书馆的书山，面对满架外文书，简直兴奋得无以复加。为了不辜负这么好的读书条件我要求自己在哈佛期间尽量做到不看中文书。每天背着从图书馆借出的一大包外文书回宿舍，又兴奋又满足。一年下来，电脑系统里一查，我借出过四百多本书。靠这样的图书馆来做研究，思想尽享无远弗届之乐。我在哈佛时曾经想思考一个很新的课题，以前没有积累和准备，但在便利的图书馆很快找到了大量资料，起草了初稿。

四、开放多元与个人的选择

哈佛有众多的留学生，有来自世界各地的教授、学者，师生文化背景之多样，彼此观点立场之纷纭，都十分触目，这也是美国社会文化多元的具体缩影。这样的环境自然让人从多种角度去看问题，充分领略文化的多元性以及文化间的密切联系。我曾参加过哈佛燕京学社组织的一个以“words over borders”为主题的研讨会，来自不同国家的与会者，在一起讨论文学中各种“跨越边界”的现象。我这次会议发表的论文，题为《李白是浪漫诗人吗》，文章反思了20世纪李白阐释中普遍采用的“浪漫主义”视角，分析借用欧美文学经验理解中国文学的收获和局限。在撰写论文和与其他学者的讨论中，我深刻地体会到不能以静止与孤立的眼光理解中国文学。

开放多元的环境，对深处其中的人来讲，还有一些更值得注意的积极影响。初来哈佛的人，不少都会被哈佛的丰富多样弄得有些无所适从。老子云：“多则惑，少则得。”丰富有时也会让人迷惑，在哈佛2007年的毕业典礼上，一位毕业生代表的发言，深深地吸引了我。这位同学说，哈佛是如此丰富，每一个学生从迈进校门的那一天起，就要面对一个又一个选择，所有老师的课程都那样精彩，顾此则必然失彼，所有的讲座都那样引人，应该何去何从？当然，你只能选择一样，最好的选择，就是选择你需要的，因此，哈佛四年，最珍贵的收获，不是知识的增长，而是拥有了选择的能力，这个能力使人终身受益。

的确，丰富而不懂去取，无疑令人迷失，但避免迷失，不能靠闭塞与匮乏。开放多元世界，最积极的一面，是让人真正懂得自己需要的是什么。我的一位中学同学，求学时一直成绩十分优异，目前在美国一个最前沿的科学实验室工作。谈到美国何以在科学上如此领先，他很有感触地跟我说，他的美国同事绝大多数都是真正对科学感兴趣的人，他们选择走这条道路，主要是因为兴趣，而不是追求名校名师来证明自己的价值；科学到了最前沿精深的地方，有没有探索的兴趣，成了最关键的东西。他的导师，目前已经有问鼎诺贝尔奖的实力，而他在常人看来是个毫无情趣的人，他只对他的研究对象感兴趣。美国的教育体制比较注重让学生明白自己的兴趣和才干所在，而作为社会来讲，则每项事业都能拥有最具热情和才干的人。在哈佛的校园里，有令人心动的丰富，却较少让人焦虑难安的浮躁，也许与每个人都能在丰富之中明了自己的选择有关。

哈佛的校训是“与柏拉图为友，与亚里士多德为友，更要与真理为友”，真理是朴素的，每当我看着哈佛的校徽，看着那上面书写的“真理”，就感到了一种庄严的朴素。当然，哈佛不是世外桃源，但在这个纷繁的世界里，它还是在很大程度上，为学术营造了一个朴素的环境，这样的环境，让学者在专注中，体会到学术的尊严和创造的快乐。

写于 2007 年 10 月

这里的科学家是道家

——参访普林斯顿高等研究院

近些年，中国大陆高校建立高研院的热情持续不减，这让我时时回忆起去普林斯顿大学旁边的高研院参访的经历。

十几年前，我在美国访学，老朋友程炼当时正在这所高研院担任访问学者。他听说我和外子要去普林斯顿大学参加一个学术会议，就回信说一定要去他所在的高研院看看。我们与程炼很久不见，接到他邀请时，还只是把这当成一次难得的老友重逢，丝毫没有意识到，我们即将见识的高研院，是一个极其特殊的地方。

普林斯顿大学在一个小镇上，和我访学所在的哈佛大学，风格很是不同。校园里人不多，从开会的楼里出来，已是薄暮时分，暗青色的天光下，突然响起震耳的乐曲声，曲调单纯又浑厚，仿佛是在空旷的广厦中响起，带着一种神性的共鸣与回响。寻声找去，发现是一只小小的乐队，在学校一座教学楼高大的门廊中演奏。在哈佛似乎很难听到这样的乐曲声，精致优雅得一丝不苟，同时又有超然的随意。

我们就是在这样的乐声背景下，拿着程炼在电话里指导画的路线图，走向学校旁边的高研院。一条小路被越来越浓密的草木包裹，校园里刚才还颇觉震耳的乐曲声，越来越遥远，前方好像通向的是荒野森林而不是人境。天色越来越暗，我们拿着地图看了又看，在满腹狐疑中沿着曲曲折折的小路又走了很久，终于看见程炼夫妇所在的访问学者公寓。

为什么把一个研究机构放在这么幽僻的地方？见到程炼夫妇，我们迫不及待地问他们这个问题。程炼说这就是高研院的特别之处。这所研究院，在世界上可以说罕有其匹，它虽然建在普林斯顿大学旁边，但却是一所独立的机构，和普大并没有什么关系。1929 年，新泽西富商 Bamberger 兄妹卖掉生意，希望捐一笔巨款在当地建一所医学院。他们把此事托付给美国著名大学教育改革家 Abraham Flexner，但 Flexner 无意建什么医学院，他早就想建设一所世界上独一无二的推进尖端知识探索的“学人社会”（Society of Scholars），不意天赐良机，他得到了 Bamberger 兄妹的巨额捐款和他们的支持。目前的院落，经过十年的努力，在 1930 年代末全部建成。

高研院创建后聘请的第一位教授是物理学家爱因斯

坦；这不仅仅是因为爱因斯坦享有崇高的科学声望，更因为爱因斯坦所从事抽象理论探索及其充满玄思的研究方式，最典型的体现了高研院所追求的学术旨趣。爱因斯坦来高研院后，他的三位同事分别是拓扑学之父 James Alexander，现代计算机之父 Von. Neumann 和数学家 Oswald Veblen。从建院之初开始，高研院就有正式聘任的终身教授，但人数很少，加上已经退休的荣誉教授，不过三十来人，大量的是来短期访学的世界各地的学者，通常有一百八十人左右。这里没有实验室，因为学者们来这里的工作，是思考抽象的学术问题；同时这里也没有教室，不需要承担任何教学工作。高研院希望所有的学者能远离外界的应酬，专心在院中研学思考。据说当初 Flexner 请来爱因斯坦后，为保证他不受外界干扰，竟然经常截留爱因斯坦的往来信件，一次美国总统罗斯福邀请爱因斯坦夫妇参加一个在白宫举行的晚宴，Flexner 得知后，立即回电白宫，不客气地说爱因斯坦很忙，他应聘来高研院，为的就是专心研学。据说这位不留情面的 Flexner 后来也惹得爱因斯坦忍无可忍，不得不向高研院理事会提出申诉；但 Flexner 希望建立一个远离尘嚣的“学人社会”（Society of Scholars）的理念，还是在高研院被传承下来。这些故事，当年听程炼细细道来，可惜时光匆匆，许多细节逐渐模糊。近日读到曾在高研院做访问学者的梁治平教授的一本小书《高研院的四季》，梁教授详细地记述了高研院的建院历史与理念，上面这段文字，就主要参考了梁教授的记述[①]。

高研院要求所有的学者都驻院，提供了设备很好的学者公寓，公寓里必要的生活电器和电话一应俱全。我们和程炼夫妇在他们的公寓中闲聊，看他们的房间很简洁，各种家具电器的安排都很实用，想想自己在波士顿访学，周围很多访学学者找住处的艰难，很感慨高研院的周到安排。时间已经不早，他们说早点休息，明天早起到院子里去散步。

第二天清晨，我们一起出去散步。院子里是大片草坪和高耸的树木，空气中弥漫着青草的气息。奇怪的是，视野开阔的草地上空无一人，倒是幽静的丛林间，有几个人在那里活动着腿脚，有个人手里还舞着一根棍子一样的东西，身手虽然笨拙别扭，但很陶醉的样子。我好奇他们为什么不去开阔的草地上，倒要躲在丛林间？程炼的夫人笑着说，这又不是跳广场舞，要的就是安静不被打扰。这里来的学者，喜欢安静的人很多，其实他们也不是爱安静，是爱自己的思考不被打断。

院中有几条小路，都是有名字的，还记得其中一条就叫爱因斯坦路。正看着路牌，有个晨跑的人路过，步子不

① 参见梁治平《高研院的四季》，上海书店出版社2013年版，第1—10页。

快，手里居然拿着一把雨伞。我不由得抬头看看，清风拂过晴朗的天空，毫无雨意。这样的清晨，为什么要拿着雨伞跑步呢？程炼认出是他们同界来访的一位德国教授。他说这位先生每次跑步差不多都拿着雨伞，未雨绸缪，以防万一。为什么要这么小心，主要因为他跑步时都是在思考，如果万一途中遇雨，慌乱躲雨，势必要打断思路；不如时刻准备好雨伞，即使遇雨也无妨。高研院里，最不能打断的，就是学者正在思考的思路。

正说着，我们拐上一条小路，突然远远看见一个人迎面走来，那人显然是看见了我们，还离得很远，就开始停下脚步，定定地站在路边，看着我们。我满腹狐疑，不知该不该继续向前走，程炼说我们但走无妨，一面说，我们一面迎着那人走去，路过他身边时，他还是那样定定地站着，待我们走过去再回头，发现他这才重新启动脚步向前去了。“怎么又碰上一个稀奇古怪的人？”我问程炼，他说这位先生肯定是一边散步一边思考，小路这么窄，他看见我们，要是和我们不断相向而行，他就要根据我们走路的位置，不断考虑如何避开我们，这当然会打断他的思路，不如索性站在一旁，待我们过去他再走，这样就不用分心了。世界上竟有这么害怕自己思路被打断的人，而且高研院似乎把这样的人从世界的四面八方都凑到一起。

待到上午去参观高研院的研究室，发现高研院不仅召唤了这些沉浸在沉思中的人，而且为他们创造一切条件来维护沉思不被打扰。几间访问学者的研究室外，有一个被几个研究室共享的休息区，摆着舒适的桌椅，桌椅旁边的墙上，是一大块黑板，桌子上放着一盒粉笔。高研院认为学者之间的交流是宝贵的，这就是一个学者聊天讨论的地方，当时我看到墙上的黑板用粉笔写满数学公式和推演，十分潦草，让整个休息区都显得有些凌乱，很奇怪怎么没人打扫，难道经费不足，清洁工人手不够？程炼解释说，不是没人打扫，而是高研院的清洁人员有一条严格的规矩，黑板上写下的东西，绝不不能随便擦，这很可能是学者交流时的灵光一现。

在高研院，任何学者都不需要正襟危坐，恰恰是在最不正襟危坐的时候，学术的灵光最容易闪现，所以这里的一切都在让学者找到最自在的方式，呵护他们不择地而出的思想之泉。随性与自在，需要亲近自然，从高研院的草地向外走上十几分钟，就会进入一大片密密的树林，据说这还是一片没怎么开发的原始森林。我们一行向林中走去，当时正是百花初放的时节，林中弥漫着浓浓的花香。入林愈深，香气愈浓烈，浓得仿佛让人喘不过气来，满是原始自然野性又神秘的感觉！已经建院六十多年的高研院，在自己的院子里，还完好地保留着如此自然得充满野性的长林丰草，正是要为学者提供一个在真正的大自然中徜徉沉思的胜地。

当然，要随性自在，最重要的前提是精神淡泊，要淡然于世俗的功名利益。在高研院，所有的人似乎都很休闲随意，一切赫赫声名，似乎都无处显示。我们走进一处学者休息室，看到一位老者坐在沙发上看当天的报纸，看见我们进来，冲我们点点头，又低头去看报。不知为什么，他虽然看上就是一位衣着随意的老者，但身上有一种极其沉静的力量，仿佛只要看到他，所有人都会安静下来。程炼告诉我，他是一位诺奖得主，是这里的终身教授。

傍晚时分，与程炼要好的一位学者，家里要开 BBQ，我们一起过去。在一座木头搭起的小楼上，烤肉架上的烤肉，滋滋冒着热气，大家欢声笑语，一位憨厚的小伙子，一直在给大家烤肉，低头少语，只是一抬头，发现他的眼睛异乎寻常地明亮。程炼在聚会结束回公寓的路上，见我问起这位小伙子，一脸敬佩地说，他呀，数学奇才，是菲尔兹大奖得主，菲尔兹大奖是数学界与诺贝尔大奖齐名的奖项。不知为什么，他说这番话时，我在惊异中想起了居里夫人把自己的诺贝尔奖章，给小女儿当玩具玩耍的故事。

我们在高研院只停留了几天，但仿佛每时每刻都有惊讶和触动。创建高研院的 Flexner 不知是否读过中国老庄的著作，但他建立的这个“学人社会”，却处处充满道家的精神。它朴素纯粹，淡泊宁静、远离尘嚣；它尽可能地呵护学者的随性与自在，不给以任何强制的工作要求。其实，道家是对世界有深刻意义的精神力量，它追求天道自然，但天道并不离绝人世，回归自然也不是彻底的远离人寰。高研院的选址很有匠心，它并没有建立于人烟稀少、交通不便的荒野，而是选址在普林斯顿大学旁。学者想与外界交流也并不困难。高研院希望隔绝的，是世俗的干扰，而不是学者对世界的思考和热情，陶渊明没有车马喧的田园，仍然是在“人境”之中。高研院激发学者最本然的求知力量，推动学术走向最深邃的领域，而由此形成的思考，又会给人类生活的“人境”以最大的回馈。

在涅瓦河边理解文学的民族性

圣彼得堡是与莫斯科齐名的俄国文化中心，而对于理解俄罗斯文学的历史与成就，圣彼得堡的意义则更为突出。正是在这里，俄罗斯文学的“黄金时代”与“白银时代”得到孕育和发展，普希金、果戈理、陀思妥耶夫斯基、艾赫玛托娃、曼德尔斯塔姆、布罗茨基的许多创作也诞生于此。

因为受到中俄文化论坛的邀请，我有机会前往这座文学之城。接到邀请时，我首先想起的，竟是曼德尔斯塔姆的诗句：“我回到我的城市，熟悉如眼泪……”（《列宁格勒》，北岛译）虽然，这诗句似乎更应该属于俄罗斯人，或者深研俄罗斯文学文化的专家，但是，俄罗斯文学的光芒，似乎早已超越了国界和专业的界限，照耀在无数人的文学之旅上。对于我，阅读陀思妥耶夫斯基、托尔斯泰、普希金等人作品的感动与困惑，都是这样难以忘怀。因此，这次圣彼得堡之行，虽然十分短暂，但所激发的感慨与思考，却久久难以平静。

我参加的论坛，其主题是“文学的民族性”。这个议题显然是基于文学之于中俄两国民族文化传统的重大意义而设立。在世界不同的文明文化传统中，中俄都对文学表现出高度的重视。俄国人称自己的国度是“文学俄罗斯”，瓦·罗赞诺夫说：“在俄国，最灿烂辉煌的、极度灿烂辉煌的，是她的文学。在俄国，任何东西——无论是我们的信仰、我们的教堂、我们的国体——任何东西都不像文学那么辉煌，那么富于表现力、那么强大。”而中国悠久的文明历史，同样是以辉煌的文学成就为重要标志。对于文学的价值，中国古人有着高度的评价，认为“夫文章，经国之大业，不朽之盛事”。在这样的文化土壤上，中国产生了无数优秀的文学家，为世界贡献了许许多多有深厚精神与艺术价值的文学作品。中国，是文化的中国，也是一个“文学中国”。在全球化的今天，文学的民族性对于中俄两国都有着特殊的意义。

对于中国文学民族性的思考，自上个世纪以来，不断地成为中国文学界、知识界讨论的焦点。人们围绕这一问题，表达了对中国文学现代化进程的反思，近些年，面对全球化的文化挑战，这样的反思再次引发新的思考。而在俄国历史上，著名的“西方派”与“斯拉夫派”的论争，也深入到对文学民族性的反思。上世纪九十年代苏联解体之后，社会转型以及全球化、市场化的影响，使俄罗斯对探索“俄罗斯道路”表现出高度的关注，这其中也包括如何重振俄罗斯文学的辉煌。考虑到中俄两国的文学民族性反思在当今所可能面对的共同困惑，我提交了《民族性与“文学中国”的失落与重建》的报告，希望从当前中国文学边缘化现象出发，思考具有深厚历史内涵的中国文学民族性对于“文学中国”之重建的意义。我在报告中提出，中国文明有悠久的历史，在其发展过程中，不断经历巨大的挑战，但这些挑战，没有削弱中国的文明传统，而是使之更加丰富和壮大。中国文明善于思考“变化”，深通“变化”之理，这一重要的民族文化传统，对于理解中国文学的发展，十分关键。

参与分论坛的俄方代表，对我在报告中提到的文学边缘化问题，很感兴趣，并谈到俄国也存在类似的现象，但对于这些现象如何改变，他们并没有特别强调文学民族性的意义，而是强调文化交流和民主社会建设的作用，认为俄罗斯不仅要与西方，更要与包括中国在内的世界多种文化进行深入交流，以此走出过于西化的困境。而对于文化交流的方式，则大力强调民众这一层面上的普及与推展。

这种关注点，引起了我的注意。国内介绍了不少叶利钦时代，俄国对“俄罗斯思想”的探索。上世纪九十年代苏联解体后，俄罗斯应该向何处去，如何从俄罗斯自身的精神、历史传统出发，对当前的俄罗斯进行历史定位，更成为热点问题。当时，有关“俄罗斯思想”的历史文献和论著大量出版，叶利钦在总统竞选期间，还提出“制定新民族思想”的任务。贾泽林、李树柏翻译的《俄罗斯思想》一书，汇集了俄国在思考“俄罗斯思想”的热潮中，深受关注的一批重要历史文献，此书于2000年在国内出版，如今也引起不少中国读者的兴趣。

然而，论坛上与俄方代表的交流，却使我感到俄国当前更期望通过广泛的文化交流与对话来回应自己所面临的问题。这或许是普京时代新潮流的影响。普京完全接受俄罗斯著名学者利哈乔夫的观点，面对俄罗斯属于西方，还是东方的争论，旗帜鲜明地表态，俄罗斯属于西方。他说，俄罗斯是属于欧洲的。在他担任圣彼得堡市长时，办公室里就悬挂着彼得大帝的画像。普京的政治既对西方表现出许多亲善，又以多极联合来寻求俄罗斯的强盛自主之路。

为什么叶利钦时代那么强烈的“民族性”焦虑，现在期望以文化交流来加以回应？这其中无疑有很复杂的原因，但与圣彼得堡这座独特的俄罗斯城市的直接接触，让我对这一问题的答案，有了一些直观的体会。

在来圣彼得堡之前，作为一个深受中国天人合一文化影响的中国人，我无论如何难以想象，世界上会有一座几乎完全“人为”的大城市。它完全是在“人定胜天”的坚定意志下建成。这里一排排、一座座恢弘庄严的大厦，全部是欧洲建筑的形式，但体量又非常恢弘。城中贯穿着笔直的运河，运河两侧是富丽的建筑，间或穿插着花园、钟楼。我看到一条条运河，对它们那样笔直感到十分惊讶。同行的老师介绍说，当年彼得大帝希望按照威尼斯的格局来建设，他认为哪里需要有一条运河，就笔直地规划，然后不惜代价地开凿出来，如此从无到有地规划山河，就像画家在自己的画布上自由挥洒一般。在圣彼得堡，到处都可以看到这种改天换日、凿破荒野的气魄。著名的喀山大教堂，完全仿照罗马圣彼得大教堂而建，叶卡捷琳娜看到拉斐尔画廊的图片，就在冬宫一丝不苟地仿制了一个。

圣彼得堡所在地区，并不适合建设城市。它处在沼泽地上，常常受到洪水的侵袭，而且缺少稳定的淡水资源。但彼得大帝要把彼得堡建设成“面向西方的窗户”，所有的障碍，都丝毫不能影响他的坚定决心。在涅瓦河边，我们看到了彼得大帝的青铜塑像，那朝向北方，腾跃而起的轩昂身影，显示出一代帝王的坚强意志。圣彼得堡显示了俄罗斯“西方化”的强大旋律，而在中国，虽然西风大阐，所有的城市似乎都失去了古城的面貌，但像圣彼得堡这样坚定的“全盘西化”的样例，还是很难看到。

彼得堡的建造过程，充满残酷，它完全依靠强制的劳动而建成。来自俄罗斯各地成千上万的农民被迫长途跋涉，前来建造城市，许多人累死、病死、饿死。十九世纪的历史学家克柳切夫斯基认为彼得堡就是一座巨大的坟墓，吞噬了无数工人的生命。彼得大帝第一任妻子欧多西亚被软禁在修道院，人们传说她诅咒这座城市终有一天会遭到毁灭。听到这些关于圣彼得堡历史的故事，我总是忍不住会联想到秦始皇，而幽禁的欧多西亚，则好像是那位用泪水哭断长城的孟姜女。秦始皇统一六国，发徭役，修长城，车同轨，同样是赫赫功业，同样是残暴甚至血腥，然而秦两世而亡，秦以法治国的方针被彻底调整。相比秦的命运，彼得大帝和彼得堡，在俄国则获得了更为持久的生命力，为俄国近三百年的现代化之路，奠定了基本道路。

对于彼得大帝和彼得堡，俄罗斯人有复杂的感情。普希金在《青铜骑士》中，用截然不同的笔调，赞颂了彼得大帝的伟大功业，同时又刻画了一位生活在彼得堡的小人物的悲惨生活。诗作赞颂彼得堡的笔触是如此充满激情：

> 我爱你，彼得兴建的城，
> 我爱你严肃整齐的面容，
> 涅瓦河的水流多么庄严，
> 大理石铺在它的两岸；
> 我爱你铁栏杆的花纹，
> 你沉思的没有月光的夜晚，
> 那透明而又闪耀的幽暗。
> ……

巍然矗立吧，彼得的城！

像俄罗斯一样地屹立不动。（查良铮译）

然而，写到小职员叶甫盖尼的遭遇，彼得堡又充满潮湿阴冷、洪水侵袭的混乱。高傲的彼得大帝铜像，在恍惚中复活，追逐着叶甫盖尼无处躲藏。最终，这个无助的小职员，变成了在他未婚妻小屋旁的一具尸体。

这种矛盾的心情，在果戈理、在陀思妥耶夫斯基的著作里，都有深刻的反映。涅瓦大街，是彼得堡最繁华的街道，类似纽约的第五大道。而在彼得堡三百多年的历史里，它作为一个向城市各个群体都开放的繁华与高雅的空间，充分见证了彼得堡带给人的梦幻般的震撼与惊异。果戈理在他著名的小说《涅瓦大街》中，就刻画了这种独特的感觉：

至少在彼得堡，没有东西比涅瓦大街更好的了；对于它说来，涅瓦大街包括尽了一切。……我知道，它那些穷苦的和做官的居民，没有一个人肯拿涅瓦大街去调换世上的任何财宝。……任凭你再有多么重要的急事，可是一踏上这条街，你就准会把一切事情都抛到九霄云外去。这是惟一的一个地方，人们不是因为必要才上这儿来，不是实利和吞没整个彼得堡的商业利欲把他们赶到这儿来的。在涅瓦大街遇到的人，仿佛比在海洋街、豌豆街、打铁街、小市民街和其他街道上遇到的人更不自私些。在那些地方，吝啬、贪欲和实利，刻化在步行的以及坐着轿车和弹簧座马车飞驰的人们的脸上。……万能的涅瓦大街，这是绝少散步之处的彼得堡的惟一解闷的地方！……仅仅在一天中间，海市蜃楼在这儿变幻得多么迅速！[①]

早年阅读俄罗斯小说，涅瓦大街这个名字，就给我留下很深的印象。在果戈理的笔下，这条商铺鳞次栉比的街道，似乎有着一种使人提升与净化的独特力量。这次亲身走在涅瓦大街上，街边的咖啡馆、时装店，同样是那些熟悉的奢侈品牌，似乎这里已经和世界上任何一条顶级繁华的商业街，没有什么区别。然而，那异常宽阔的街道、犹如神殿一般的街边拱廊，高华凝重的屋宇，还是让人不敢完全沉浸于物欲和休闲，总要有几分庄严和肃然。这条大街的繁华，虽然浓烈，却并不亲切，似乎并不完全在你真实的生活里，这也许就是果戈理用海市蜃楼般的幻影来描绘它的原因。正是在这个海市蜃楼的空间里，果戈理《鼻子》那怪诞的构思，才会被写得煞有介事。

长期生活在彼得堡的陀思妥耶夫斯基，异常深刻地体

① 满涛译，周启超编选《果戈理精选集》，山东文艺出版社1998年版，第80—81页。

会到彼得堡的辉煌与虚幻，他说：

我认为彼得堡的早晨似乎是整个地球上最乏味，几乎是世界上最荒诞的早晨……在这种迷雾当中，我脑子生出一百次奇怪而又摆脱不开的幻想："假如这种迷雾一旦飞散，向上飘去，那会怎样？整个这座霉烂而泥泞的城市会不会也跟雾一块儿上升，像烟似地消失呢？于是只剩下以前的芬兰沼泽，也许作为点缀，在它中间有一个青铜骑士，骑着一匹筋疲力尽、气喘吁吁的马。"

繁华灿烂的彼得堡，突然之间荡然无存，只剩下它的缔造者——彼得大帝，骑着一匹筋疲力尽的马。这种强烈的幻灭感，在世界其他地区的城市书写中，是很难见到的。当然，陀思妥耶夫斯基并没有单纯沉陷在这种幻灭之中，他对彼得堡辉煌灿烂的感受同样强烈，辉煌与虚幻在他心中，激发出不可遏制的颤栗。在他的日记中，有这样一段内容：

我记得有一次，一月某个冬日的傍晚，我正从维堡那边急匆匆地往家走。当时我还很年轻。走到涅瓦河畔时，我驻足片刻把目光沿着河流投向寒气迷蒙、暮色苍茫的远方。突然，一道紫色的残阳在朦胧的地平线上落下，使远方变为一片深红。夜色降临城市上空，因积雪而隆起的涅瓦河畔广袤的平原遍地冰霜，在落日余晖的照耀下到处闪烁着无法尽数的点点银光。气温在冰点以下二十度。……疲惫的马、奔走的人呼出的哈气都结了霜。紧张的空气因微小的声响而震颤，烟柱像巨人一样从两岸的屋顶冒出，冲向寒冷的天空，一路上纠结缠绕，仿佛旧房子上建起了新屋，在空中形成了一座新城。……最后，似乎整个世界连同它的所有居民，无论富强还是贫弱，连同他们所有人的住所，无论是简陋的栖身之处还是金碧辉煌的豪宅官邸，在这个黄昏时刻像一种转瞬即逝的奇妙幻景，像一场美梦，化作青烟直上蓝天。我突然产生了一种奇怪的想法。我浑身一颤，我的心中仿佛涌动着一种从未有过的强烈感觉，立即变得热血沸腾。那一刻，我似乎明白了什么，那是一种直到当时只是使我内心躁动但无法理解的东西；我的眼睛仿佛看见了新的东西，看见了一个全新的世界，它对我来说非常陌生，只是通过道听途说、通过某些神秘的迹象略有所闻。我认为，我的存在正是始于那一刻。[①]

在这里，白昼与黑夜、健壮与孱弱、寒屋陋室与华堂

① 陀思妥耶夫斯基：反叛的种子》,（美）约瑟夫·弗兰克著，戴大洪译，广西师范大学出版社 2014 年版，第 171—172 页。

美厦，都混融为神秘的梦幻，打开了陀思妥耶夫斯基作为一个伟大作家的全新生命，而陀氏为世界文学所贡献的伟大体验，无疑也孕育于这个全新生命。

这种奇异的感觉，一直绵延到19世纪象征主义诗人对彼得堡的吟唱，曼德尔斯塔姆的诗句写下了他对彼得堡强烈的热爱、执着的信念，当然也有彼得堡文学挥之不去的、那种不无决绝的空幻感：

我们又在彼得堡相见，
在这里太阳仿佛也被埋葬。
在这里我们第一次，
说出了无用但祝福的祈祷。
苏联的夜晚被黑色的天鹅绒包裹，
这个被包裹的世界空空如也，
那个众人敬仰、受人爱戴的妇女还在歌唱，
永不凋谢的花朵正在绽放。

走在圣彼得堡的街巷之间，虽然这次在论坛间隙的漫步，时间短暂，但以往阅读俄罗斯文学的体验，却强烈地激荡在心间。俄罗斯的《文学报》在刊头登载两位作家的画像，左侧是普希金，右侧是高尔基。这代表了从普希金到高尔基，是俄罗斯文学最灿烂的阶段。彼得堡无疑是这段文学华彩乐章最重要的诞生地。而仔细想来，彼得堡异常灿烂的光华和矛盾与虚幻，显然是孕育深刻文学体验的土壤。而彼得堡所带给人的虚幻感，究竟意味着什么？

前面说过，彼得堡所在的地区，其自然条件并不适合建设城市。彼得堡建成之后，还多次遭受涅瓦河洪水泛滥的侵袭。而具体到城市中街道建筑的设计，许多地方都给人不够“人性”的感觉。果戈理说，彼得堡很少有让人散步的地方，的确，这里的街道都异常宽阔，很少能见到那种熙熙攘攘的小街小巷。所有的建筑都体量十分巨大，许多是在模仿欧洲建筑的过程中大大地放大了尺寸。人走在这些建筑下，都难免一种压迫感。我们几个一同开会的老师，曾经在晚上散会后，相约到涅瓦河边去散步。宽阔的涅瓦河边，有一条人行步道，由于街灯不多，显得昏黄暗淡。步道右手是幽暗的河水，左手是一条宽阔的马路，不时有车疾驰而过。步道很长，中间竟然没有一处让人休息的座椅，想从左手边横过马路，也没有路口。在寒冷的江风中，行走在步道上，似乎已经不是那么享受的事情。在我们前面有一个行人，穿着厚厚的黑外套，敛首疾行，好像《装在套子里的人》中的别里科夫，全无江边漫步的惬意。同行的一位老师是建筑设计专家，他说这个步道的设计好像完全不理会行人的需要，简直不可理喻。我们回国后半个月，一位有事还在俄罗斯停留的朋友来信说，就在这条步道上，刚刚发生了抢劫杀人案。想想我们当时行走其间的茫然无助，这凶险的一幕似乎也并非那么突兀。

的确，圣彼得堡到处是让人惊叹与致敬的景观，走在街道上，需要永远的庄严与仰视，人是渺小的。我没有机会走进那些建筑中去，但时常会想起陀思妥耶夫斯基笔下的地下室、想起《罪与罚》中的拉斯柯尼科夫所租住的那个逼仄的“群租屋”。它们就在那些庄严的建筑里面。当年，那些生活艰辛的小人物，从他们困窘的小屋，走上宽阔的马路，看到气势异常恢弘的大厦，他们会有怎样的感受？他们的感受一定不同于世界上任何一座城市的市民，这也许正是俄罗斯文学独特的矛盾内涵的来源。

然而，最令人感到不解的是，圣彼得堡这样一个似乎不考虑地区的自然本性，以强力意志建设的城市，这样一个在建设中完全不“人性”的城市，为什么被俄罗斯人所接受，并成为俄罗斯精神文化的重要象征？普希金是俄罗斯文学之父，而他的创作离开彼得堡，是难以想象的。陀思妥耶夫斯基的著作，代表了俄罗斯精神所达到的深度，而他的精神生命，正是彼得堡所赋予的。在我们散步的那条涅瓦河步道的一侧，就是普希金的故居，普希金当年就经常漫步在涅瓦河边。我忍不住疑惑，让我们走得筋疲力尽的步道，当年的普希金是以怎样的心情徜徉其上呢？当我们感到那庄严的建筑不无冰冷和压迫的时候，普希金、果戈理、陀思妥耶夫斯基又是怎样感受的呢？

以前读普希金的《青铜骑士》，我总是不理解，诗人何以对彼得大帝和叶甫盖尼的刻画，都有强烈而真诚的感情，他同情叶甫盖尼的遭遇，但对彼得大帝也有真诚的颂赞：

啊，高傲的马你将奔向何方？
你的蹄子将往哪里飞扬？
啊，你命运有力的主宰！
不正是这样一手握着铁缰，
你勒住俄罗斯在悬崖上面，
使她扬起前蹄站在高岗。（查良铮译）

彼得大帝强制修城，使叶甫盖尼深受洪水侵袭的苦难，但他引领民族的伟力，又受到诗人的高度赞扬。普希金对这两者的矛盾究竟是什么态度？这个曾令我百思不得其解的问题，在真实的圣彼得堡面前，似乎有了一点点答案。

普希金之所以成为俄罗斯文学之魂，就在于他对深处复杂矛盾的俄罗斯民族，对民族的命运，抱有一种不容置疑的信任。他似乎没有理性地指清一条方向，但他永远信任这个民族内在的力量。这种信念，同样是为陀思妥耶夫斯基打开精神生命的力量，陀氏看到了彼得堡的寒屋陋室，也看到金碧辉煌的华屋，然而彼得堡的力量，在陋室和华屋交织升腾而成的超越之境。

我突然意识到，俄罗斯文学虽然深刻地表现了“人”的矛盾，但它理解世界的出发点，不是“人”，而是深刻的宗教情怀。普希金、陀思妥耶夫斯基在彼得堡这个不那么自然，不那么“人性”的城市中，所体验到的激情与震撼，以及这个庄严之城在自我中的内化，都体现出宗教情怀的力量。他们没有纯然用“人”的尺度来衡量这座城市，同样他们对彼得大帝“西方化”功业的赞颂，也不是单纯出于“人”的角度。俄罗斯所具有的深沉宗教意识，使它与注重现实人伦、实用理性的中国文明，形成明显的差异。这是一个好像不喜欢关注他人，不喜欢交流的民族。在阴沉的天空下，走在彼得堡的大街上，遇到的都是俄国人漠然的面容，很少有亲切随和的微笑。我们不止一次地听到人们说，俄国人难以理解。正如俄国诗人丘特切夫所说：“凭理性无法理解俄国，一般的尺子无法将它度量……”

有人把俄国人的无法理喻，归结为傲慢，实际并非如此简单。俄国人有一种对现实的淡漠，对人的淡漠，因为淡漠，他们不关心现实的效率，因为淡漠，他们不关心人际交流。宗教对世俗生活的否定，在俄罗斯所信奉的东正教中，有十分鲜明的体现。在彼得堡的涅瓦大街，既有东正教的喀山大教堂，也有基督新教的教堂，但前者所受到的重视远远超过了后者。喀山大教堂中信徒络绎不绝，而基督新教教堂则门庭冷落。韦伯在《新教伦理与资本主义精神》中，曾经深刻地分析了基督新教与资本主义兴起的关系。而彼得大帝所推行的“西方化”，是在与新教不同的东正教的环境中来进行，这无疑是俄罗斯近代化之路的独特之处。

东正教强调信仰的力量，这是俄罗斯民族承载现实命运最深刻的依据。他们并不仅仅通过“理性”，以“人”的标准来认识“现代化”的得失，而是从信仰的力量出发向往“现代化”，并承载其中的苦难。这也许是注重现实、重视人伦的中国人所最难理解的地方。

俄罗斯是信仰的民族，普希金代表了它信仰的广度，而陀思妥耶夫斯基则代表了它信仰的深度。普希金毫不迟疑的激情与信任，与陀思妥耶夫斯基向精神的内省世界无限深入的力量，都是信仰的体现。一个信仰的民族，它的现代化之路，它对现代化和民族性的反思，无疑会有很独特的内涵。俄罗斯的现代化体验，不单单是理性和功利的，彼得堡就像一座圣殿，处处可以感到人们对它所代表的近代化的信仰与崇敬。这样的现代之城，只有在信仰的俄罗斯才会存在吧。因此，作为现代性反思的“民族性”思考，在俄罗斯也会呈现与中国颇为不同的面貌。在“斯拉夫派”与“西方派”的争论中，“民族性”并没有仅仅停留在俄罗斯传统的生活方式与思维特点，而是被归结到带有普世意味的宗教拯救精神。陀思妥耶夫斯基高度赞扬作为民族精神象征的普希金，认为他对全世界都抱有悲悯的同情心：

在欧洲各国文学中都曾出现过诸如莎士比亚、塞万提斯和席勒等那样高大的艺术天才。但在这些伟大的天才当中，你可能够找出一个像我们的普希金这样对全世界的事情都具有敏锐的感受能力的人吗？正是普希金同我们的人民一起共同拥有这种才能——我们民族的最主要的才能，因此他才是人民诗人。欧洲最伟大的诗人从来也没有能够像普希金所显示的那样，在自己的作品中鲜明有力地再现其他民族——可能是与他们毗邻的民族的天才，再现其他民族的精神和这种精神的全部潜在的深度及其关于自身使命的全部思考。……在全部具有世界声望的诗人中普希金是唯一能够充分体现异族民族性特征的诗人。……没有一个诗人具有普希金那种对全世界事物的敏锐的、能产生共鸣的感受，这里还不仅是一个敏锐感受的问题，还有感受的惊人深度，还有重现其他民族的精神，这种重现几乎是完美无缺的，因而也是绝妙的，……这里也最充分地表现出他的俄罗斯民族的力量……如果不是把全世界性和全人类性作为自己追求的最终目的，那么俄罗斯民族的精神力量又是什么呢？[①]

在人文理性的历史传统里，中国人对现代性与民族性

①《作家日记》下，张羽、张有福译，陈燊主编《陀思妥耶夫斯基全集》第18卷，河北教育出版社2010年版，第996—999页。

的思考，无疑与俄罗斯有着显著的不同，在很大程度上，我们很难理解宗教对于俄罗斯近代化探索、民族性反思的意义。在喀山大教堂中，我看到许许多多刚才在街道上还是面容淡漠的俄国人，突然对着神像，流露出又专注、又热烈的表情，似乎只有在这里，面对神，他们才愿意打开心扉，倾诉和交流。当他们向神倾诉在彼得堡这座现代之城中的痛苦和欢乐时，他们的语言和神情，对于我都是陌生的。我不禁回想起曾经在书本上看到的许多现代化与民族性的争论，发生在俄罗斯土地上的这些争论，离开了喀山大教堂那沉郁而神秘的氛围，都将难以理解。

走出教堂，涅瓦河浩瀚的江水依然在翻滚，我感到自己对俄罗斯民族的理解是如此肤浅，而几百年来，席卷全球的现代化浪潮，在不同国家所激发的民族性回应，是如此千差万别。弱化了“人”的理性尺度，而以宗教的信仰追随“现代化”梦想，或许在历史的某些时刻，就难以抑制冷漠残暴的专制；中国的人文理性，有着人性的温暖与理智，但有时则难以收束过度世俗化的下堕。

半个世纪前，布罗茨基写下这样的诗句：

今晚我茫然凝视窗外，
想弄明白我们走到了哪一步，
我问自己：我们离哪个更遥远，
古希腊还是正教的神圣世界？

我们和什么更亲近？我们的前途是什么？

一个新时代要来临吗？

为了迎接它，我们要承担什么责任？

我们要做出什么牺牲？

这，是一个庄严的问题，面对新与旧的交替，这位彼得堡诗人在问："我们要承担什么责任？"无论在何种文化背景之下，也许只有来自深刻自省和坚韧承当的责任感，才是真正力量的源泉，也只有在这个意义上，千差万别的民族之间，才有相互理解和尊重的可能。

写于 2016 年 1 月

台大：沉思的三小时

记得几年前第一次去台大，要去文学院见一位朋友，约好的时间快到了，我才赶到校门口。一个学生告诉我，沿着椰林大道一直走，见到“傅钟”，对面就是文学院。

我那时不知道什么是“傅钟”，想当然的觉得就是台大的附属中学什么的，一边沿着椰林大道一路小跑，张望着周围是否出现中学生模样的人，一边满腹奇怪，怎么把附属中学建在了大学的腹地？

“傅钟”当然不是“附中”，台大的朋友听到我的耳误，哈哈大笑，带我去看那以傅斯年校长的名字命名的校钟，告诉我傅校长有个名言，人一天要留三小时给自己沉思，所以这个校钟，每次上下课都只敲二十一响。朋友又特意把我带到傅园，是傅校长的墓园，有几个学生坐在一旁看书，喧闹的校园，在这里是安静的角落。

之前，我只知傅斯年是揭橥五四精神的勇士，成就斐然的史学家，却不知他在海岛上，有这样一番建设新台大的伟业。接掌台大之初，台岛物资匮乏已极，傅斯年不仅办学之条件极为艰苦，自己亦饱受冻馁之困。至今，台大人流传的一个故事，是傅校长的最后一笔稿费。据说，傅斯年临终前几天，在寒冷的深夜赶写稿子，妻子劝他早些休息，他说自己打算拿了这笔稿费，赶做一条棉裤，因为身上的单裤实在难以御寒；妻子遂不再催他。几日之后，他突发心脏病去世。说起这笔稿费，杂志的主编说傅先生其实早有交代，要把钱留作家用；而做棉裤云云，不过是怕妻子不让其熬夜赶稿子的托词。

这个在艰苦卓绝中奋斗的故事，其中的精神大概已经成为台大的基因，当我再一次来到台大，有机会在校园里从容地漫步，在在都看到这基因的痕迹。掩映在椰林榕树之间的台大教学楼，都郁积着沧桑斑驳的痕迹，在大陆已很难见到的窗式空调，还是这里的主力。看我们会议手册，主会场在“农化新馆”，可按图走到近前，却是一座十分老旧的楼房，我们一致认为，这一定是“老馆”，绝不可能是“新馆”，但一位打扫卫生的阿婆，却说，这就是新馆，请进请进。

校园里许多科研系所，都是在这种老旧的房子里，系所的名字标在门前一块竖写的木牌上，恍然是半个世纪前的感觉。在湿濡的空气里，在层层草木之中，这些带着苔斑雨痕，却整洁肃静的老楼，呈露的，与其说是一种情致，不如说是一种拓荒的勇力。在没有几千年人文化成的海岛

台大农化新馆

上，一个有着世界影响力的大学的崛起，其间的专注、勤勉与奋进，是令人动容的。

不知是哪一点的相似，眼前斑驳的科研楼，很让我想起小时候生活的中关村。那时候，中科院的院所，集中在中关村，如今堪称通衢的白颐路，当时还只是一条不宽的马路，路上来回的只有一条公交线。在路口下了公交车，两排高大的杨树夹峙着一条向东的马路，路上并不通公车，沿路向东，就会慢慢看见“动物所”、“电子所”……走到“电子所”，白颐路上的车声已经完全听不到了。那些科研所的楼房，在今天看来都已过时，不久前，电子所老楼的屋顶，还被加装了一个屋檐，以便和新盖的新潮科研大楼相匹配。然而，那些老楼，真是很像台大的这些楼。小时候的中关村，好像还很荒野，黄庄以南，已经是一大片农田，而科研楼和宿舍之间，都是树木丰茂，夏天雨水过后，空气里弥漫着青草的味道。晚上回家，路边杨树卷起的秋声，是耳畔唯一的声音。

我记得在那一排杨树边，见到低头走路的陈景润，穿着深蓝的中山装，旁若无人。他偶然一抬头，是乱乱的头发和一双明亮极了，却对一切熟视无睹的眼睛。这样的人，只能走在三十年前的中关村那安静的马路边。在如今的车流里，他们再也不能存在。

中关村这个在荒野的郊区开拓出来的科学世界，生活着共和国第一批年轻的科学家，他们很多人，并没有世代书香的背景，因为有理工科的才华，从全国各地来到这里，而无论是自然科学的冷静理性，还是远离故土家园、身处新兴单位的环境，都使他们表现出独特的单纯气息。我后来懂了，这种单纯，是一种拓荒者的单纯，无论是在科学传统极为稀薄的中国进行科学的事业，还是离开故土，在全新的环境里开拓人生，建设新家园，他们都是最前沿的拓荒者，他们身上的独特气息，在中国其他地方，其他学科背景的人身上，都难以看到。

如今的中关村已经越来越像金融和商业中心，高耸的科研大楼和横穿腹地的四环，让那些没来得及拆掉的老楼，愈显破败。然而，在台大，我恍然感到那些老科研楼，依然在眼前的层层碧绿之中，空气中弥漫的青草气息，仿佛当年。

在台湾的时间不长，但总会听台湾人说，我们要做出个样子来。他们认为，邓小平决定改革开放，是受了四小龙经济奇迹的刺激，而台湾更是四小龙中，最有样子的一个，做出个样子，是华人特有的尊严感，台大有位教授，写了一本很有影响的书《人情与面子》。做不出个样子，就是很没面子的事。

从日本殖民五十年，到国民党的铁腕统治，到经历“民主化”后的混乱与动荡，台湾始终在追求“做出个样子”。而这一“自强”，伴随着与殖民、威权的复杂纠结。当年，遥望大陆，归期无望的傅斯年为台大教师黄得诗，写下“归骨于田横之岛”。他在海岛上拼尽性命的“奋力一搏”，未尝不是要“做出个样子”。看到文化陆沉，花果飘零的新儒家，努力延续中华文化之慧命，亦未尝不是要“做出个样子”。而我想，几十年前，在那样贫瘠的科学基础上，努力开拓着科学世界的中关村的科学家，也未尝不是要“做出个样子”。在不平衡、不平等的近代世界里，做出个样子，这不仅仅是台湾，是大陆，更是遍及亚洲的自强的声音。

然而，今天的“自强”意味着什么？以拓荒的心态走向近代化的亚洲，也越来越要反思那“文明”与“荒野”的界限何在。“做出个样子”，又该“做出个什么样的样子”？此刻，我想东方世界所追求的自然精神，也许是能让“自强”更从容自在源泉。“做出个样子”固然重要，但“做你自己”同样有意义，一个能从容地“做你自己”的人，才能把“样子”做得踏实。

在“自强”的台大，可以看到许多儒家的流风，师生待人亦是温文儒雅。但是，这儒家的文雅，终究还需要老庄的通脱自然，俯仰天地来充实。不久前，台大在研究系所的一侧，开辟出一大块草木掩映、小河潺潺的农场，傍晚时分，水中的乌龟爬上岸边歇息，水鸟静立夕阳，是师生与附近市民徜徉的乐地。台大的朋友说，傅校长说的那三小时的沉思，就该来这里。

是啊，台大人会有更自然自在的未来，因为傅校长为他们自强的一天，留下了可以与天地相通的三小时。

《斯文：唐宋思想的转型》中译再版后记

《斯文》的中译本问世已经十五年，汉语人文学界对此书的兴趣，并未因时间的推移而减弱。新世纪大陆学人对“唐宋变革”问题日见广泛而深入的讨论，也与《斯文》的影响密切相关。

作为一部唐宋思想史，《斯文》的问题意识、理论路径与研究方法，都颇为独特；它虽然有深广的影响，但似乎很难形成某种套路供人摹仿。全书引发最多关注和讨论的，是第二章“士之转型”。这一章对唐宋士人身份从门阀士族向地方精英的转型，做了细致的梳理，其研究视角接续了美国宋史研究对“士人”的关注，而对社会史研究方法的运用，也基本依循了自郝若贝（Robert Hartwell）以来美国宋史研究的新轨辙。对于作者的结论，人们无论是赞成还是反对，都比较容易从美国宋史研究的传统出发来理解其背后的方法与理路。然而这一章作为全书的九分

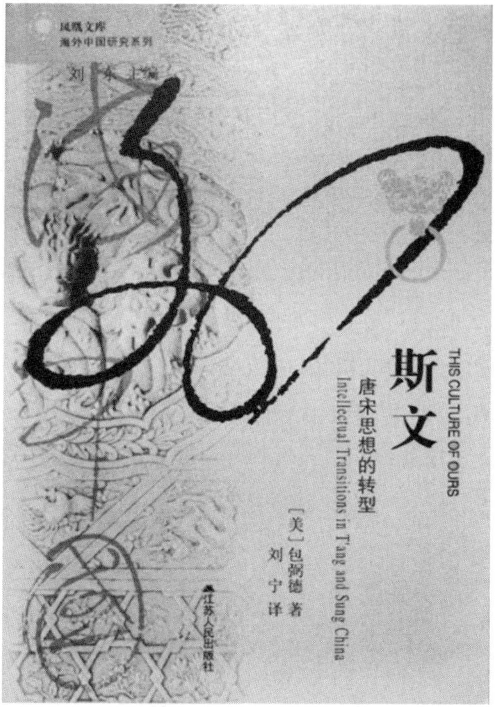

《斯文：唐宋思想的转型》书影

之一，是为理解唐宋思想转型的社会背景奠定基础，全书最为浓墨重彩的，是对唐宋思想转型轨迹的深入揭示，其间所呈现的问题意识与分析方法，都充满新的探索。

思想文化的转型，是唐宋转型极为重要的内容。“唐宋变革说”从内藤湖南首倡至今，已逾百年，人们已经对这一社会转型的内涵，从经济、政治、法律、文化等多种角度进行了广泛的探讨。比较而言，在有关“唐宋变革”诸多领域的讨论中，对思想转型的讨论最为薄弱。事实上，内藤湖南对历史分期的思考，以“文化发展的波动大势”（《支那上古史》）为核心，其对“唐宋变革”的思考，虽然并不囿于思想文化而及于政治、经济诸多领域，但唐宋思想形态的变化作为“文化发展波动大势”最核心的体现，对其“唐宋变革”说的形成，显然有着极为重要的意义。然而在内藤湖南之后有关“唐宋变革”的讨论中，人们的兴趣越来越多地集中于政治、经济、社会等领域，而对思想转型的讨论，则颇有裹足难行的迟滞之感。

造成这一现象的原因虽然复杂，但内藤假说本身对此的制约，颇可注意。内藤湖南认为唐代是中世的结束，宋代是近世的开端。唐宋变革是从中世文化形态向近世文化形态的转变。而内藤湖南对近世文化形态的理解，又显著地受到西欧近世文化的影响，认为近世文化的创造主体是有别于中世贵族的平民，因此其文化也以自由、平易、通俗为基本特征。吉川幸次郎《宋诗概说》强调宋诗平易化、日常化的趋向，就是运用内藤近世文化观来观察宋诗的所见。但是，陈寅恪先生说："华夏民族之文化，历数千载之演进，造极于赵宋之世。"（《邓广铭〈宋史职官志考正〉序》）对于如此复杂精微的宋代思想文化形态，运用内藤以自由平易为核心的近世文化观来加以认识，无疑有着相当明显的局限。而在中国的学术传统中，对"宋学"的研究源远流长，而"理学"又是"宋学"的核心。直到今天，这个传统仍然在理解宋代思想方面发挥重要影响。然而，"宋学"、"理学"的传统视野，虽然可以更尽精微，却难以在社会转型的大视野下观察唐宋文化形态的区别与联系，自"唐宋变革说"问世以来，学界在对"宋学"与"理学"的研究中，也积极吸收"唐宋变革"说的影响，但两者之间仍然有着不易协调的矛盾。

美国宋史研究对于内藤假说的一大调整，就是不再以"平民"来看待作为宋代文化创造主体的宋代士人，而是从精英的社会流动、身份转变等角度来观察宋代士人的新特征。这就为突破内藤假说以自由平易为核心的近世文化观，深入理解宋型文化的复杂内涵，奠定了重要的基础；然而从基础的奠定，到形成对唐宋思想的新探索，其间还有相当的距离，很多在宋代士人研究方面卓有成就的学者，也往往专注于这一历史的讨论，而不再涉足思想的剖析。《斯文》对士之转型的梳理，直接继承和发扬了美国宋史学界关注"士人"的学术创变，而更为难能可贵的是，它在此基础上，积极地探索了深入理解唐宋思想转型的新方法与新道路，它不依循理学的惯常叙述思路，而是从唐宋思想史的内部出发，揭示其起伏转折的轨迹。唐宋思想许多为人忽视的重要内涵，得到丰满的呈现，而理学的兴起这一前人论之甚多的问题，也因从唐宋士人转型和思想转型的大背景来观察，有了别开生面的阐发。在细致梳理唐宋思想流变的过程中，《斯文》所呈现的问题意识和分析方法，都不主故常，创获颇多，习惯了哲学史、思想史传统研究方式的读者，阅读这部分讨论，会有陌生难解之感，而包弼德教授此次为再版所写的序言，细致地交代了自己思想史研究的学术渊源与研究理路，其中对“心态史”、“观念史”的反思，对斯金纳（Quentin Skinner）与柯赛勒克（Reinhart Koselleck）理论贡献的剖析，都可以对读者有极好的启发。

如果说在百年前，内藤湖南首倡“唐宋变革论”是深深有感于唐宋思想文化形态的差异，那么《斯文》就是以其对唐宋思想史研究的卓越创获，对内藤湖南最为关切的问题交出了一份出色的答卷。学界在未来的研究中，当然还会不断有新的答卷，但《斯文》的影响，应该是后来者所难以忽视的。

《斯文》对思想史的研究，综合了政治史、社会史、文学史等诸多领域的观察，其中从“文”的视角切入思想史，将文学史与思想史结合起来观察，既令人耳目一新，又深有所见。这样的研究格局，无疑要求学者有综合的学养和融通的视野，有沟通文史哲的学力与魄力。包弼德教授早年求学台湾时，曾深入研习中国传统经典，奠定了经史根底，有得于中国传统学术的汇通之道。在专业化、技术化日益增强的当今学界，《斯文》会越来越多地展现学术融通的魅力。

在《斯文》中译问世的十五年间，许多朋友对译文中存在问题给予指点，中国社会科学院历史研究所雷闻研究员和台湾“中研院”史语所陈雯怡研究员指教尤多，特此深表感谢！此次再版对译文做了全面的修订，感谢包教授惠赐再版序言，包教授发表在《中国学术》第1卷（2000）第3辑上的《唐宋转型的反思：以思想的变化为主》，对于理解美国学界的唐宋转型研究有重要意义，此次经包教授同意，作为附录收入。译文中可能存在的问题，继续期待学界的指正。

写于2016年6月

翻译王维有几种方式?

中国古典诗歌向西方的传译，自十九世纪晚期以来，已经由滥觞而其流渐广。在很多人看来，诗歌翻译是所得不偿劳的事情，美国诗人弗罗斯特甚至干脆地说，诗一旦被翻译，就面目全非。至于古诗西译的艰难，就更显得触目惊心，由此引发的中国古诗能不能翻译的议论，也纷纭不已。然而，这种因交流之艰难而否定交流之可能的意见，显然是不可取的，对于翻译这种文明交流的重要媒介，更需要的是对其可能性的细致探讨。作为中国的读者，我们容易读到中国翻译家对古诗西译的意见，我们也更容易相信，凭借母语和文化上的优势，这些翻译家更有资格来分析古诗传译的成功与局限。这种认识其实很值得反思，在北美一些大学有关东亚文明的课堂上，有一本小书经常被当作重要的参考，它正为上述反思提供了有趣的视角。

这部小书，是由美国翻译家艾略特·温伯格（Eliot

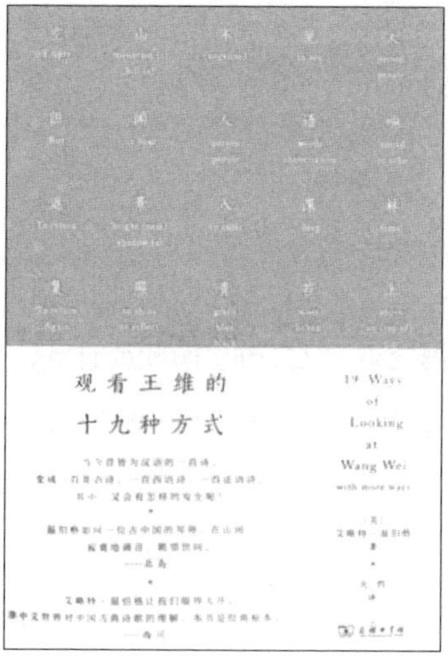
观看王维的
十九种方式
19 Ways of Looking at Wang Wei
with more ways

中文版书影

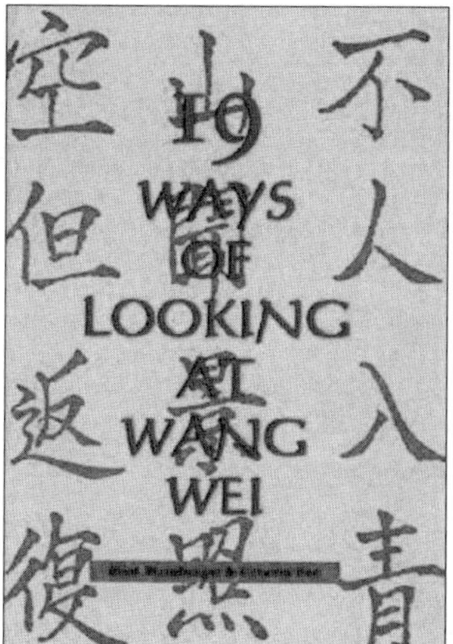
19
WAYS
OF
LOOKING
AT
WANG
WEI

英文版书影

Weinberger）与墨西哥著名诗人帕斯合著的《阅读王维的十九种方式》[①]。书中汇集了1980年以前西方对于王维《鹿柴》一诗的十六种译文，其中包括十三种英译、两种法译、一种西班牙语译文，温伯格对之一一做出点评。其中西班牙语译文出于帕斯之手，而全书结尾则附有帕斯对自己翻译王维诗作的心得之谈。写作此书的温伯格，是一位优秀的翻译家，他大量翻译了帕斯、博尔赫斯等拉美作家的作品。在中文方面，他与人合作，译有北岛的诗集。温伯格很关注中诗英译的问题，这部《阅读王维的十九种方式》，最吸引人的，就是温伯格从一个西方翻译家的角度，对古诗西译的独特观察。

与坚决否定翻译的意见不同的是，温伯格认为诗是值得翻译的："伟大的诗作总是被不断变形，不断翻译，一首诗倘若只能原封不动，那它就无足观。"这不是翻译家对自身职业的偏袒，而是出于对翻译的独特认识。温伯格借用了阐释学的理论来分析翻译的性质。他提出，翻译就是一种阅读阐释行为，正如任何阅读阐释都要融入阐释者的智性与情感，不可能有完全相同的阐释，因而也就不可

① Exhibit & Commentary by Eliot Weinberger，Further Comments by Octavio Paz *Nineteen Ways of Looking at Wang Wei*，Moyer Bell Limited, New York，1987，此书中译本《观看王维的十九种方式》已由商务印书馆于2018年出版，光哲译。

能有完全相同的翻译。任何一种翻译，都是一种和原作交流的方式，温伯格对自己点评的各种译文，以并列的方式提出，其中不仅各种语种的译文并存，佳译与劣译共在，甚至以汉字和拼音写就的原作，以及用英语逐字一一对应的译作也作为三种方式并列其中，所以此书以“十九种方式”命名。将翻译视为阐释与交流，而不是对原作的存真复原，是温伯格异常鲜明的看法，这也许就是他身为西方人，而自信可以点评古诗西译之得失的重要原因。那种认为只有中国翻译家才有这种资格的意见，其实隐含了一个前提，即视翻译为对原作的复原，因此对语言和文化背景的熟稔，就成为翻译可以临于理想之境的最大资本。在温伯格看来，翻译中重要的是译者与原作进行阐释与交流的能力，而单纯文化背景与语言习惯的熟稔，倘若不能融贯于生动的交流之中，就未必是可称道的优势。

对于所点评的几位华裔汉学家，温伯格并不认为他们的翻译可圈可点。书中收录了叶维廉的译文：Deer Enclosure（鹿柴）：Empty mountain: no man is seen / But voices of men are heard / Sun’s reflection reaches into the woods / And shines upon the green moss. 温伯格认为，叶氏作为一个理论家，是优秀的，但作为一个翻译家，就相对逊色。叶氏译文中的 no man is seen 放在英语中是很少见的说法，而拟人化的 reaches into，也显得相当奇怪。在 1976 年出版的中诗选本中，叶氏将此诗的首句译为 Empty mountain:no man。温伯格毫不客气地批评这个翻译是洋泾邦。刘若愚在美国汉学界享有盛誉，然而对他的翻译，温伯格也颇有微词。刘若愚的译文是这样的：On the empty mountains no one can be seen, / But human voices are heard to resound. / The reflected sunlight pierces the deep forest / And falls upon the mossy ground. 温伯格认为，刘若愚在其《中国诗歌艺术》中以新批评的技巧来阐释中文诗，而这首诗也体现了新批评的趣味与影响，其中 Human voices 一语，明显是取自艾略特的诗歌语言。这些都与王诗的特点相当疏离。法籍著名华人学者程抱一，深通诗学，其介绍中国文学的著作产生极大影响，然而他的译文，温伯格则认为体现了过多的象征主义色彩，如以 Montagne déserte 翻译王诗之“空山”，就远离了王诗的趣味。

当然，温伯格对西方翻译者的译文，批评也相当苛刻。他认为不成功的翻译，最大的问题，在于译者总是以己意增益原文。弗莱彻（W. J. B. Fletcher）1919 年的译文，就出现了第一人称的叙述者，而鲁宾逊（G. W. Robinson）的译文，又将其变为复数。鲁宾逊的译文因见于企鹅丛书而影响极大：Deer Park（鹿柴）： Hills empty, no one to be seen / We hear only voices echoed--/ With light coming back into the deep wood / The top of the green moss is lit again. 温伯格不无揶揄地说，鲁兵孙把王诗译成了一次家庭郊游。

温伯格深察译事之艰难，可见他将翻译视为阐释与交流，并没有落入粗浅与肤泛的一格；而这是目前不少从阐释学角度讨论翻译的研究所存在的局限。这些研究试图以阐释学的基本理论来归约人类丰富的阐释活动，而具体到各种独特的阐释行为，就难以揭示其间的精细与精微，循此思路，温伯格在将诸种译文并置为“十九种方式”之后，就无须再高下其间，而他臧否鲜明的点评，展示了作为阐释的翻译所具有的更为微妙的特点。

温伯格点评最精彩的部分，在于对翻译之妙境的揭示。在他看来，好的翻译能抓住原作的“精神”（spirit），而这种“精神”不是抽象的理念，而是一种艺术的生动的“力量”（force）。诗作是这种力量演化出来的形式，优秀的翻译，要以新的语言形式传递这种力量。对此，他打了一个有趣的比喻，原作与译作在交流中所传递的力量，犹如DNA，而原作与译作的关系，不是克隆，而是父与子。温伯格在书中认为最好的译文，是王红公（Kenneth Rexroth）完成于1970年的译本，这个译本将标题译为Deep in the Mountain Wilderness，而全诗如下：Deep in the mountain wilderness / Where nobody ever comes / Only once in a great while / Something like the sound of a far off voice / The low rays of the sun / Slip through the dark forest, / And gleam again on the shadowy moss。温伯格很幽默地说，倘若王维是生在20世纪的美国，他的《鹿柴》大概就会写得像王红公的译文一样。王红公译文的精妙，在于它译出了原作的“诗意”，而非仅仅是原作的“语意”。王红公本人是著名的诗人，与六十年代的嚎叫派诗人有密切的交往，而他的翻译则是典型的诗人之译。温伯格认为，中诗翻译的译者不过是两类：学者与诗人，前者以华兹生（Burton Watson）、葛瑞汉（A.C.Graham）、阿瑟·韦理（Arthur Waley）、乔纳森·查维斯（Jonathan Chaves）等人为代表，其中多数不擅诗道，而后者以庞德（Ezra Pound）、王红公、加里·斯奈德（Gary Snyder）等为代表。在温伯格看来，最好的翻译，是出自后者之手。王红公的译文，在字句上多有不依循原作之处，有些改动，恰恰于诗意颇为传神，如第三行之 Once in a while，写出了“但闻人语响”中的幽僻冷寂，而以 slip 译原作“返景入深林”之“入”，正使山林的幽深之状如在目前。译文将“空山不见人”之“不见人”，译作 Where nobody ever comes，温伯格认为其中使用 comes 一词，含蓄地暗示出一个深处山林之中的叙述者与观察者。中国古诗英译的一个难题，就是如何解决主语的问题，而王红公以动词的妙用来暗示，处理得浑然天成。类似的手法，在温伯格所称赞的加里·斯奈德的译作中，也有表现。加里·斯奈德的译文是这样的：Empty mountains: /no one to be seen. /Yet-hear-/human sounds and echoes. /Returning sunlight /enters the dark woods; /Again shining /on the green moss, above. 其中以 Yet-hear- /human sounds and echoes 译“但闻人语响”，原作的陈述句式，变成了祈使句，改动不可谓不大，但它传达出了“当下”的时间感，由此也传递出原作中幽深冷寂的意味。时态问题是中诗英译的又一大障碍，而加里·斯奈德的解决无疑是天才妙悟。温伯格对加里·斯奈德译文的有些处理方式有不同的意见，他曾向前者询问，为什么将“复照青苔上”译为 on the green moss,above，译者解释说，王维诗中的“青苔”应该是指树上的苍苔，而非山林地面岩石上的苔衣，理由是其导师陈世骧教授，以及他的日本妻子，都这样理解。其实王维诗作突出的是返景与深林中之青苔两个意象的组合，至于青苔是长在树上，还是地上，无需做如此清晰的分辨。但温伯格对这种理解并无臧否，也许在他看来这个地方可以两存其说，因为它并不从整体上损害译作对原作之精神的传达，译作仍不失为上乘之作。

诗歌翻译中诗人之译与学者之译的争论由来已久，对诗人之译最多的批评，就是它有失准确，这里其实还是流露出以翻译为存真复原的用意，而温伯格对诗人之译的心仪，其实就是基于翻译要实现原作与译作之间精神交流的信念。译者如果无见于原作的精神，只关注其形式，则往往去道愈远。一些过分追求“准确”的学者之译，往往是拘执于细节而遗失了真正应当关注的精神。自十九世纪晚期以来，西方翻译家对中国古诗的翻译，往往对格律、对仗、句式等内容，给予极多的关注，译者不遗余力地在翻译语言中寻找对应或替代的方式，然而这种努力都难以根本避免削足适履的局限。美国著名汉学家傅汉思（Hans H. Frankel）在一篇专门讨论古诗英译的文章中，分析了翻译家处理汉诗之音韵、格律、句式等方面的种种努力，并深感无奈地说，当译者试图保留原作的某些特征时，它往往要以牺牲另一部分特征为代价。这种顾此失彼的尴尬，似乎成了古诗英译的某种宿命。其实，作为与汉语截然不同的语言，英语在语言形式上的特点，并不能与汉语相比附，温伯格在点评中就不无遗憾地指出，绝大多数的翻译者，都努力以西方诗歌的格律形式对应中国的古诗的格律，这不免牵强而机械。当然，温伯格并不彻底否定形式，他对形式的理解，可以看到来自意象派诗人的显著影响。温伯格对庞德以自由体翻译中国古诗称赞有加，而自由体，正如编选意象派诗歌的威廉·普拉特（William Pratt）所指出的，不是无形式，而是为精神寻找最贴切的形式。意象派诗人休姆提出，诗歌的形式应该直接回应作品对于印象、意象的内在支配；而庞德则提出"绝对的韵律"(absolute rhythm) 指称其所追求的形式创造。温伯格的看法，显然胎息于此。只是他不绝对排斥西方诗歌传统的格律形式，他对形式之理解的核心，在于随作品之"意"而赋形。倘能神意俱足，采用自由体，或者使用格律形式均无不可。他所反感的是对形式的拘执，按这个标准来衡量，就是阿瑟·韦理对"跳跃韵律"(sprung rhythm) 的运用其实也不无拘执之处，温伯格虽未明言及此，但他将韦理归入学者之译，其成就终下诗人之译一等，就已流露出个中的倾向。

温伯格对于拘执汉语格律与句式之翻译的反感，基于翻译之为阐释与交流的前提，也由此可以消融古诗传译中许多难解的障碍。翻译既是对两种语言形式差异的跨越，那么这种跨越有赖于对形式的深层理解，而非肤浅的把握。中国古典诗歌具有复杂的形式特征，近体诗注重严整的格律，古体诗讲求体式与声调，这不仅吸引了西方汉学家的注意，就是对于当代的中国读者，其复杂性也颇受关注。但单纯格律与句式的一般结构，比起优秀作品中那种与精神和灵魂相伴随的深层形式来讲，它们还只是形式之粗浅的方面。举一个简单的例子，同是对近体格律的运用，古代诗人在具体的创作中，仍有多样的变化，杜甫的律诗创造了许多特殊的句法，以期传达其无尽丰富的意绪；中唐贾岛、姚合之律诗，句敲字炼，传递其深心幽微；宋代黄庭坚之律诗，拗峭瘦劲，正见其性情与面目。同样是律诗，优秀诗人的创造却是千变而万化，每一个人都为那一种鲜活而生动的诗的精神寻找着最恰切的形式。而这些创造，其复杂性远远超出了对格律与句法的一般性归纳，而其本身也难以总结出一定之规，因为诗心的灵动，本来是难以规约的。因此，无论是读者，还是译者，在对作品之精神茫昧隔膜的情况下观察其形式，就必然不能认识作品深层的形式，而只能看到一些皮相，尽管这些皮相，有时是伴随着格律声调的复杂表现。而一个译者，只有体会到原作中生动的精神，才会把握原作深层的形式，才能在新的语言中，寻找最恰切的传达。对形式的浅层次理解，往往封堵交流的可能，而对形式的深层次把握，则打开交流的渠道，其间的关键，则在于精神与灵魂的感受。

温伯格对几位华裔汉学家译文的批评，也很耐人寻味。刘若愚的译文体现的新批评的风格，而程抱一的译文，则带上象征主义的趣味。相反，那些以西方语言为母语的翻译家的译文，都没有呈现出如此鲜明的理论色彩，特别是为温伯格所激赏的王红公与加里·斯奈德的译文，虽然被温伯格称为是真正的美国诗，但其中都没有流露出有形的理论趣味。这显然不能说，前者对西方语言与文化的把握高于后者，而结论恰恰是相反，理论来自广袤的文化土壤，与丰富的文化内涵相比，理论常常是简单化的。华裔汉学家对理论趣味的偏好，也许正是对其疏离西方文化土壤的一种弥补，而在温伯格看来，正是这种疏离，使得最优秀的翻译不可能产生在他们当中。在批评叶维廉的译文是洋泾邦时，他径直提出，不以母语来翻译，鲜能成功。我们知道，这个要求是十分苛刻的，因为在现实中，哪里去寻找两种语言都是母语的翻译家呢？但温伯格的意见，说明了翻译的理想境界，也说明了文明交流中一些深刻的问题。其实，刘若愚与程抱一，作为最优秀的华裔汉学家，他们向西方介绍中国文学时所运用的方式，很有代表性。

刘若愚大量运用西方的文学理论，介绍中国的文学思想，阐释中国的文学作品。借助西方的理论来分析中国作品的独特品质，这种方式虽然有积极的作用，但其间的疏离也相当明显，例如对王维的山水诗，从中国传统的阅读体验来讲，它们包含了深邃的意趣，但如何理解作品意象与其意趣的关系，却不能简单沿袭西方诗学模仿与隐喻等分析思路。余宝琳运用现象学与象征主义诗学来分析王维的作品，虽然目的在于揭示王诗的独特品质，但这种论述的方式，却总使人难以彻底消除疏离与隔膜。类似的问题在叶维廉对中国山水之道家文化底蕴的分析中，也有流露。作为中国的读者，当然会对这种阐释方式的局限感到缺憾，那么，对于西方的读者来讲，其情形又会怎样呢？这个问题是作为中国之读者的我们，很少去考虑的，而温伯格身为西方翻译家，他对华裔汉学家之翻译的批评，使我们看到，西方的读者，面对一首中国的作品，未必茫昧而无知，他们同样有着悟入作品之灵魂的能力，而那些单纯借助西方理论来进行的分析与阐释，也同样不令他们满意。为温伯格所激赏的加里·斯奈得，曾长期习禅，对寒山诗多有研究，同时对本国之文化与诗学传统有深厚的体认，而他的译作，在传达王维原作之禅宗意趣上，形神超妙，看不到任何理论阐释的迹象，真正诗心与灵魂的交流，虽然可以借助于理论，但一定超越于理论之上，植根于交流双方深厚的文化经验之中。

温伯格汇聚的译文，只到1980年为止，其后又出现了不少有关王维诗作的译本，此书都不及收入。就是对1980年以前的译本，也有人批评它有所遗漏。翻译王维的方式远远不止十九种，但能与原作相视而笑、莫逆于心者，永远是凤毛麟角。温伯格点评的可贵，在于不做四平八稳之论，而是颇具会心地探讨了这种情同莫逆的境界是如何可能的，而他对形式以及文化经验的体会，其启发意义，显然已经超出翻译本身，而指向文明交流等宏大的课题，这也许就是这本点评翻译的小书，能在讨论东亚文明以及文明交流的大学课堂上，引起关注并被反复讨论的原因。

本文原刊于《读书》2004年第5期

燕东园小楼的近现代学人

我对北大东门外燕东园小楼的兴趣，是被杨镰先生讲到的红柳唤起的。那是七八年前一个上班的日子，我刚走进古代文学研究室，正在兴致勃勃高谈阔论的杨先生，放下端在手里的大搪瓷水杯，递给我一本他的新书《在书山与瀚海之间》[①]。我边称赞这个书名取得精彩，边打开翻阅起来，一眼就看到其中讲到的两株红柳。

书中写到，居住在燕东园的杨先生，一次在散步时忽见园中“王家花园”附近有两株形貌很是罕见的柳树。二十岁就新疆插队并从此与天山瀚海深深结缘的杨先生，一眼认出是生长在西部戈壁的新疆红柳。如此品种的红柳必是从新疆移植无疑，而且能生长到如此生意婆娑，粗可

① 杨镰著《在书山与瀚海之间》，东方出版中心 2012 年版。

合抱，其树龄当在一百五十岁以上。这究竟是一位迁居北京的新疆维吾尔官员寄托乡思的标本，还是某个王姓封疆大吏从新疆返京时移植？杨先生颇感狐疑，甚至推测会不会就是最后一届清廷任命的新疆布政使王树枏[①]？如今王家花园在北大附小内，我多次经过，竟从未留意。杨先生见我如此感兴趣，又听说我就住在燕东园，不禁眼睛一亮，说自己从小在燕东园长大，这个园子的故事可是不少。

杨镰先生的父亲是北大中文系名教授杨晦，当年曾任北大副教务长兼中文系主任。他们一家住燕东园37号。在他的描述下，我开始把每天在燕东园经过的那些西式小楼，和许多名字一一对应起来。杨先生住的37号，东侧曾经是我几乎天天要去买菜的菜摊，蔬菜水果新鲜，还有现杀活鱼，吸引买菜人络绎不绝，特别是早晚附小、幼儿园上学、放学，这里更是热闹。菜摊后面的37号小楼，永远关闭着前面的铁篱笆院门，仿佛和旁边的喧闹全不相干；每天放学后在园中疯跑追逐的孩子，好奇地在篱笆前探头探脑，再怎么叽叽喳喳，也打不破院中的寂静。

杨镰先生小时候是燕东园孩子中的调皮大王，他就在这个院子中成长成一个远赴新疆插队的青年。他说自己离京赴疆前，居住在燕东园22号的冯至先生，送给他一本

①《在书山与瀚海之间》，第81页。

斯文·赫定的传记；后来居住在23号的地球物理学家李宪之，给他讲过当年西部考察的故事，冥冥中预示了他与天山大漠维系终生的缘分。从新疆回京后，他仍然在37号小楼住了很长时间，有一段时间，他白天照顾生病的父亲，晚上就去圆明园村子里暂租的一间民房，点着煤油灯读书写作。点灯的煤油是去中关村加油站打来。在杨先生的描述下，这个如今篱门深掩的小院子，一下子生动起来。

听杨先生讲述不久，又一个偶然的机缘，让我对燕东园小楼的故事，有了更浓的兴趣。那是2014年初，吴小如先生以《吴小如诗词选》获得《诗刊》社首届年度“子曰”诗人奖。颁奖典礼在中国现代文学馆举行。吴先生因年事已高，没有参加。典礼结束后，我离开观众席正准备打车回家，同时走出观众席的周启锐先生问我去哪里，我说回燕东园。他说巧得很，他正要去燕东园见朋友，我可以搭他的顺风车。一路上，周先生说起他也是在燕东园长大，见我对燕东园很感兴趣，他的谈兴也一下子被激发。到了燕东园，他说今天难得，不如我们就在园子里看看各处小楼。

那是一个寒意颇浓的冬日，我们在园中一座座小楼看过来，讲到各个小楼曾经居住的主人。冬日的园中，树木萧疏，视野开阔了许多，形态各异的小楼，从春夏的浓荫中呈露出来，仿佛在敞开它们各自的故事。当时，我们还路遇一位老教授，她也是在燕东园里长大，当年和周先生是玩耍的小伙伴，见面很是亲切。

这些偶然的机遇，让我越发留意起燕东园小楼的历史和故事；遇到和燕东园有关的记述，也就不再滑过，有时甚至还会因为某个有意思的记述，而去进一步搜寻文献中的线索；一个个人物和故事，就像拼图一样，拼出这个小园的片羽吉光。

燕东园是燕京大学的教授公寓区。1929 年 9 月底，燕大举行了包括燕东园在内的校舍落成典礼。燕东园的前身，是明清时期的成府。今天燕东园南侧吉永庄的位置，曾经有一座刚秉庙，1926 年身为清华国学导师的王国维，在颐和园投湖自尽，停灵于此。这和《红楼梦》庚辰本脂砚斋批语中提到的刚丙庙，是一个地方。周汝昌先生认为刚丙当作‘刚炳’，这个庙是明朝司礼太监刚炳（绰号刚铁）为自己建的生祠[①]。杨镰先生则提到他们全家 1952 年搬到燕东园时，小庙还在，就在燕东园南墙外几十步远，他曾多次到庙里向僧人打听刚丙是谁，据说是一个满族将军，随乾隆下江南时（生殖器）受伤，便在此庙居住养伤。周汝昌先生的意见虽不能定论，但多有史料佐证，而杨先生的说法，则更像是庙的来历模糊后的新演绎。这个小庙一直和燕东园相伴，直到北大修建物理大楼时才拆除[②]。

① 周汝昌《曹雪芹传》，百花文艺出版社 2003 年版，第 151—152 页。
② 杨镰《书山与瀚海之间》，第 3—4 页。

燕东园初建时占地77余亩，有小楼19座，建造费用为29.5392万元[①]。如此的建造费用，在当时颇为高昂。周启锐先生说，小楼建造使用的主要木材，都是从美国进口的红松。邓云乡在《文化古城旧事》中描述这里的环境："（园中）大树是不少的，在这些老树荫下，盖了近三十幢灰砖两层小洋房，又用围墙围了起来，这便是燕东园。当年燕大的中外知名教授大多都是住在这里的。那在当年真可以说是首屈一指，连清华南院的教授宿舍也是比不上的。这些小楼中都是打蜡地板、壁炉、地毯、水汀、高级卫生间、冷热水，有阳台、庭院，家家小楼前又都种着玫瑰、丁香、藤萝、玉簪……在庭院中就可赏花。"[②]燕东园的小楼，其建筑水平和居住条件，不仅在建成时的中国首屈一指，就是在建成半个世纪以后，它仍然是人们心中名教授高级生活待遇的一种标尺。北大历史系以研究现代化而知名的罗荣渠教授，在80年代初访问美国，感叹美国物质生活水平之高，就提到美国中小资产阶级家庭的水平，比北大燕东园小楼的条件还要好[③]。

① 刘廷芳、徐景升《司徒雷登年谱》，全国政协文史资料委员会编《文史资料选辑》第83辑，文史资料出版社1982年版，第1—28页。
② 邓云乡《文化古城旧事》，河北教育出版社2004年版，第396页。
③ 罗荣渠《北大岁月》，商务印书馆2006年版，第661页。

当年在燕大和清华两校都任教的钱穆先生，曾经对比两校的不同，认为清华的建筑是西式的，内里却是中国式的学府，燕京大学表面上中国味道，内里却很美国："（燕大）路上一砖一石，道旁一花一树，皆派人每日整修清理，一尘不染，秩然有序，显似一外国公园。即路旁电灯，月光上即灭，无月光始亮……又显然寓有一种经济企业节约之精神。"钱穆先生的体会显然是从酷似中国古典园林的未名湖区得来，而燕东园的建造风格，则有着更为突出的美国特色。燕东园的整个园区，分为东西两个部分，中间以一座西式小桥分割东西，两个区域的中心，都是一个公共活动的广场，每个广场周围环绕着若干座小楼。东区是21—30号，西区是31—42号，共计22栋。如果从空中俯瞰，整个园区就像是一副眼镜，中间的小桥，就像是架着眼镜的鼻梁。东西两区的广场，既是园中居民散步健身的轻松乐园，也会举行一些重要活动。公共生活颇为丰富的广场，以及围绕广场建立的整个园区，都是典型的欧美城郊庭院别墅区的设计风格，和中国古典园林多有不同。

园中每座小楼都是西式的，具体的样式又形态各异。园子东墙内的27号，后因建幼儿园拆除。据陈芳回忆，这座楼是典型的南洋风格，这是一座两层砖木结构小楼，每层有200平方米左右，处处不讲对称，南窗大，东西窗小。小楼南面一层东部有一个阳台，阳台顶部嵌有花岗石小饰件，这个设计源于欧洲古典建筑檐口下的装饰图案。

整个小楼东部呈曲尺形，小楼西北部还凸出一个小侧楼，在南洋称‘班阁楼’，英文说法是‘Bangolor’（单栋别墅），它与整栋别墅实际是连着的，现在新加坡还能看到这样的房子[①]。欧洲文艺复兴以后，东西方文化在南洋交汇，英国人将杂糅的南洋风带回欧美，又在燕东园的修建中，把它呈现在27号小楼上。这种奇妙的建筑故事，在燕东园形态各异的小楼中，应该都有体现，只是缺少细腻的讲述吧。

曾经居住38号的张景钺教授的儿子张企明，对居住四十三年之后被拆除的38号小楼，也有细致的回忆："小楼位于园子的北边，东西方向的院子和空地都很大，东房外一片竹林有一百多杆，靠近围墙有杏枣槐椿，还有一棵半朽的大柳树，院子中间有数株山樱和玉簪，沿着甬道原来有两排黄花。从饭厅的西窗望出去，空气澄澈，沃野平畴，西山似乎就在眼前。"[②]无论怎样的笔墨，都很难完全呈现燕东园独特的景观，摇曳在廊前檐口的光影，更是只能留存在此间人物的心中。曾经居住在燕东园的中央美院教授李宗津，其夫人是北大西语系教授周珊凤，他曾经绘有一幅燕东园风景，是小楼后院月亮门的一角，满是静谧

① 李志伟《北大百年 1898—2008》，作家出版社2008年版，第250页。

② 张企明《我记忆中的燕东园》，新浪博客。

安宁的气氛，是他晚年油画的代表作[①]。

最令人感兴趣的，当然是活跃在燕东园中的人物。燕大时期，燕东园在教授迁入之初，就成立了园会，负责园内事物的管理。燕大西语系米德（Lawrence M. Mead）教授[②]，担任园会的秘书[③]。燕东园还成立了网球联合会，请燕大教职工及其家属在燕东园打网球[④]。教授们入住一年后，园会又在负责购置儿童活动器具，修建游乐场[⑤]。当时为此时接受校刊采访的，就是米德先生。这位米德先生颇为热心学校的事务，1933 年在燕大兼课的顾颉刚邀请胡适到燕大演讲，米德又负责为胡适照相[⑥]。

燕大时期燕东园的人物，有着许多生动的故事。西区广场北侧 37 号，居住过燕大校长陆志韦。陆宅西侧的小楼是 36 号，当时居住的是燕京大学神学系教授赵紫宸，陆、赵两家关系非常要好。当时园中各家之间是以松墙相隔，陆、赵两家的松墙间有一小口相通，可以更方便地往

① 周文业、史际平、陶中源著《清华名师风采（工科卷）》，山东画报出版社 2012 年版，第 682 页。

② 米德教授，1928—1939 任职于燕京大学西语系，负责教授大一新生语音课程，见郭娜《20 世纪二三十年代燕京大学英文学科发展概观》，《晋阳学刊》2017 年第 5 期。

③《燕京大学校刊》1929 年 3 月 29 日。

④《燕京大学校刊》1929 年 6 月 7 日。

⑤《燕大周刊》1930 年第 5 期第 9 页。

⑥《世界日报》1933 年 4 月 27 日。

来。赵的女儿赵萝蕤在燕大西语系毕业，她与陈梦家婚后一段时间仍然住在燕东园。中华书局原总编、著名唐代文学专家傅璇琮先生曾回忆，他当年在清华大学中文系读书时，陈梦家曾邀请他们几个同学到燕东园家中闲聊，赵萝蕤还招待他们喝咖啡。陆志韦校长这里的客人就更多，不过若论近邻间的走动，他和住在广场南面 31 号的昆虫学家胡经甫，是要好的朋友。胡的女儿回忆："陆先生多是身穿衬衫、西服裤，手拿一本书，边看边从他家走过足球场直到我们家，边招呼一声边推门而入。"[①] 胡经甫后来迁入东区的 22 号楼，陆校长日寇占领时被迫搬出燕东园，抗战胜利后迁回，就搬入南洋风格的 27 号，两人都到了东区。解放战争即将胜利时，平津两地大学就南迁问题议论纷纷，陆校长明确表示燕京大学要留下来。据陆的儿子陆卓明回忆，1948 年春，陆的老朋友胡适和夫人偕一位美国老人来到陆家，两人谈得颇不愉快。希望劝陆南下的胡适，未能如愿。从陆宅告辞出来时，他的脸色很是不好看[②]。这一幕应该就发生在 27 号，可惜小楼现在已经拆除了。

至于许多求学的学子，更是经常出入陆校长的小楼。

① 胡菬犀《敬爱的陆志韦伯伯》，燕京大学校长陆志韦编写组编《燕京大学校长陆志韦》，2005 年，第 169 页。

② 陈远《燕京大学 1919—1952》，浙江人民出版社 2013 年版，第 201 页。

燕东园 37 号小楼

燕东园 36 号小楼

据孙升福回忆，陆校长和学生的关系十分融洽，会和学生一起打桥牌，还会托学生搜集一些晋察冀、陕甘宁边区发行的邮票，当收到这些平时不易见到的邮票时，会如获至宝，十分高兴。过春节时，一大帮学生来家中拜年，见校长出来，领头的学生一声令下，十多个学生齐刷刷跪倒在地，陆校长也一起跪下，大家哈哈大笑[①]。北京师范大学中文系俞敏教授，是著名的语言学家，当年是陆校长的研究生。燕大被日寇封闭后，俞敏的学习被迫中断，他很伤心地说："我那时就像一只爬墙的蜗牛，费劲地爬着、爬着，呼地吹来一口风，啪一下就给它打回到地下，一切又得从头来。"陆校长没有忘记他，抗战结束后，他把在台北工作得俞敏召唤回燕园，给他找住处，提供学习的便利，使俞敏很快学有成就。俞敏很难忘这段经历，仍然记得陆校长帮他找的南校门外羊圈胡同的小院，记得院中的蔷薇、葡萄、杏树、李树、洋井[②]。相信他也不会忘记当时在燕东园陆校长家中请益的情景。

西区 36 号赵紫宸宅西侧的 35 号小楼，居住过燕大新闻系教授刘豁轩，他来燕大前是在天津办《益世报》

① 孙升福《随笔自述》，燕大文史资料编委会编《燕大文史资料》第十辑，第 427 页。

② 燕京研究院编《燕京大学人物志》第二辑，北京大学出版社 2002 年版，第 230—231 页。

的知名报人，后辞去报社的职务到燕大任教。他和新闻系的学生一起创办《燕京新闻》周刊，让学生在实践中学习，效果很好。抗战时期，他被日本人从家中抓走。

西区还有很有名的“鸟居高林”之说，是指31号居住的人类学家林耀华、32号居住的语言学家高名凯（高之前32号居住过燕大经济系李泰来教授）、33号居住的日本教授鸟居龙藏。从燕东园西门进来五十米，左转上几级台阶，就是一条通往广场的小路。小路的两侧分别是32和33号，连同32号东边的31号，都有一簇簇竹林围绕。鸟居高林，既是谐音，也颇有幽雅高逸的意趣。31楼向东，还有两座小楼，现在被围入北大附小西门内，是41号和42号。燕大物理系主任谢玉铭就居住于42号，他的女儿谢希德后来成为复旦大学校长，如今北大附小的小学生欢乐奔跑的空场，正是谢校长小时候玩耍的地方。

燕东园的东区，是21—30号，容庚居住在24号小楼。1934年9月1日，燕京大学考古学会成立，社址就在24号楼，第一批成员共84人，容庚、徐中舒、刘节、唐兰、魏建功等五人为执行委员。陈梦家就在此年9月，成为容庚的研究生，专攻古文字学，和住在36号小楼的赵萝蕤相识也正在此时。

1952年新北大成立后，燕东园成为北大教授的公寓，这里依然活跃着众多著名学者的身影。东区陆校长原先居住的37号，后来居住过化学教授孙承谔、中文系教授杨晦、西语系教授盛澄华等。西边的36号居住过生物学家赵以炳、陈阅增、心理学家桑灿南。34号在燕大时期居住过张东荪，1952年以后，游国恩居住在这里。游先生精研楚辞，是著名古典文学专家，他自1952年三校合并后，就担任北大中文系古代文学研究室主任，当时著名唐诗专家林庚先生任副主任，两位先生任职长达十余年，精诚合作，对北大中文系的古代文学专业发展，做出极为重要的贡献。当时林庚先生住燕南园，游先生住燕东园。许多学生都很难忘在游先生家里请益的情景。一位老学生回忆先生书斋的雅致："满院是花木翠竹，宛如世外桃源。他的书斋掩映在花木丛中，百叶窗上摇曳着扶疏的树影，虽是在白昼，却使我想起归有光描写的'三五之夜，明月半墙，桂影斑驳，风移影动，珊珊可爱'那种美好情致。进了书斋，窗明几净，一尘不染，古色古香，朴厚典雅。靠墙矗立着几个精致的玻璃门书橱，橱里是一函函一摞摞古旧的线装书，也有不少洋装书，镌刻着绿色隶书的箱装古籍尤显古雅清逸。墙上有一两帧字画，桌上有文房四宝。书斋也像它的主人那样，温柔敦厚，严谨整洁，又玲珑剔透。"接待来客的游先生，那天"穿着浅素色中式对襟小褂，中式裤子，脚上是黑布鞋，随意又潇洒"[①]。游

① 马嘶《燕东园之忆》，见所著《学人书情随录》，岳麓书社2010年版，第135页。

先生对学生要求很严格，生活上则很关心，据北大图书馆系老教授白化文回忆，先生会在家中招待“入室”弟子，每次请客，必有一只炖鸡上桌[①]。

五十年代初，北大文学研究所副所长何其芳居住在41号楼，北大文学研究所是中国社会科学院文学研究所的前身。何其芳对文学所的建设厥功至伟。他的客厅没有游先生那样雅致和整洁，来往的客人更多。他把大量的时间精力投入到文学所的创建工作中。曹道衡回忆，1954年上半年，每星期一下午，何其芳的家里会有一个小型的《诗经》讨论会，游国恩、余冠英、范宁、陈友琴、胡念贻等先生都会参加，会上对《诗经》的每一首诗的篇义和词句都进行讨论。曹道衡当时作为一个年轻学者参加此会，感到很有收获[②]。热切投入学术工作的何其芳，在生活中是一位可爱的父亲。在燕东园长大的经济系樊弘教授之子樊平回忆：“当年每到晚饭时分，何先生就满园子去喊在园中疯玩的儿子何凯歌回家吃饭，白白胖胖、大大咧咧的何其芳，穿个大背心，手里拿个大蒲扇，迈着八字脚，操着一口四川音，满燕东园叫着：‘何凯歌，吃饭了！’他走路多像爱斗蟋蟀的济公哟，淘

① 马嘶《燕东园之忆》，见所著《学人书情随录》，第135页。
② 曹道衡《困学纪程》，商务印书馆2014年版，第119页。

气的我跟在他后面学，一摇一摆，乐不可支。”[1] 年轻时写下那么多绮丽新诗的何先生，变成慈父就成了这样的模样，想想真是有趣。

西区的 30 号小楼，如今在北大幼儿园西门内，法国文学专家罗大冈在此居住多年。《昆虫记》的译者王光曾经多次到这里向罗先生求教。罗先生对他说，无论如何要翻译一部法国文学作品，还亲自推荐路易·菲利蒲的小说《斐得立老爹》让王光翻译。小说有十多万字，王光用了六七个月的时间译好，罗先生认真审阅，提出许多意见。王光翻译花了许多心血，他问罗先生能否出版，话音刚落，罗先生一下子严肃起来，正色道：“翻译东西不要总是想能否出版，只当是一次作业，这样你才能慢慢提高。”王光听罢，有一种很强的得不偿失的感觉，后来把译稿拿回家中反复看罗先生用铅笔提示的一些地方，又联想到罗先生曾对他说过在法国时他用节省下的饭费请人对他的文章找毛病的故事，恍然大悟，体会到罗先生扶植青年的一片苦心。王光不久受作家出版社委托翻译法布尔的《昆虫记》，他极其认真地完成，罗大冈审阅了全部译文，肯定他“对原文理解深，译得比较好”，并为此书撰写了长序。此书 1998 年 7 月由作家出版社出版，

① 樊平《燕东园里的先生们》，北大校友网 http://www.pku.org.cn//memory/bdjw/84074.htm.

深受好评[①]。

西区的31号楼，在林耀华之后，居住过美学家蔡仪、古典文学专家浦江清、物理学家王子昌；32号在高名凯之后，居住过数学家段学复。33号居住过油画家中央美院教授李宗津和北京大学西语系教授周珊凤夫妇，以及德语专家杨业治教授；34号居住过化学家邢其毅，在游国恩之后，又居住过心理学家周先庚。35号严仁赓教授与夫人叶逸芬都在经济系工作，严仁赓曾任北大教务长，后到经济系任教。严仁赓的祖父是创办南开大学的严修，而叶逸芬的祖父是中日甲午海战中"靖远号"军舰管带（舰长）叶祖珪。

38号居住过生物学家张景钺和动物学家崔之兰夫妇；39号居住过经济学家樊宏、无线电专家杜连跃、图书馆系教授潘咏祥等，40号居住过计算机专家徐献瑜，41号在何其芳先生之后，居住过语言学家岑麒祥，理论物理学家胡宁；42号居住过法学家陈守一。

燕东园的东区，同样是硕学云集。21号北半侧是金岳霖的旧居，周启锐回忆小时候常看见金先生骑个小三轮车，车把一拐就进了21号的院子。金先生家门口有一棵枣树，结出的枣子非常甜美。枣子成熟时，园中的小

① 宋敏《罗大冈传》，河北教育出版社2000年版，第218—220页。

朋友常来打枣，这当然会让院子变得吵闹，金先生让小朋友先回家，说回头把枣子送过来。小朋友后来果然在家里收到金先生家保姆送来的枣子。21 号的小楼，在燕东园众多的小楼中，显得有些平淡。如今它的西侧是每日人来人往的小区主干道，朝向马路的一面无遮无拦，失去了庭院深深的幽静，很难把它和大学者金岳霖联系起来。金先生之后，21 号居住过美国史专家陈芳芝。

21 号另一位居民，则是著名体育学家林启武。林启武是泰国华侨，早年留学美国，曾先后在燕京大学和北京大学担任体育教学工作。他第一个把六人制排球引进国内，第一个在中国培训出乒乓球国际裁判，第一个把国际射箭技术及其规则引进国内，也是国内研究体育社会学的第一人①。林启武乐观开朗，在家里和孩子们像朋友一样相处，有空就一起做游戏。在家里的客厅的地毯上，他让几个孩子一齐上阵，直到把他的头和四肢都按到地上就算赢，还戏称这个叫"五体投地"；还组织全家人开晚会，大窗台是舞台，窗帘是幕布，孩子们轮流表演，父母坐在对面欣赏②。林先生健康长寿，直到 2011 年 4 月才去世，享年 104 岁；他应该是目前为止在燕东

① 李德昌、李洁《走进林启武故居，小楼昨夜又东风》，《人民日报》2013 年 6 月 24 日。

②《百年启武，无悔一生》，《泰国归侨英魂录》第 490 页。

园生活时间最长的居民了。

22号在52年以后居住着德语文学专家冯至与哲学家贺麟。两人在西南联大时就在一起共事，冯还受贺的约请，翻译了席勒的《审美教育书简》。1952年新北大搬到燕园，他们一起从北大沙滩中老胡同的宿舍中搬过来。冯居住在22号的前半部，贺居住在后半部。冯至先生在这里一直居住到1970年，在这里重译出版了《哈尔次山游记》《海涅诗选》，编选了《杜甫诗选》，出版了论文集《诗与遗产》等。贺麟在这座小楼里，和王太庆合译了黑格尔《哲学史讲演录》。著名新诗专家、北大中文系教授谢冕，50年代末刚毕业留校任教不久，冯先生托人请他来燕东园寓所谈谈对中国新诗的看法。这样不拘年辈，不拘学科的自由学术交流，在燕东园一定有过很多很多。

23号居住着西语系教授严宝瑜。这位出生在江阴的老教授，被称为有着“古井止水一般的境界”，但他大概是北大最关心音乐教育的教授。在从事德语专业教学之外，他还志愿担任中外音乐史和“贝多芬”、“莫扎特”、“19世纪欧洲浪漫主义音乐”等专题音乐课的教学。北大各种课外音乐活动，他也是积极的推动者[1]。

① 史芳芳《峥嵘岁月，音乐人生：访北京大学西语系教授严宝瑜》，《音乐创作》2012年第1期。

燕东园 22 号小楼

说起对音乐的热爱，曾经居住在41号的北大数力系教授董铁宝，是一位天才科学家，也酷爱古典音乐，收藏了不少珍贵唱片，据说他当年取道巴黎回国，到巴黎后，一下飞机就直奔巴黎大剧院听音乐会。著名钢琴家、作曲家，曾任中央音乐学院副院长的老志诚教授，听说董教授家藏有法国音乐家德彪西的唱片集，欣喜若狂，很想借去一听，当时董教授已经去世，董教授的夫人担心丈夫生前珍爱的唱片有什么闪失，拒绝了老教授的请求。没想到，几天后，瘦小的老先生居然自己提着个足有五十斤重的德国大录音机，一步一歇地来到燕东园，董师母不好再拒绝，老先生录下了久违的德彪西，满意而归①。园中热爱古典音乐的人很多，化学家孙承谔、德语专家杨业治都是乐迷。杨教授翻译的奥地利著名音乐理论家爱德华·汉斯立克的名著《论音乐的美》，自1978年出版后，发行量近4万册。杨教授的孩子们也受到感染，女儿毕业于中央音乐学院钢琴系，儿子也几乎到了无一日可无音乐的地步②。

与23号毗邻的24号，朝南一面，居住过生物学家李汝祺、气象学家谢义炳和李孝芳夫妇；朝北一面居

① 樊平《燕东园的先生们》。

② 周文业、胡康健、周广业、陶中源编著《清华名师风采》上（增补卷），中州古籍出版社2016年版，第336页。

住过史学家周一良教授和邓懿夫妇。周先生在这里居住了四十三年，写作了大量的著作和文章，但常年居住在朝北一面，也颇以为苦，曾写下“四十三年阴山背后”以解嘲。

25号居住的是著名阿拉伯语专家马坚，他在这里倾注全部心血，完成了120多万字的《阿汉词典》。在此之前，中国高校的阿拉伯语教学翻译，使用的是一位伊斯兰教学者王静斋阿訇（1871—1949）早年编译的《阿汉字典》，它实际上是编者从埃及出版的一本阿英字典直接翻译过来，收词少，内容陈旧，完全不适应新的需要。马坚教授自费购买了许多工具书，25号楼的书房里到处都堆满了参考书，显得十分拥挤。当时国内阿拉伯文印刷技术十分简陋，为了校对每一个阿拉伯字母的读音符号，马坚先生用三年时间呕心沥血，视力也因此急剧下降。25号的小楼，见证了他拿着放大镜一条条校对的辛劳。

26号居住着西语系法语教授吴达元。吴先生在翻译方面最重要的贡献是翻译了被誉为“法国大革命序曲”的法国戏剧家博马舍的《费加罗的婚礼》。上过吴先生课的学生，都很难忘他的神采，柳鸣九回忆“他的生活方式，至少他的着装方式，基本上是洋派的。头发梳得整齐而光亮，偏左的一条发缝笔直而一丝不乱，戴一副金丝眼镜，平日总是穿西装，而且特别严整、配套，内有马甲，领带打得极有功力，皮鞋锃亮，整个衣着装束没有丝毫休闲随便的影子。‘人如其文’，整齐、洁净、利索、规范，就像他爽净、利索的语法课一样，也像最为有规有矩的法文语法，与北大不少名教授的不修边幅，正形成一道截然不同的‘风景线’。”这让当时许多没有出过国门的年轻学子，似乎看到了巴黎，闻到了法兰西的气息[①]。他在燕东园26号的书房，也是“窗明几净，雅致非凡”。与吴教授同住26号的，则是哲学家洪谦教授。26号后被北大幼儿园征用，现在已经拆除。

南洋风格的27号，曾经居住过美学家朱光潜先生，周启锐提到朱先生晚年患病卧床，一天家人突然发现他不在床上，竟然趴在一楼通往二楼的楼梯上，原来他卧病时也在思考问题，想去二楼书房查一下资料，谁知体力不支倒在楼梯上。

28号小楼，如今在北大附小院内，整修一新，这里居住过多位史学家，包括翦伯赞、邵循正、商鸿逵等人。商鸿逵每天清晨五点即起，在燕东园散步后开始工作。他被大家称为燕东园起得最早的人。

29号在如今北大幼儿园西门南侧，现已拆除，这里居住过经济系赵迺抟和周炳琳教授。厉以宁教授一直很感念周、赵两位前辈在困难岁月里对他的关爱和鼓励，从学生时代起，厉以宁就多次到这座小楼里，向住在楼

①《柳鸣九文集》，海天出版社2015年版，卷11《名士风流》，第242—244页。

下的周先生和住在楼上的赵先生请益问学。他大学毕业留校时，被分配在资料室工作。接受分配之后他到燕东园 29 号去看周、赵两先生，周先生建议他，把北大图书馆所藏的两种重要经济史杂志《经济史杂志》(Journal of Economic History) 和《经济史评论》(Economic History Review) 上刊载的经济史论文一一编写摘要，供教师参考，并说这不仅对大家有好处，厉以宁自己也可以从中受益。厉以宁认为周先生这一建议使他终身受益，是周先生把他领进了西欧经济史这一学术领域。那一天，他从周家出来，又去看赵先生。赵先生已经听说他分配在资料室工作，开导他说："你没有当教员，当了资料员，心里要想开些，不要计较名分，只要有真才实学，名分算个什么?" [①] 如今燕东园北门外有一家羊大爷涮肉馆，羊肉实在，价格公道，很受周围居民欢迎。有一次在饭馆墙上，我看见厉以宁先生在饭馆过八十大寿聚会的照片，当时还很惊讶。厉先生名满天下，八十大寿何以在这个小饭馆里？看了他对周、赵两位经济学前辈的追怀，就可以理解，小小的燕东园对他实在有着特殊的意义。

29 号还居住过化学家唐有祺院士和她的夫人医学家

① 厉以宁《回忆周炳琳老师》，高永中主编《中国共产党口述史料丛书》第六卷，中共党史出版社 2013 年版，第 857—863 页。

张丽珠教授。唐院士是上海南汇新场人，我曾经去过上海这个古色古香的小镇，见到唐院士的故居，那是小镇的骄傲，不成想他在北京的故居，就在燕东园幼儿园旁。他的夫人张丽珠被誉为“神州试管婴儿之母”，是中国试管婴儿技术最早的探索者。如今他们生活过的地方，萦绕着孩子们天真可爱的嬉闹声，永不寂寞，这中间真有不可思议的因缘。

说起园中的风雅，俞平伯三十年代曾在许季珣宅中，参加谷音社友的曲叙；五十年代，罗念生家中常有爱好京剧的学生前来学戏，她的夫人马宛颐京剧唱得极好。悠扬的钢琴声也时时回响在园中，徐献瑜先生的夫人韩德常是钢琴教育家，他们所住的40号，正在园中小桥旁。桥上往来的居民们，每每会听到桥旁飘来的美妙琴音。

从落成到今天已经整整九十载的燕东园，曾经给多少人留下美好的回忆，已经难以计数了。当然，这小小的园子，也同样经历了许多离别。曾经在燕大任教的郑振铎，当时就居住在燕东园，因为种种复杂的矛盾，他不得不在1935年去职，离开了燕东园。像这样无奈地离去，因为各种原因，不断在园中发生。更有像翦伯赞以及居住30号俞大絪教授在园中痛苦地结束自己的生命，就更令人悲伤扼腕。

这个宁静的小园，是大地的一隅，不可能置身于山河风雨之外，但它所独有的风雅与美好，呈现了中国近百年知识界的精神追求和学养意趣。很多在园中生活过人，都难忘这里的一草一木。然而，难忘和怀念究竟意味着什么呢？荷尔德林专家杨业治，在他居住33号小楼期间，翻译过荷尔德林的诗篇《怀念》，诗中写道："在那清风流动的尖角地/在种植葡萄的山地旁/多尔朵涅流过那里/和美丽的加洛纳/汇合，海一样开阔地/涌出了河流。海取走/但又给予记忆/而爱也使勤劳的眼睛注视。/但留存着的，是诗人所创建。"[①]杨先生对诗意的解说同样值得品味。他说："把诗的结句理解为指未来的事物，也许更有意义。"杨先生的意思或许是这样的：怀念是爱，爱会挽留流逝的生命，而这份对流逝之物的眷恋，又来自爱对未来的创造。没有对未来之美的创建，就不会有眷恋往昔的怀念。

我不知这样理解是否准确。杨先生在燕东园33号的书窗前，写下这一段解说时，或许不曾想到，他解说的诗句和自己身处其间的燕东园有什么联系，然而他点出了诗中的精义：怀念不是伤逝的颓唐，更是创造未来之美的蓬勃的力量。这是人间一切怀念的价值，也是怀念燕东园这个独特小园最有吸引力的地方。

写于2019年1月

① 张玉书主编《外国抒情诗赏析词典》，北京师范学院出版社1991年版，第889—890页。

琉璃厂邃雅斋王志鹏先生

今年 77 岁的王志鹏先生，解放前在以经营善本而闻名的邃雅斋书店工作。他精湛的古书抄补技术在琉璃厂书肆中独为翘楚，诚心敬业的态度赢得许多学者尊重。六十多年的书店生涯，使他成了琉璃厂这一文化胜地不可多得的历史见证人。

一、精本满架的邃雅斋

王志鹏 14 岁入邃雅斋当学徒。在 1956 年并入中国书店之前，邃雅斋坐落在琉璃厂西街路南，毗邻庆云堂、震林书局。据孙殿起《琉璃厂书肆三记》记载，它开设于民国十五年（1926），以经营善本古籍为主。在琉璃厂如林的书肆中，这家书店版本之精之善都罕有其匹。珍版秘籍，其价胜金，没有雄厚的财力，书店很难维持。邃雅斋没有显赫的靠山，但它的东家张樾丞却身怀绝技而又经营有方。张樾丞，名福荫，河北新河人。他最初在琉璃厂开了一家名叫同古堂的图章墨盒铺，经营文房四宝，同时为人刻图章赚钱。他“精通篆法，仿古篆刻，声振河北”（《琉璃厂小志》）。其《士一居印存》颇受瞩目，据王志鹏回忆，张樾丞当时刻章，每刻一字，即得现洋一块，最多的一天可刻至百字，财力日强。他又购房吃房租。钱多了，就不满足于同古堂的买卖，于是出资开设了经营古书的邃雅斋，让勤俭朴实的同乡人董金榜（字会卿）当大掌柜，深县人刘英豪（字子杰）、三河人郭景新（字子章）分别当了二掌柜和三掌柜。

这三位掌柜各有所长。董金榜才德俱佳，他深通目录学，一篇《邃雅斋丛书》的《序言》于丛书之制，条辨源流，绝非书皮之学所能尽道。邃雅斋经他手得了不少善本。他的勤俭朴实也是有口皆碑的，虽然当了掌柜，却从不拿架子乱花一分钱，外出办事都和伙计一样骑车去。张樾丞对这位同乡十分敬重，说：“钱交给他，放心。”二掌柜刘子杰则以“手艺好”、“眼睛亮”而深孚众望。手艺好指抄书、补书的技术高明，眼睛亮则指鉴别版本别具慧眼，他先后搜集到宋刊本约二十余种。三掌柜郭景新精细谨慎，专门负责给书店编写书目，经他编成的《邃雅斋书目》据说丰富而且翔实，可惜这份珍贵的资料在那场史无前例的浩劫中已化为一片纸灰。“二人同心，其利断金”，何况三人。邃雅斋在三位经理的通力协作下，业务蒸蒸日上。收书、修书、印书、售书，凡是一个老式书店必备的业务内容，这里都干得红红火火。据雷梦水先生《琉璃厂书肆变迁记》记载，光大掌柜董会卿就收到过多部罕见的善本，如黄丕烈作跋的明刻《周益文忠公大全集》，明兰雪堂仿宋活字本《容斋五笔》，明蓝格抄本《册府元龟》，明天顺五年刊本《宋学士全集》等。此外，王志鹏还记得经他手，书店卖出过宋刻《权载之集》、明刻《十竹斋画谱》、清刻《芥子园画谱》等。一部罕见的明文澜阁钞本《册府元龟》卖给了清华大学图书馆，经办此事的是著名历史学家吴晗。解放前，偏爱精刻善本的学者，在琉璃厂首先光顾的便是邃雅斋。北京当时各大图书馆，以及许多著名学者都和这个邺架盈珍的小书店往来不绝。

邃雅斋也注意销售晚近以来印刷的线装书。如著名的长沙集古书局就与它有直接的业务联系。书局所刻《庄子集释》《宋元名家词》等书籍，都通过邃雅斋在京城销售。

在琉璃厂，书肆卖书而兼刻书是十分流行的。藏书家称书肆刻印之本为“坊刻本”。近世琉璃厂的坊刻本或影印罕见之书，或以旧版重印，或照原刊本重刊，或辑印某一类书，或缩印大部头书，或以自著书出版。坊刻本当然职在赢利，但也使不少古书藉此流传。精本满架的邃雅斋在刻书方面也独树一帜，董金榜在《邃雅斋丛书》的《序》文中称此套丛书以传刻罕见不彰之书为职司。据王志鹏回忆，丛书在选目上接受了北大著名学者伦明的建议，荟萃了一批清代学者的考据之作，如焦廷琥的《三传经文辨异》，洪颐煊《孔子三朝记》《筠轩文钞》，陈奂的《师友渊源记》。这部丛书成了今天研究清代考据学的重要参考资料。此外书店刊印的《清代燕都梨园史料》缀集 38 种清代戏曲笔记杂著，成为不可多得的戏曲史料丛编。邃雅斋刻书必求教于通人学者，因此其刻书学术性之强，在琉璃厂是有口皆碑的。

邃雅斋自开办以来，经历了军阀混战、日军占领等种种劫难，尤其是抗战八年，京中学者大多南下，留京者生活拮据，无力购书，但书铺上下，始终同心协力，勉力维持，使之历经劫难而声誉不衰，这在琉璃厂也是不多见的。

二、抄书绝技

提起王志鹏在邃雅斋学就的古书抄补技术，琉璃厂许多人都叹为“绝活”。古书抄补是旧式书肆的一项业务。书肆经营古籍，并非简单的收购和转手出售，对不少残缺的古书要进行修补，整旧如新。残缺的书页，他们找来相同而完整的其他本子，按页抄全补齐；霉烂虫蠹之处，则设法补旧如新。这当然是为了书籍的增值，但作为一门越来越成熟的技术，对古书的保存和继续流传也产生了最初不曾料到的重要作用，甚至被专家学者誉为古书的“续命汤”。

这是一门手艺，不需要多么高深的学问素养，可也少不了一份别样的会心和专注沉静的气质。补写短缺的书页，难的是字体、墨色乃至行格粗细都讲究与原书毫厘不爽，而且决不能用影写摹画来敷衍。工欲善其事，必先利其器，邃雅斋设计了一种独特的笔床，以便于勾画行格。如今在王志鹏随身携带的抄书工具包里，还装着这件工具。一支与普通毛笔等长的木棍，一面挖成沟槽，使用时可以嵌入毛笔，木棍一端削成斜面，勾画行格时，只要把毛笔嵌入笔床，依笔床倾斜的角度勾画，一条粗细随宜的行格线就出现在纸面上。行格的粗细，并不靠更换大小不同的毛笔，只要善于使用笔锋和控制手劲，一支毛笔即可随心所欲。高明的抄补与原书上下浑然一体，不经特殊的指点，外行人肯定是真伪莫辨。

王志鹏 14 岁学徒，三年学徒生活结束时，他抄书的手艺在琉璃厂已经小有名气。当时法国驻华大使馆汉文秘书杜伯思经常来邃雅斋为汉学研究所选购图书，十分赞赏这位小伙计的高超技艺。在他推荐下，一位致力于介绍中国传统文化的德国人韩女士特意为王志鹏拍摄了正在抄书的照片，刊登在德国家杂志上。作为琉璃厂文化街的代表，与之一同刊登的还有邃雅斋东家张樾丞的照片。

王志鹏的手艺更为许多学者所赏识。抗战前，一位破衣敝屣的学者天天在琉璃厂搜书访书，这就是人称“破伦”

王志鹏年轻时在邃雅斋工作照

的著名学者伦明（字哲如）。别看他那副眼镜脏乎乎经年不擦，可那后面的一双眼睛却雪亮而且挑剔。琉璃厂书贾对他又欢迎又敬畏，喜他嗜书如命，畏他眼光苛刻。满琉璃厂，单单王志鹏的抄书手艺入了他的法眼。伦明专门出钱请他为自己抄书。解放后，酷爱收藏的李一氓为了整修自己的藏书，首先就想到了王志鹏。王志鹏让他们慕名而来，满意而去，还结下了很深的私人友谊。五十年代，在郑振铎倡议下，中国书店办起了古籍知识培训班，王志鹏应邀作了三次讲座，详细介绍了古书抄补技术。当中国书店在 1980 年重新印刷古籍时，他又担任了总监制的技术重任，在一部部装帧精良的新印古籍中，留下了他抄写的书页、书签。

王先生谦虚地说“抄书”不是学问。的确，这是一门技术。但抄补古书不是临帖习字，好的抄书手必须对书籍有深厚的了解和感情。在韩女士拍摄的照片上，我们看到正在抄书的王志鹏端坐在满架古书之下，翰墨书香似乎还可以透过历史的阻隔飘溢而出。王志鹏承认，他从这满架的秘笈珍版中受益甚深。多年的朝夕相处使他和书有了种说不出的默契。仿佛古书的字迹行款成了老朋友的音容笑貌，纸张装帧成了自己身上的鞋帽衣衫。耳濡目染的熏陶锻炼了识书的眼光，他不光善抄书，在外出搜求图书上也能独当一面。全国有十几个城市都留下他访书的足迹。他的修书技术也毫不逊色，对纸张性质了如指掌。中国书店曾为考定一部书的刊刻地而意见不一，他看纸张，便认定是湖南所刻，果然言中。书肆的“十八般武艺”他无一不通，因此，抄书对于他就像科班出身的京剧演员，于本功戏里显出扎实的功底和不同寻常的理解。他抄的书册，不仅与原作形似，而且探得其神。一门普通的技术，在这位能工巧匠手中，显示了“技也近乎道”的境界。

三、往来有鸿儒

琉璃厂是文人学者流连之地，学者与书肆交往的佳话也不胜枚举。王志鹏解放前曾长期为北京各大图书馆送书，他以精湛的业务知识和诚心敬业的态度，赢得了许多著名学者的尊重，成了他们的座上客，府中宾。

学者学有专长，对书籍也各有偏好。抗战前，清华大学哲学系教授张申府喜欢收集《列女传》，王志鹏为他找到百十来种，使张喜出望外。历史系主任蒋廷黼对有关北洋军阀政府的第一手资料感兴趣，王志鹏等店伙了解到废品收购站经常成批收进军阀政府倒台后丢弃的档案、通电，就主动与废品站联系，收购转卖给清华大学图书馆。北大经济系教授陈岱孙着力收求反映清代地租情况的《各省赋役大全》，清华心理系教授潘光旦偏爱家谱，王志鹏和店伙一一满足了他们的要求。这些学者所爱之书，与传统学术取向大不相同，在目录版本之学中也登不了大雅之堂，但对于他们在学术研究上开辟新方向无疑有重要的意义。这些在中国二十世纪的学术发展之路上具有里程碑意义的学者，他们的学术业绩中，应该说包含着像邃雅斋这样的书铺以及像王志鹏这样的书店伙计的一份功劳。

“凡是读书人真正需要的书，我们不赚钱也卖；多么普通不起眼的书，对学者有用，我们就给他找。”这是我们在这次琉璃厂之行的采访中不止一次听到的。开书铺当然是为了赚钱，但和学者之间的这一份感情，也许才是琉璃厂这块文化胜地真正的财富。

解放前相当一段时期，王志鹏天天骑车前往远在城外的燕大、清华。当这位夹着书包袱，眉清目秀的伙计敲响学者的大门时，迎接他的总是热情的接待——“他们这不是冲我，是冲我包里的书。”王志鹏从不居功，但没有有心的搜求，又何来包中的“珍宝”呢？学者挑选包中图书时，他总在一旁用心观察，以便搜书时“投其所好”。解放后，著名学者阿英成了邃雅斋的常客，王志鹏了解到他喜欢清代史料，尤其是民间小说、杂曲民俗一类，便天天不等他来，就挑好一摞书放在自己的办公桌上，以至于阿英来了，总是先奔他的桌子。一部《鸦片战争文学史》便多半靠了这张桌上的史料才得以问世。这样心灵手巧的有心人受到学者尊重，当然不足为怪了。极为融洽的友谊在学者与这位店伙之间日久弥笃。著名文字学家容庚曾为他用钟鼎文题写扇面，他家中至今悬挂着一幅启功先生亲笔

王志鹏在邃雅斋大兴加工厂工作照

的丹青，画上题赠“志鹏老兄”。

学者的勤奋与才华也对王志鹏产生了很深影响。他至今还清楚地记得张岱年、张荫麟等学者早年发愤用功的情景。张荫麟 25 岁即为清华教授，30 多岁英年早逝。他在有生之年摒弃了一切嗜好而专心读书。他的房间四壁图书，自己则整日伏案其中。王志鹏为其送书时，见其所穿布鞋，后跟已因长期磨损而成一大洞，也不及更换，而遇到好书，则倾力购买，不计贵贱。张岱年大学毕业后居北图附近酒醋局，息交绝游，向壁苦读，寥寥的宾客中夹着书包的王志鹏成了最受欢迎的一位。郑振铎是邃雅斋的常客，他气魄大，选书极广，同仁堂、达仁堂一类有名中药铺的中药目录也被他用心搜去，当然主要还是侧重于小说戏曲方面。郑振铎的细大不捐，也感染了书铺的伙计，让他们养成了手勤笔勤的习惯，时时处处作一个有心人。

卖书的离不开读书的，读书的离不开卖书的。这种水乳交融的亲密关系，正是琉璃厂在昔日得以兴盛的关键所在。令人惋惜的是，学者与书铺如此亲密的往来在今天的琉璃厂似乎已不多见，而王志鹏先生的绝活也后继乏人，虽然中国书店为此做出了巨大的努力，但并不令人满意的现状，使我们期待有更多的人来给予这一文化胜地以更多的关心。

后记：此文刊于《中国典籍与文化》1992 年第 3 期，

二十多年前在北大中文系古典文献专业读研究生时，古委会组织了对琉璃厂的调查，让我采访王先生并撰写采访报告。王先生谦逊和蔼，回答问题娓娓道来，记忆力惊人。我还去了邃雅斋在大兴的加工厂，看王先生如何制作抄书工具。收录这篇小文，寄托我对王先生的追怀。

诗词人生滋养大美与大爱

——叶嘉莹先生的境界

近日，94 岁高龄的叶嘉莹先生，将全部财产捐赠给南开大学教育基金会，用于设立“迦陵基金”，支持中华传统文化、古典诗词的研究。

叶嘉莹先生是南开大学中华古典文化研究所所长、中央文史研究馆馆员、加拿大皇家学会院士，是中国社会科学院文学研究所名誉研究员和国内外多所大学的客座教授；而在千千万万人心中，她是中国古典诗词最热忱的启蒙者、是诗心体悟最亲切的引路人。她把毕生的爱，都奉献给古诗艺术世界，孜孜不倦地耕耘于讲坛，渴望诗词精神薪火相传，生生不息。她说：“我既然认识了中国传统的文化，这么多美好、有意义、有价值的东西，我应该让下一代的人能够领会，也能够接受。如果我不能够传输给下一代，是我对不起年轻人，对不起古人，也对不起师长和老师。”她虽已是鲐背之年，却“骥老犹存万里心”，仍然充满神采地传道授业；如今，将毕生财产捐献给古典诗词的事业，更令人感受到她对古诗精神传承于无穷的深沉期待。

叶先生常说，古典诗词带给她生命的兴发感动，这种感动帮助她度过人生最艰难的苦厄，带给她对世界、对人生，最博大的感怀。这是她为古诗事业倾心奉献而不知老之将至的最深的动力，而从另一方面看，叶先生的学问与人生，也受到了古诗艺术精神的深厚滋养。在很长一段时间里，古典诗词远离了人们的精神生活，近年来，人们阅读古诗词的热情日见复苏，但对古诗艺术的精神还是不无隔膜。叶嘉莹先生的讲授所以令人感动，就在于她不仅用学识授诗词之业，更用自己的身体力行来传古诗之道。

任何诗词都离不开小我，都要写小我的悲欢离合。叶先生的一生，备尝了小我的艰辛坎坷。她早年丧母、中年漂泊，即使是晚年万里归来在南开授课，仍然过着中国与加拿大两地奔波的生活直到年近九十。她在南开的学生回忆，叶先生每年回加拿大的时候，学生们会去机场送行，但送行人进不了登机口，学生只能看着满头白发的叶先生独自背着大包去登机。是什么支撑了这位夕阳向晚的老人，如此孤独地万里奔波？对于叶先生来讲，是洞悉小我人生的通透，是恢廓小我心胸的博大，这些都是古典诗词最深的馈赠。

从通透的一面看，叶先生从少女时代起，就在不断经历亲人师友的离去之悲，慈母撒手人寰，她从“明珠掌上珍”，落入“憔悴委泥尘”；女儿的离去，让她深尝“万盼千期一旦空”的悲凉。人生的离别与孤独谁也无法逃避，这未尝不是《庄子》中的场景：“送君者皆自崖而反，君自此远矣。”然而《庄子》这个孤独的身影，却有着摆脱世累的自然洒脱。叶先生所深爱的大诗人陶渊明，正有这样的通透，他在感慨“人生似幻化，终当归空无”（陶渊明《归园田居》）的同时，仍然有对世界真淳的热爱，仍然写下“众鸟欣有托，吾亦爱吾庐”（陶渊明《读山海经》）这样温厚的诗句。

叶先生所崇敬的大诗人杜甫，则令她感受到恢廓小我心胸的博大。其实，流离一生的杜甫，写过最沉重的孤独：“江汉思归客，乾坤一腐儒。片云天共远，永夜月同孤”（杜甫《江汉》）然而，这种孤独不仅没有导向心灵的逼仄，反而更深地传达出诗人与天地宇宙共感的博大。在杜诗中，漂泊之叹、身世之悲，联系着对家国之忧念、对万物之关切，沉郁的诗句有着热烈真挚的感发力量，叶先生说，这是中国精神文化中最宝贵的遗产。在海外漂泊多年的叶先生，第一次来到古都西安，曾写下这样激动难抑的诗句：“诗中见惯古长安，万里来游鄠杜间。弥望川原似相识，千年国土锦江山。”（《纪游绝句》）悠久的文化、古老的家国，是她内心最深的系念。

无论是通透，还是博大，诗词都让人从“小我”的苦与乐，去感发“大我”的世界。叶先生说，这感发是诗词生生不已的生命。被诗句打开的“大我”，让叶先生的诗词人生拥有了淡泊名利、深沉宽博的大美与大爱。这样的大美与大爱，是叶先生令人景仰的精神风骨，更是中国古典诗词贡献给全人类的精神财富。

本文原刊于《人民政协报》2018 年 6 月 21 日

每一天都有新的读书计划

——我的本科生活

我的大学时代，已经过去二十多年了，二十年的岁月，推远了一切记忆，虽然许多片段，历历在目，但连缀起来，却恍惚莫明。我经常不理解，当年教我们的先生，个个满腹经纶，可为什么天天受教，我们还是有那么多糊涂？为什么四年之间，似乎所有的道理都听过了，还是有那么多的烦乱？二十年前的日子，是庄子梦中的那只蝴蝶，翩然美丽，可庄子真的理解那只蝴蝶吗？

不会的，他永远不会再理解，然而蝴蝶夺目的斑斓，会永远生动在他的梦里。今天，我愿意静静地，甚至谦卑地注目那些斑斓。

想起在北大中文系本科的岁月，总有一个感觉，好像那四年是不睡觉的，十一点熄灯毫无意义。听说男生宿舍，熄灯之后极为热闹，吹拉弹唱无所不有。女生这边要么在走廊长聊、看书，要么热烈地卧谈。我们宿舍的卧谈，经常从肖永凤开始。她喜欢先感叹一下，自己当天哪件事做得不好，然后我们便七嘴八舌地替她分析，胡兰江清晰而有条理，刘颂又最能渲染气氛，她用平仄连读六个“肖永凤”的“肖”，总能把大家逗得大笑。谁也不记得那么热烈的争论，最后如何结束，而新的清晨又开始新的话题。卧谈的内容很好玩，记得有一次听完校园歌手的比赛，我非常喜欢其中一个歌手，对另外一个则不屑一顾，正在我得意地评论时，程敏突然说，我其实完全走眼，那个我喜欢的歌手只是热闹，另一个则真有功力。我细细一想，她果然说得极是。如今程敏是中国最著名的《时装》杂志主编，眼光更加了得，好多同学说，没想到程敏干这一行这么出色，其实，只要听过她那一夜的卧谈，就会毫不奇怪。

当然，那种不眠的感觉，主要还是来自校园新知、新识、新问题的海量，似乎每天都有激动，听了一个讲座、看了一本新书，都可能要把人生计划修订一下，想说、想写的东西格外多。于亭第一学期给中国通史的老师交了一万字的报告；谢凌岚有一次在报上发表了一篇文章，她说那是在邮局写的，当时她好像是在等一个邮包，觉得有好多话在“奔涌”，胡乱抓了支笔就一气呵成。她有一阵子看张爱玲入了迷，一天熄灯后，在走廊一角递我一篇新写的文章，关于张爱玲，精彩奇幻，如今已经忘记文章的内容，可在昏暗的灯下读到眼睛发花的感觉，还是那样清晰。

这些很长的文字，可都是一个字一个字写出来的，那时候没有电脑，而且“诗外”的工夫更多啊。记得韩晓征毕业论文要写汪曾祺，那半年时间，跟陷了魔怔一样，汪老拜访了好几趟，整天捧着汪著琢磨，时不时地和我聊一阵子，弄得我都对汪的那些精彩片段如数家珍。真要写了，汪老说，他受不了严苛的学院式批评，害得晓征又好一通犹豫，怎么下笔，才不“伤”着他老人家呢？最后的论文，薄薄一册，现在谁这么写论文啊！

那时的我们，是一群写字很慢，也不漂亮的人，可我们有那么多的字要写，短短的白天如何够用呢？

激动的岁月，也有许多不安。文献专业的课程沉静笃实，但校园里流淌的是崔健、罗大佑的歌声，记得有一晚经过图书馆东草坪，团团围坐的一圈人正在唱《一无所有》，苍凉的旋律，仿佛与夜空在共鸣。大三的一天，晓征给我翻录了一盘斯汀的带子，名字是History will teach us nothing，我一边读着《十三经注疏》的双行小注，一边听着若远若近的旋律。直到今天，我都记得那种奇怪的感觉。

还有很多奇怪的感觉，记得有一天傍晚去听一个讲座，二教的教室座无虚席，而演讲者名不见经传，只是题目非常的吸引人。两个小时的演讲，没有一点停顿，回答听众提问，也是辩锋四起，难得的是，没一个人中间退场。二十年间，我常想起那次讲座，其实论内容，基本可属“惊人之论”，学术之规范不规范，更无从谈起，可是，为什么就忘不掉呢？当年那个破旧漏风的二教，已经拆了，新建的二教，整齐高大，一如现在的学问，那样精致而严谨。

不知是因为青春，还是因为时代，那时的人和人、事和事之间的障碍都少一些。老师就住在学校里，师生见面很容易，老师还会来宿舍，和同学挤坐在一起聊天。同学、朋友之间，也是那样自然地认识了、熟了……因为这样的“直接”，无论什么样的风光气象，总是一下子扑进窗来，让人激动莫名。

大三暑假的西部实习，是这一份激动的尽情宣泄，也让我们体会到许多别样的东西。西部的确是属于年轻人的，我们的实习虽然遇到登骊山时的瓢泼大雨，在火车站被小偷牵走食物，可还是越走兴致越高。敦煌实习结束后，我和肖永凤、叶英姿踏上西去新疆的火车，英姿的父母在南疆工作，他们派来的车已经等在吐鲁番，接我们翻越天山。那一路真是颠簸，车子好像要翻滚起来，十天的实习，已经很疲劳，我们一上车就忍不住打盹，只记得迷迷糊糊中头不断地磕向车壁和前面的椅背，磕得狠了，就醒过来，被眼前天山高大的横断山崖看傻了眼。那些高耸在辽阔蓝天背景下的山体，因为岩石的成分不同，在阳光下五彩绚烂，壮丽威严之中有森森神秘之气。

天山外的南疆，平坦而安静，我们住在英姿的父母家。一天吃晚饭时，英姿的爸爸说，他早上出门，邻居问他，三个闺女都回来了？英姿马上说："他也不看仔细点。"可英姿爸爸还是笑眯眯的。他和英姿的妈妈给我们吃各种水果，还带我们去参观当地的枸杞厂，从传送带上抓一把鲜红的枸杞，尝一尝，真甜啊。

我和肖永凤离开英姿家，要一起去北疆乌鲁木齐、吐鲁番。英姿的父母很不放心，他们甚至提出再把我们用车送到北疆，送上回北京的火车，我们坚决不干。最后，还是让我们乘火车去乌鲁木齐。火车翻越天山时，下起了雨，虽是盛夏时节，雨里似乎飘着点雪丝。火车开得很慢，有时甚至觉得是在沿着铁轨向下打滑。我们这才开始有点明白英姿父母说的危险。下了火车，乘汽车，我俩坐在后排，被周围的人挤得严严实实，旁边一对爷孙，爷爷教训孙子几句，那个七八岁的小孙子竟然抬手就给了爷爷一拳。我们真的感到有点紧张了。

当时，学生出门远行，其实有不少异样的眼光，我们全班在爬骊山时，遇到一个管理员模样的人，他见到这么一大群学生，特意跑上来盘问半天。我和肖永凤在乌鲁木齐和吐鲁番玩了好几天，去了天池、葡萄沟、吐鲁番的清真寺……反正一般旅游的人去的地方，都去了。我们警惕性很高，在车站等车的时候，会把背包捆在身上，不和人聊天。

从乌鲁木齐回北京，那时的火车要走三天三夜，我们两人只有一张卧铺票，决定轮着睡，可肖永凤让给我许多时间。记得在车上，我们对面的一位乘客，和我们聊了起来，聊着聊着，他突然问，有个民族的情况，我们知道不知道，我和肖永凤都说，回北京帮你去图书馆查一查吧，他哈哈大笑，说你们就知道查书，有很多办法可以了解啊。

这个人中途就下车了，我却总想着他的话，到现在，还会想起。那时一路上，因为是学生而紧张，紧张背后还是小小地在骄傲着，可原来我们只是会查书的学生而已。

从新疆回来，我迷上了西部探险的历史，读斯文·赫定，总记得一个情节，说斯文·赫定把壁画往回运的时候，天气酷寒，他怕壁画冻坏，就脱了外衣把壁画裹起来。我那时把斯文·赫定的传记塞给朋友看，说不到新疆，就不能理解作为探险家的他，为什么有这样的激情，可现在想来，我那时虽然去过新疆，但岂是理解的呢？那时我也会毫不犹豫地脱下外衣，可不知道要呵护的是什么？二十年间，我努力地在寻找那块“壁画”，今天，我找到了吗？

本文收录于《记得：北京大学中文系1987级毕业二十周年纪念文集》

心香一瓣

你要学文

——怀念我的父亲

父亲已经离世十年了，每思及此，我就感到心中有说不出的空落，仿佛被什么东西梗住喉头，模糊了双眼。往事还是那样清晰，父亲在书页上留下的批语还是那样历历可辨，然而时间已经过去了十年。

我的书架上放着一些父亲的书籍，虽然我自己买的书已经多于父亲的遗留，但这些书始终对我有很大的帮助。父亲多年坎坷漂泊，重回书桌后，经济上也不宽裕，直到九二年退休，一直没有多大的改善。记得在他的遗物里，我见到一张九十年代初的工资条，那上面的数字，在今天看来真是少得触目。钱既然不多，买书就要仔细斟酌，什么书是必备，什么书是参考，而参考之中当然还要区别主次，当年我常听他讲如何选择书，有时我兴之所至地买来一些书，父亲见到就会批评，说这是不急之物，要先买最重要的。当时，我虽然也能体谅家里经济的压力，但也多少会觉得自己的兴致受到打击，而今天想来，父亲讲的择书之道，又何尝不是生动的目录学呢?

八十年代的时候，父亲的书桌边有两架书籍，而父亲常坐在旁边的藤椅上，看着满架图书，对我说，将来这些书都留给你。当时，我只是觉得未来是那么遥远，而眼前最快乐的，就是不停地把架上的书拿下来瞎翻。父亲虽然总是抱怨我翻乱了他的书，但其实心里还是很高兴的，有一次他说，这叫“经眼”，我很奇怪，为什么随便翻翻书，还有这么典雅的说法，后来学目录学的时候，懂得了“经眼”的含义，而直到去年，我自己讲文献学的时候，才把傅增湘先生的《藏园图书经眼录》仔细地阅读，读着读着，我突然明白了当年父亲的话包含着多少期待，他未必一定要我也写一部经眼录，但显然他希望眼前的女儿能做个读书种子，把更多的书，更多的学问经一下眼。

我是很驽钝的，然而父亲近乎执着地期望我学古代的文史。记得高中文理分班的时候，他特意去见我的班主任，说我的女儿就是要坐冷板凳，不要让她读理科。当年修瑞娟大夫的事迹影响很大，我的班主任很想让我学医，报考协和医科大学，但见我父亲如此坚持，就没有再说什么。父亲当时常给我讲一件事，说八十年代初一次国际会议上，有日本学者说大陆人才凋敝，问中国学者是否需要他们派人来讲学以帮助中国，当时与会的一些老学者生气地说，我们这些老头子还没死绝呢。父亲说此事时，愤郁的表情如今似乎还在目前。八十年代的中国，流行的先是学好数理化，再是学好政经法，传统的文史是颇受冷遇的，记得当年我考大学时以北大的古典文献专业为第一志愿，竟有不少同学朋友为我惋惜，说为什么报这样的冷门。青年才俊无心于传统之学，老一辈学者已到暮年，而父亲那一代人也被“文革”耽误了最宝贵的时光。父亲常说，老祖宗的这些东西要传下去，他自己要补上那些被耽误的时光，而更要有年轻人来接续这个事业。

父亲常对我说，你是我的女儿，也是我的学生。记得他很早就让我背诵古诗，当时我的床头有一个陶瓷的大头玩具娃娃，是一个可以存硬币的储蓄罐，每当我背下一首诗，父亲就会说，大头娃娃里又多了一分钱，还说，只要不松懈，日积月累，大头娃娃就会被装满。父亲这样比喻，我觉得很有趣，也就很卖力地背诵。上中学后，一天，父亲很认真地拿出一本散文选，为我一字一句地讲了明代宋濂的《送东阳马生序》，这是他第一次为我详细地讲一篇古文，而且要求我全文背诵。直到今天，当我感到疲惫懈怠的时候，就会想起“天大寒，砚冰坚，手指不可屈伸，弗之怠”这几句话，也就会在内心对自己生出几分惭愧，这，大概就是父亲用它为我开蒙的良苦用心吧。

那以后，父亲常拿些古诗文为我讲解，记得有《长恨歌》《琵琶行》，还有《古文观止》上的不少文章，我也就听他讲解后再朗读和背诵。我朗读的时候，父亲经常是在另一间房间里伏案工作，我当时常奇怪他很喜欢安静的人，怎么能容忍我这样的聒噪。一次，曹道衡先生到家里来，当时我们两家住得很近，父亲常和他在一起讨论闲聊。那一次我正好在读《离骚》，因为是刚开始读，加上文中有不少“兮”，因此读起来也就拖腔拖调的，现在想来，自己的腔调一定很是好笑。奇怪的是，曹先生那天坐得格外长，他走后，父亲对我说，曹伯伯听你读《离骚》很高兴，还说将来要收你当学生呢。父亲对曹先生的学问为人一向十分敬重，他那天很是兴奋，而我只是为自己蹩脚的朗读被曹先生听到感到脸红，又如何能理解这幼稚的书声所带给他们的兴奋呢?

父亲很重视打基础，他希望我背诵一些重要的经典，记得我开始读《论语》的时候，杨伯峻先生的《论语译注》尚未再版，极不易得，当时也不像现在这样复印方便，父亲不知从哪里找来一本《论语批注》，是“文革”时期大批判一类的作品，每段原文之下都是大批判的话，但父亲指着原文下的小字译注，告诉我这就是取自杨伯峻先生的《论语译注》，所以只读这些译注就可以了。我就捧着这本《论语批注》第一次读完了《论语》，当时经常会很好奇地读一读那些大批判的话，我没有经历过“文革”，但从这本批判，也多少能感受到那个年代的自大与狂妄，如今，那大批判的语言我已经全然忘记，反倒是《论语》的许多话像刻在心里一样清晰。当年的读书经历，使我领会到经典的重要，如今社会上又出现了幼儿读经的现象，也引起了许多争论。父亲当年让我阅读经典的时候，我已经不是幼儿，因此父亲认为不能一味背诵，要有所理解，因此他建议我一开始读的，都是今人的重要注本，杨伯峻先生的几部重要注本都是他推荐的，至于一些重要的古注，我是上大学以后才开始阅读。用古人读经的标准来衡量，这当然是有欠缺的，但这样的读法的确带给我许多兴趣，不至于对深奥的经典望而却步。现在想来，这样的做法还是有一些道理，如今的社会虽然有更多的人认识到传统文化的价值，但像古人那样从小读经的整体社会环境毕竟已经一去不返，鱼儿既然早已离了水，不能再给它大江大河，至少开始要有一个盛满水的鱼缸，而兴趣就是这个鱼缸。

读中学的那几年，我对古典的兴趣越来越大，父亲也很注意培养我这样的兴趣。电视里演京剧和昆曲，他总是要我看一看，说读古书，听不懂京剧和昆曲可不行。他偶尔会提到自己年轻时也拉胡琴唱戏，但现在时间不多，只好像戒烟一样把唱戏的瘾戒掉。我一直对父亲当年唱戏的经历十分好奇，但父亲总是对此语焉不详。这次编文集时，程毅中先生告诉我，父亲当年在北大时和叶秀山、李思敬、马克郁诸先生一起唱戏，李、马二先生俱已作古，我就向叶秀山先生请教，叶先生说父亲京胡拉得很好，他们当年在一起十分愉快。父亲希望我多看京剧和昆曲，是希望我有多方面的修养。他很敬佩吴小如先生博通的才识，说像吴先生那样厚积薄发，就好像地下有旺盛的泉水，随便什么地方挖开来，就会有泉水涌出。有时他去拜望学界的前辈，或与朋友闲聊，也会带上我，对我说，你就坐在一边听着吧，这叫薰习。后来我上了北大，父亲十分高兴，这也是他的母校，每次回家，他都会听我聊许多听课看书的体会。记得一次我看了林庚先生的《唐诗综论》，兴奋得不得了，说了许多感想，父亲也同样兴奋，林先生是他最敬重的师长。那段时间，他说得最多的就是转益多师。

父亲也很重视思维和写作，他说干什么都要有一个清晰的头脑，因此要博观，要精思。现在想来，他很希望我对古典有兴趣，但也不希望食古不化，要有观察现实生活的敏锐。我上中学的时候很喜欢写作文，最喜欢写的是议论文，从生活里拈出一个现象议论开去，吸引了我极大的兴趣。父亲有时为我修改文句，有时还参与其中，记得有一次他拿来一张《讽刺与幽默》小报，指着上面的一张漫画，说可否写一篇杂文。他对我说得最多的，是想问题要明白通达，这要靠写作中的不断磨炼，还要靠多读书、多体会。他认为写作是训练思维的重要的方式，因此特别强调表达要准确、生动。

上大学以后，我对学术研究产生了兴趣。父亲说，做学问第一是要扎实，第二是要通达。他认为文献的基础特别重要，这直接影响我报考文献专业。那时，他常对我讲自己从事魏晋南北朝文学史料考辨的体会，说着他考证出来的某个诗人的行踪，好像在说老朋友的故事。只可惜我那时对魏晋没有多少兴趣，听他娓娓道来，自己却总觉得隔膜。通达是父亲一向强调的，而他所说的通达，含义很是丰富，视野要开阔，对材料的理解要体察人情世态，不可拘泥。

快毕业的时候，父亲要写一部左传学史，他希望我在他的指导下，协助他完成清代及民国部分。大四的下学期已经没有什么课，我就天天泡图书馆，慢慢地就读出了乐趣。写毕业论文时，我选择了清代学者校勘春秋经传的成绩作为课题。论文写好后，又进而展开对其他方面的讨论。写作中，父亲告诉我一定要从原始文献中得出结论，切不可先入为主，这个道理说起来容易，做起来却是很枯燥的，但它使我第一次切身地体会了做学问的含义。

从中学写作文，到大学写论文，父亲的要求都是很严格的，哪篇作业或论文得到他的肯定，都会让我高兴不已。记得硕士毕业那年，我把自己关于欧阳修的硕士论文给父亲看，父亲就着台灯，还是像当年改我的中学作文一样，在上面勾勾画画，而按照以往的经验，他勾画的越多，文章的问题就越多。我在一旁看了，不免很紧张。父亲看完后，只说了一句话，你这三年没有白读。我心中不觉如释重负，也许是看到我脸上的自矜，父亲紧接着说，你写成这样也是应该的，有多少好老师在指导你，还应该做得再好些。父亲总是这样，不停地告诉你天外有天，你还要向前走。

从读硕士开始，我就对唐宋诗歌有了浓厚的兴趣，父亲说，这非我所专长，今后你要走上研究之路，而我曾经告诉你的，不过是所有从事古典文史研究的人应该有的基础，就好比家门外的那座立交桥，所有人要到外部世界去，都要首先到达那座桥，再下来是向南还是向北，就是自己的事了。父亲说这番话的时候，看着窗外如织的车流，而我则对他的话似懂非懂。如今，我也许可以说已经从那座桥向前走了一段路，然而走得越远，我就越感谢那座把我带上通衢大路的桥。

父亲对我的期盼与教诲，融化于点点滴滴中，我深觉自己的笔是这样的笨拙和无力。谁言寸草心，报得三春晖。记得我考博士时是推荐免试的，只考了外语，而外语成绩也不错，所以被录取已经没有悬念。正式发榜后第一次回家，我自己虽然高兴，但并没有忧心惴惴后突然听到喜讯的惊喜，反倒是父亲，坐在书桌前，对我说，博士生回来了，语气是那样喜悦。现在想来这是多么难忘的一幕，然而我自己，当时只道是平常！

对于父亲的期盼，我常觉得惭愧，然而更多地是生出前行的动力。其实父亲不是完人，历尽坎坷，对于生活中的许多不如意，他也未能尽数超脱，但在这些烦恼之外，他身上有一种对待学问不泯的热情，而且执着地希望将这种热情一代代传下去。他用自己的执着告诉我学问的生气与博大，而在这样的事业面前，人能做的，唯有努力而已。

此文写于2005年先父沈玉成去世十周年之际，收录于《沈玉成文存》，中华书局2006年版

难忘的鼓励

——怀念我的语文老师

我在北京汇文中学上高一时，语文老师是李思璧先生。他这位语文老师，当得有点不逢时。学好数理化的八十年代，所有的语文老师，大概都生不逢时。我们班文理分班时，只有几个人选了文科，其余的都是义无反顾的理科生。语文课上做数学，早已习惯成自然。面对带着瓶子底一样的近视眼镜，像小老头儿一样其貌不扬的李老师，一开始，多年的故技，重演得越发心安理得。然而，这故技遇到李老师就不太好演了，他会在讲课中，突然抬起瓶底一样的眼镜片，抑扬顿挫地说："三班同学欺我老无力，公然对面做数学。"在一片哄笑声中，"公然"的同学至少要赶快将作业本转入"地下"，拿书遮挡一下，很快，他们连"地下"也不必转，因为李老师的课实在是太有趣、太欢乐，全神去听还来不及。

多年以后，我的一位定居海外的同学聚会时回忆，她上课坐第一排，觉得李老师的课太有意思，就拿了一个小录音机，放在书桌里偷录。晚上回到住校的宿舍，会重新播放一遍，全屋听得津津有味，甚至还要把其中好笑的场面，再模仿模仿。一屋人笑着心满意足地熄灯就寝。

奇怪的是，所有同学都记得李老师课堂的欢声笑语，但具体是什么内容那么好笑，又大多说不清。事实上，李老师的那些欢乐，不是刻意的相声，没什么刻意的包袱，他是要用一种独特宽松的气氛，去讲授知识。他讲赋、比、兴，指着窗外花坛边的小卖部说："花坛花儿大又圆，要喝汽水快掏钱"；讲文章该推敲，就常举冰心《樱花赞》里"几百棵花树拥在一起"，说这里用"拥"就比用"围"要好。这个意思简化成一句"拥比围好"。在班上，李老师只要一提"拥比围好"，不用批评，不用点破，大家就心领神会，知道自己的语言该讲究讲究了。有些欢乐则带着苦涩。李老师是个孝子，有段时间他的老母亲生病，医院、学校来回奔忙，看病要托人情、走后门，这些事自然也不在行，估计是很疲乏无助，正好那时讲到鲁迅《丧家的资本家的乏走狗》，他自嘲自己是个"乏孝子"，既筋疲力尽又低能无用，这个"乏"的解释，真是再也忘不掉。多年后，一班投身理科的同学，还会生动地说起李老师，因为他，大家对语文有了终生都不能割舍的热爱。

高中的学生都有了青春的叛逆，自尊敏感而脆弱，如何提醒纠错，估计让很多老师都很头疼。李老师的欢乐课堂当然不是一味让学生高兴。有位同学回忆，李老师一天很神秘地说，自己发现了一个秘密，让大家都把课本都摆出来，看看谁的课本新。回忆的同学说，自己当时所有的课本都很新，以为会受到表扬，谁知李老师话锋一转，说图书馆里的书看借阅的多不多，就看书有多脏。同学们的书，翻得越脏，越要受表扬。李老师特别指着一位远郊考来的同学的书，说书就要看到这个程度。全班同学的目光都落到那个同学的课本上，前面的几页都已摇摇欲落。这位远郊的同学后来考上清华，但一开始谁也没有意识到他如此刻苦优秀。李老师发现他的课本秘密后，他也成了全班读书的榜样。

最令全班同学难忘的，当然是李老师对每个人周记的批改。三十多位同学的周记本，是高高的两大摞。发周记时，每个人到讲台领了周记，急急翻看，杂乱中总有一种过年打开礼物盒的兴奋。那上面会有密密麻麻的评语、圈点勾画，而所有评语的主旋律，就是两个字——鼓励。多年以后，我的一位人大毕业、驰骋金融界的同学，把她写的许多随笔文字装订起来。她说这些文字，最想得到的，就是李老师的红圈圈，是李老师让她爱上语文，爱上写作。在毕业后的许多年里，我也会经常翻看自己的周记本，一次次被李老师的评语所激动。

我高一写的第一篇周记，李老师就在评语中写道："给你出个主意，愿意的话，看看报纸，争取每月给《北京青年报》这样的报刊，写点小议论一类的文章，要有见地，类似这篇。把文字改得再简洁一些。”我在这之前，感觉向报刊投稿是很高不可攀的事，李老师却在我交给他的第一篇文章下，给予这样的鼓励，当时真的是惊呆了。然而，既然老师都这样肯定自己，为什么不向着这个目标努力呢？那以后，像是内心的一团火被点燃，我要求自己的周记，一篇更胜一篇。那时也真是努力，在八十年代蓬勃的时代氛围里，好像有很多很多的所思所感要喷吐。李老师的评语也好像和我们一起，奔涌着热烈的激情。

在一篇十五岁感言的周记后，他写道：“好极了，多记下你的思绪，你的思想，你的观察，你的感情！”其实，我们的思想远谈不上成熟，那段时间，颐和园让服务员扮成太监、宫女接待游客，我很不以为然，写了一篇周记，李老师虽然对我的观点有他的看法，但还是这样写道：“立一家之言，持之有故，言之成理。虽然我到现在还不敢说你的说法，是对还是不对，但对你这篇文章是钦佩的，如果说你这篇文章不全面，然而要驳倒，也非易事。思想比较深刻，语言也犀利，而这两者结合得又那么自如，水乳交融，天衣无缝，对此，我只能献上我的敬佩之情，再加上一点点嫉妒之情，你才十五岁啊！硬要我说意见，我觉得观点有些偏激，可感情上又似乎欣赏你这态度。”

在他的宽容下，我似乎变得越来越敢想，越来越敢写，高一时，真的在报刊发表了作品。李老师崇敬鲁迅，推荐我们阅读许多大家的文章，看到周记中有什么缺点，也是有针对地推荐一些优秀的作品让我们学习。他酷爱阅读，晚年自己的家里已经堆满了书，只能勉强挤出一条窄窄的小道。剪报的习惯也保持终生，小山一样的书堆旁，是大本大本的剪报。他的语文课，讲课文，更是讲社会，讲人生。我的同学不无感慨地说，八十年代没有互联网，咱李老师就是互联网，他懂的东西，知道的事儿，怎么就那么多。上课触类旁通，顺手拈来，每篇课文都变得活灵活现。李老师在北京四中读初中，在汇文中学读高中，北京师范学院（今首都师范大学）中文系毕业后在汇文任教，一身才学，但二三十岁的好年华，也被耽误多年，所以到八十年代，他浑身是热情与干劲。一群充满青春理想的同学，遇到浑身干劲的李老师，在欢声笑语里，我们一路前行。

在我一篇被李老师认为是“跃动着八十年代明快进取激情”的周记下，他饱含期望地写道：“如果照这样写下去，一年，姑且说写四十篇吧，那么三年就是一百二十篇，如果一篇都比前一篇好，像贝利所说：我所进的最好的球是下一个，那你会有多高的成就啊！三年，三年后你才十八岁啊！……有这样的基础，要珍惜，这并不完全属于你自己！你的能力属于国家，脚步再踏实一点，眼光再远一点，目标再大一点！”

三年后，我以北京高考文科状元的成绩考入北京大学，李老师非常高兴，他作为老师在《语文报》上写了一篇文章，在文章中，他提到一个细节，他说高二的一天，那时因为文理分班，他已不教我了，但还是在走廊里叫住我，说让我好好学，他觉得我没准儿能考个状元呢。可爱的李老师在为自己的预言而得意，然而在复习应考的灰头土脸里，这大胆的预言是何等有力的激励。

在中学毕业后多年的日子里，我经常会想，他怎么会对一个高一的学生说“你的能力，属于国家”呢？这话让我惭愧，也让我奋进，什么样的成就，才能配得上李老师所说的“属于国家”呢？这让我无法因任何现实的成绩而满足，因为这样的惭愧，以至于我毕业后始终不敢去看李老师，怕自己没有达到他的期望。

去年年底，李老师在经历了不无孤独寂寞的晚景后，溘然长逝。同学们在回忆中一次次重温他带来的欢声笑语和永不停止的鼓励，虽然人到中年，但相信在李老师心中，我们还有无尽的可能。我们是他眼中永远的青年，而青年是国家，是人类的财富。祝愿李老师热爱的世界繁荣美好，愿李老师带给我们的欢声笑语和鼓励，长留天地之间。

写于 2018 年 1 月

绛帐恩深

——怀念启功先生

先生辞世，举国震悼。作为一代文化宗师，他的离去，使人感到泰山其颓的凄怆，而对于我自己，先生首先是慈祥的恩师，每当看到先生遗像上那温煦的神情，那仿佛在问我近来又做些什么的目光，我内心的悲痛都无法遏制。

还是一个中学生的时候，我就知道先生的学问渊深博大。十几年后，我从北大博士毕业，很想到中文传统深厚的师大中文系工作，当时知道师大中文系有中国古代文学的博士后流动站，启功先生和邓魁英先生是导师，心中也很希望能进入流动站从事博士后的研究。我把简历奉送给邓先生之后不久，邓先生对我说，能否进站，要首先征求启先生的意见，让我回去等待消息。那段时间，我心里非常忐忑，高山仰止的启先生，能给我这样一个承教于他门下的机会吗？好消息很快就传来，先生同意了，学校让我马上去办手续，当时我的很多同学工作都还没有落实，看到我这么早就定下了毕业后的出路，都替我高兴，而我能承教于启先生门下的幸运和幸福，又何止是解决了毕业后的出路呢！

记得去师大研究生院办手续的时候，在旧主楼后面的马路上，我突然看见前面赫然矗立着一块石碑，蔚蓝的底色上写着“学为人师，行为世范”八个大字，简洁有力，让人不由得肃然起敬。那一份气势，仿佛是苏轼称扬韩文公的“匹夫而为百世师，一言而为天下法”陡然再现于眼前，唤起每一个人的自励自强。当时，师大对于我，还是陌生的，然而就是这八个字，让我在那一刻感到这个宁静的校园，有着深厚的精神。后来我才知道这是先生为师大拟写的校训，现在想来，虽然那时我作为学生还没有拜见先生，但沐浴于先生的师德与师训，正是从那一刻开始。

进站不久，邓先生就带我去拜见先生，我很紧张，但先生特别温煦平易。我现在还记得，先生那天问了我一些过去的读书经历、家里的情况，而说得最多的，是人要向前看。先生说，过去无论好，还是坏，都不要去温习，学问要温故而知新，人生要多向前看。先生的话是如此平易，但现在想来，那含义是多么深刻。其实人最大的障碍就是自己，在人生的道路上，有多少人把“过去”变成了自己的包袱。先生的身上，承载着多少“过去”，他使人们体味一个古典时代的真正魅力，然而先生在精神上从没有被

“过去”束缚，他的睿智、他的达观，使人真正领略精神的活泼与自在，和孕育其中的创造力。

承教于先生的这些年，先生精深与精妙的学问，给我以深刻的启迪，而他在精神上对我的教诲，同样难以忘怀。记得进站后，我向先生汇报在站期间的研究计划。当时对于确立博士后研究课题，比较普遍的做法是在博士论文之外，另开一个新课题。但我感到自己博士论文中的很多问题，还没有想深想透，很想以博士论文的修改和深化作为自己的研究课题，但这会影响将来出成果的数量，因此心中很犹豫，毕竟看重数量的风气，在那时已经越来越浓厚了。我和先生谈了自己的想法，先生说，写文章，一定要想明白了再去发表，文章刚写好，不要急着发，放一放，就能看出问题；就好比馒头刚刚蒸好，不能马上吃，要搁一搁。先生说这是当年陈垣先生的教诲，自己谨记不忘。先生的话，坚定了我修改论文的信心。在修改论文的过程中，我经常因为问题纷纭复杂而感到理不清思路，写作设想也经常改变，和先生谈起，先生经常不做正面的回答，而是和我谈他对一些作家的理解，如谈到白居易，就谈他那些富于禅意的诗作，谈他那种平易直白的写法，还谈到清代的子弟书。先生说，白居易改变了传统士大夫的姿态，所以他的诗别是一样。先生还谈到杜甫，谈到律诗，谈到苏轼……话题是如此活泼，而精妙的见解，也如万斛泉涌，不择地而出。两年后，我顺利地完成了出站报告，先生的眼睛不好，可三十多万字的报告，他读完了。他对我说，你这里写的就是白居易，白居易很重要，把他写好了，写明白了，很有意思。其实，这些年，我感觉先生对文章的要求就是要“写明白”。先生自己的文章，篇篇都是不枝蔓、不玄虚，切中要害的“明白”之作，这看似平常，却是为学的至高境界，它需要学识精深广博自不待言，而在学风上更需要力去浮华，言无矫饰，先生于这两者，都是当世的楷模。

先生对我的关心与爱护，更是润物无声。记得出站前，我很希望出站后留在系里工作，对先生谈起自己的心愿，他很是高兴，此后多次问我留校的事怎么样了。因为系里讨论通过比较顺利，先生也十分高兴。留校以后，我的工作和生活，都得到了先生的关心。我在站的时候住在西三旗的育新花园，那时的育新花园刚建成不久，离学校比较远，周围也还很荒凉。记得和我同时进站住在育新的一位南方来的博士后，说自己一来北京，就“下放”了。先生很详细地问过我居住的情况。一次，系里一位同住育新的老师见到我，对我说他见到启先生，说起自己住在育新，先生竟很熟悉。他很惊讶，先生这才说是因为我也住在那儿。先生的关心与爱护，就是如此真挚而质朴。后来我搬回学校，又从四合院搬到塔楼，先生记得我住十三层，见面时还总是对我说，你住的是“玲珑宝塔十三层”。

我留校以后，开始上课，备课时遇到疑难，就去向先生请教，先生很关心我上课的情况，问我课堂上学生怎么样；还说当老师，一定要有错马上改，学生不会怪你。后来系里派我去韩国讲学，先生就和我聊起韩国的一些情况。我到了韩国给先生打电话，先生在电话里还聊起《训民正音》与韩国语。我从韩国回来后，有一天先生对我说，听说你在那里课讲得不错，很受学生好评，我不知先生是听谁讲起，但先生说这番话时，慈祥和蔼而又欣慰的面容，现在还在眼前，那一刻，我觉得先生真像一位慈祥的爷爷。

工作后不久，我的母亲得了重病。刚发病的那一阵，我因为跑医院，有一段时间没去先生家，后来打电话给先生，我说很抱歉没来看您，因为母亲病了。先生在电话里就很着急地说："我好好的，不用看，照顾老太太要紧。"在母亲治疗的几年里，我每一次见到先生，他的第一句话，一定是"老太太怎么样"。听我说问题不大，他才会再谈别的话题，如果情况不好，他也会忧心不已。有一次过节前我去看他，他说："老人遇到过节还好办，人来得多一些，怕的是平时冷清，要多回去陪陪老太太。"

记得我的出站报告快出版时，先生因为眼睛不好，写字已经很不便了，还是为我题了签。书出版后正赶上教师节，我敬呈先生指教，先生很高兴。两年后，这本书获得了先生当年设立的励耘奖学金的学术成果奖。然而，此时先生的身体已经很衰惫了，见到先生的衰惫，我几乎没有什么得奖的喜悦。我们的成绩，能换回先生的健康吗？

在先生离去的痛苦中，我一遍遍回想在先生门下八年来的点点滴滴。以先生的达观和仁爱，他无求于我们任何的回报。他希望我们真诚治学、活泼向前，用全力去思考，永远不要故步自封，不要被任何成说束缚。他许多深刻的指点，我仍然要不断琢磨体会；而他温煦的教诲所带给我的力量，更会永远给我以勇气，去探寻古典世界的精奥，去理解学术对于人生的意义。

写于 2015 年 8 月

梅棣盦问学

——怀念陈贻焮先生

在听到不幸消息的那个清晨，我匆匆地赶向先生的家，车窗外飘起纷纷扬扬的雪花，阴沉的天空好像压向胸口；又经过朗润园南边的那座小桥时，我的泪再也无法止住。以前去看望先生，他送我出来，总是要远远地走到这里才回去，那时候，身边是摇曳的湖光，先生总是一边感叹，一边说应该把这一切写进诗里。如今，寒冰铺满湖面，而我竟是来为先生送行。

我真的不知道应该用什么样的笔墨来怀念先生，每一次试着写下什么，都觉得十多年的回忆是那么重，而我的笔是这样轻。在先生的面前，我一直有一种复杂的心情，一方面如坐春风，一方面内心又对自己有许多不满。对先生的为人为学，我常恨自己不能深切领会，他的许多话，我常常要回想许久，但终觉自己的理解不能惬心的当，有时候甚至生出“未之能行，惟恐有闻”的感觉。如今，这种感觉变成了痛心的遗憾，我真的不能“有闻”了，而我是多么希望多听、再多听一些先生的教诲！

十多年前考上北大中文系后，在新生军训结束不久的一个初冬傍晚，我来到了先生在镜春园的家。先生与师母围坐在火炉旁，房间不大却充满了温馨。师母为我沏了一杯清茶，拿出可口的小吃。先生说他们都很高兴我以优异成绩考上中文系，鼓励我好好学习，说着说着，就称赞起葛晓音老师，鼓励我要像葛老师那样读书、做学问。师母拿出一本相册，给我看葛老师的照片，先生说，葛老师就住在隔壁，以后找机会过去看她。那时，葛老师住在全斋，离先生在镜春园的家很近。过了没几天，先生和师母就带我来到了葛老师的家。葛老师的家很挤，有一点乱，但她和先生讲的话，却在我的眼前展开了一个很辽阔的世界，我记下了他们在谈话中提到的书名，其中主要是指点我读的入门书，这张书单伴随了我大学生活的许多时间。而先生和葛老师对我的关心，也从那时开始，伴随着我人生中的每一步。七年以后，我研究生毕业，先生和倪其心老师一同推荐我免试攻读古典文学方向的博士研究生，师从葛老师。我常常想，以自己的驽钝，自己得到的实在是太多、太重了。

燕园十年，我选修过先生的《杜甫研究》和《唐诗研究》，然而最不能忘记的是在先生家里如坐春风、在燕园的湖光塔影之间，与先生、师母闲行漫步的那些时光。无论是在翠竹依依的镜春园，还是在平湖弥望的朗润园，先生的家永远是那么温暖。无论是与先生、师母一起静静地欣赏案头的水仙，还是与前来求教的学兄欢声笑语，只要进了先生的家，世上的尘杂就好像被关到了门外，心里装满素心向学的快乐。先生又是最爱自然的，春花初放，他喜欢早起与师母一同到未名湖边散步；秋霜初结，他又喜欢在未名湖的后湖漫步，称迂回寥落的后湖是山阴道上。我有时与先生一起散步，他会指着路边的草木一一介绍；还会念叨起自己喜爱的诗人，吟诵那些诗人的诗句。先生镜春园的家里修竹娟娟，记得一个初夏的傍晚，先生轻轻地抚摩着竹身上淡淡的白霜，说这就是王维诗中的“绿竹含新粉，红莲落故衣”。王维的这句诗我是读过的，但看着眼前的青青翠竹，看着先生爱抚的动作，我感到诗句中的生意好像一下子扑面而来。

在先生远行后的这些日子里，我常常想，从先生十多年的关怀与教诲中，我究竟学到了什么。在悲伤的回忆里，我不停地想到许许多多的往事，但却很难整理出一个清晰的头绪。听先生讲学问是极大的享受，但先生的讲述又似乎无迹可求，不会有什么套路，总是活泼泼地不择而出。对先生的很多话，我现在还不能很深入地领会，在这篇短短的小文里，我只能谈谈自己印象最深、受益最多的那些教诲。

先生常说的一句话，对我有很大的影响，那就是搞科研要从读集子开始。记得刚上大学时，我的眼前陡然展开一个异常丰富的世界，各种学问、各种见解令人应接不暇，加上当时正是宏观的文化讨论最兴盛的年代，我也急切地希望迅速掌握所有的知识，解决很大的问题。在选修先生的《杜甫研究》这门课时，我的读书报告选了一个很大的题目，引用了中国传统文化讨论的一些观点，很得意地交给先生。先生看了，他肯定了我文章中对杜甫诗作的一些具体的体会，对那些“宏观”的观点并没有做什么点评，而是对我说，要多读作品，多理解作家，让自己的每一句话都从作品中来。应该说，在心事拏云的大学时代，我并没有很好地体会先生这句话的含义。

大学毕业时，我成为古典文献专业的硕士研究生，师从倪其心老师攻读宋诗的整理与研究。先生知道我上了研究生，而且想研究宋诗，很高兴，又一次对我说，要多读文集，把重要的作家一家一家地读下来，打好文学研究的基础。在参加《全宋诗》整理工作的同时，我认真地通读梅尧臣和欧阳修等人的诗集。这时我才真的体会到先生说的“读集子”并不是一件轻松的事，这里会牵涉到异常广泛的内容，而一旦一首一首地面对作品，许多现成的宏观结论就会自然地暴露出问题。我读得很吃力，虽然有老师的指导，但很多问题，直到现在我还是觉得心有未安。这一段刚刚开始读集子的经历，让我对先生的意见有了初步的体会。

攻读博士学位后，我在葛老师的严格要求下，认真阅读唐人的重要别集，为论文的写作打下基础。在进入论文写作之前，我集中阅读了自杜甫以后的中晚唐诗人别集，写出读书报告。对每一篇报告，葛老师都认真修改，正是在这样的学习中，我进一步体会到理解作品的艰辛之处，懂得了自己的局限和应该努力的方向。

现在回想起来，先生所说的“读集子”，看似简单，却是我真正走进古典文学研究这个世界的津梁。当然“读集子”只是形式，真正的精髓是要深刻地理解作品、理解作家，而这一点是研究古典文学最吸引人的地方，也是最艰苦的地方。“集子”应该怎么读，作品应该怎么去理解，每个人都可以有自己的方式，方式可以不同，但理解却有浅深之别。深刻的理解，心通古人，可以对作家作品的各种现象做出有内在联系的解释；肤浅的理解则是不顾作品实际的概念诠释。我从来没有听先生专门讲授过阅读作品的方法，但他的精神世界，他对古人的理解，他谈文论艺、知人论世的娓娓闲谈，却无时不给我以深刻的启发。

先生是用心在与他研究的古人交流，从他身上，我深刻地感到感情的沟通，是理解诗歌和诗人的关键。先生为了撰写《杜甫评传》一目失明，写到动情处，他常常伏案痛哭。记得刚开始读先生的《杜甫评传》时，看到先生写杜甫羁旅长安、流离秦陇和漂泊西南时的种种痛苦，虽然是学术性的评传，却笔端极带感情，我自己常常被先生书中一些话所感动。后来向先生谈起我的感受，先生没有说什么，只是反复地感叹说，他喜爱杜甫、景仰杜甫。先生就是这样，他谈到自己喜爱的作家和作品，并不做很多理性的分析，只是沉吟体味、击节赞叹，但寥寥数语却让听众陡然觉得自己与那位遥远的古人一下子心意相通。有一次，先生说起杜甫很景仰陈子昂，先生说自己也对子昂有很深的感情，还特意拿出自己为射洪陈子昂讨论会所做的《伯玉歌》来吟诵，慨然以风骨自任的陈子昂在先生的笔下呼之欲出。事实上，这正是杜甫身上的一面。还记得在《唐诗研究》课上，先生讲到王维的“落花寂寂啼山鸟，杨柳青青渡水人”，我已经记不清先生当时具体的讲解，只记得他边讲边望着窗外，那时窗外正是一片春色，迟迟的春日和披上新绿的杨柳，生意盎然而又不无惆怅。以后，我每次读到这两句诗，总会想起先生的那节课，想起当时窗外的春色。那以后，我又许多次在春天，在那间教室眺望窗外，却似乎总缺少了些什么，我知道是先生把诗中的春天，连同它的感情带到了当时的窗外，那一刻我看到的不是一个普通的春天，而是王维笔下的春色。

每当我随着先生的讲授而进入古人的情感世界的时候，内心总是充满惊喜与感动。然而从先生的教诲中，我又深刻地体会到要理解古人，单有“情”的沟通是不够的。对于古人的喜怒哀乐，既要“象忧亦忧、象喜亦喜”，又要懂得其所以如此的原因；既要得其情，又要知其心；而

“心通”是更关键的，倘若没有“心通”，也就不会有真正的“情通”。记得在选修先生的《唐诗研究》课时，先生在课堂上讲到李商隐的无题诗。在一次课下的闲谈中，先生拿出他早年创作的一组无题诗给我看。我读着“帝哀杜宇千峰雪，月魄姮娥一枕霜”这样的诗句，惊叹它何以与玉溪诗境如此逼似，原来平时开朗的先生也曾有过像李商隐一样的伤感与凄婉。那时我自己正经历感情的挫折，内心也有许多惆怅。在交读书报告的时候，我就用自己的苦闷来分析李商隐的无题。我以为这篇文章既是自己的真情之作，先生一定会给以肯定。先生看了以后，语重心长地对我讲，李商隐是很感伤的，但你对他的感伤并没有讲清楚。要多读他的作品，把各种内容的作品放在一起读，一起想，不能只盯着无题诗这几首作品。我当时真的很想知道先生自己对这个问题的意见，但先生并没有正面去谈，只是介绍我读他有关李商隐的几篇文章。说实话，我当时听了先生的意见不免有些沮丧，然而过了一段时间，书读得多了一些，生活中的事也经历了一些，再回过头去看自己当时的文章，对先生的话多少有了一些体会。李商隐的感伤固然是来自感情的挫折，但这样的挫折何以在他的笔下幻化出如此奇异的诗境，就不能不考虑到他身世的整体和艺术的整体，要理解他独特的内心，不能只是借着古人来说自己的情感。在努力做到与古人“心通”这个问题上，我看到了先生作为学者的深思与冷静，这种冷静不是心如止水，而是全心忘我地理解古人的投入，也许这是一种更大的热情。

我总觉得先生所追求的与古人心通，已经不仅仅是一个做学问的方式，这种追求已经融化到他自己的精神世界之中，他用人生来实践着自己所心仪的精神境界，他的为学与为人是融合的，因此谈起学问，谈起古人的风范，总是神情自然，全无一点做作的地方，没有高深奇怪之论，却在每一个细节都禁得起回味，禁得住推敲。

先生十分景仰陶渊明，记得我就要离开燕园的时候，先生让我从他的诗集中挑一首喜欢的诗，说是要写好送我。我挑了题为《冬日西湖》的一首七绝："春花秋月媚幽姿，淡抹浓妆各自宜。要识西施清绝处，铅华洗净是冬时。"先生很高兴，说这首诗他自己也很喜欢，特别是最后一句。我相信这是先生心声的流露。看到这样的诗句，我就会想起先生。先生爱陶渊明，当然首先是爱他的傲骨，对世间一切有傲骨的人他都很赞叹。记得一次去看先生，他刚刚参加诗词大赛的评奖回来，对一篇怀念彭德怀的作品激赏不已，他一边不断地吟诵着"冢上已生三宿草，人间始重万言书"的诗句，一边说彭德怀是真正了不起的人。

先生晚年过着简朴的生活，但每一次走进他简朴的房间，我们都可以感受到浓浓的情意。先生与师母患难与共，他每一次谈起师母，总是毫无掩饰地流露自己的深情，总是说自己一辈子多亏有了师母。他有一次给我看他母亲的照片，他说自己去给母亲祝寿，还给母亲磕了头。说话时，先生的神情就像一个孩子。先生爱自己的家人，看到他对家人的深情，我就会想到他在《杜甫评传》中写到杜甫在安史之乱中与家人相濡以沫的那些句子，就会明白为什么这些句子让人那么感动。先生爱家人，也爱他的学生和朋友。他称赞葛老师、钱老师，称赞学生的每一点进步总是不厌其烦。每一次学生要毕业远行，先生都无一例外地要伤感许久，他会在家里举行家宴为学生饯行。十一年前，这样的家宴变成了一次陶然亭之游，我有幸参加。至今，当年的春水绿波似乎还在眼前。先生搬到朗润园后，他曾经对我讲起，自己的书房取名“留云”，是取陶渊明《停云》的诗意。变“停”为“留”也许可以说只是一般的文字变换，但我却觉得先生的脱化流露出更深挚的情意。

对于先生的重情，我曾经并不能很好地体会其中的珍贵。随着年龄的增长，特别是步入社会，我逐渐发现，其实真诚的亲亲友友并不是一件简单的事。先生的重情，并非简单的儿女情长，而是有精神的风骨支撑其间。他献身事业的怀抱、淡泊名利的胸怀，使他对充满坎坷的人生表现出纯真的诗情。他对亲友的爱，对学生的关怀，又哪一点不渗透着自己一生的理想！正是从先生的身上，我更多地理解了陶渊明、理解了杜甫，他们永无倦意地表达着自己真诚的亲情与友情，用自己脱俗的风骨，为平凡的人生带来诗意。先生一生没有什么惊天动地的伟业，但他用自己的生命实践了对古人的理解，他会和那些伟大的灵魂一起留在我的心里。

先生是一位诗人，他爱写诗，也很珍爱自己的作品。他喜欢把新作亲手抄录复印，赠送给朋友和学生。遇上学生们一同登门，一起接过先生的新作，分头捧读的时候，那气氛就好像过节一样。先生总是说研究古典文学要自己会一点创作。钱志熙老师诗词写得很好，先生对此赞不绝口。先生很鼓励我写诗，记得陶然亭春游以后，我写了一首七绝，填了一首小词送给先生过目。先生竟大为高兴，那以后他常会对我讲些做诗的要领。这么多年来，我的诗并没有什么长进，很辜负先生的期望，但先生的许多教诲却留在我的心中。

记得有一年暑假，我去外地旅游，见到一位身世很传奇的企业家，回来写了一首歌行。先生看了却说，这位先生的经历是很曲折，但是诗不是把他经历的事记下来就行了，要写出诗的味道。他接着举了一个例子，说小时候家乡一位先生写了两句诗“雨打芭蕉如擂鼓，风吹柳絮似飘球”，像是像，但一点诗味也没有。又说自己曾经梦中得句“两个鸦争上下枝”，醒来觉得很好，就补成一首七绝。他说诗就是要有那么一点意思。他还说到袁枚的《随园诗话》，说作诗要讲性灵。先生的话让我想了很久，后来去敦煌实习，我又写了几篇习作给先生看，先生说这回有一点意思了。

先生晚年在病中，天天在翻看自己的诗词作品结集而成的《梅棣盦诗词集》，直到手再也拿不动那本并不很厚的诗集。一本诗集就这样被他翻烂。我去看他的时候，他会拿着诗集问我喜欢哪一首，然后就用乡音抑扬地吟诵。有时屋里的光线已经很暗，先生已经看不清书上的字，他的声音变得含糊却不会断。在生命最后的时光里，先生依恋着自己的诗作，还有什么能比这更能说明先生的赤诚的诗心！如今，先生带着他心爱的诗集长眠地下，有诗集相伴，他应该不寂寞了。

这篇短短的回忆小文，比起先生十多年的关怀、教诲实在是太短了。回忆历历在目，然而我却始终理不出一个更好的思路来囊括更多的内容。实际上，对先生的为人为学，我还有很多的地方知之未深。以前听先生谈文论艺，我常常恨自己不能马上领会，先生总是说“不要着急，慢慢就会懂了”、“重要的是心上懂，不是理上懂”。先生让我体会到理解一个博大精深的古典世界的不易与乐趣，我会始终用心去接近这个世界。我知道，用自己的心，真诚地体会，真诚地为学，这是先生留给我的最宝贵的教诲。

写于 2000 年 12 月

做关怀大生命的学问

——怀念张晖

张晖离世后，我常常想起他身前的温和与沉静，想起在单位的走廊上，我们彼此碰到，他谦和又诚恳地打招呼。我有时会想，如果师友对他动情的追思和真诚的赞扬，张晖能在身前听到，他会不会能开心一些？他是不是就不会有“无声无光”的感叹了呢？

然而，在生死暌离面前，这样的假设实在太过简单，现实中的坎坷和孤寂是难堪的，任何人都愿意听到赞誉，然而以张晖内心的所寄，这人世名誉地位的声光，其实并不能从根本上，带他走出“无声无光”的孤独。当他在暗夜中，面对沉默的慈寿寺塔伏案疾书时，他经历着怎样的焦虑，心中涌动着怎样的力量，这看上去很好回答的问题，却一次次让我困惑。许多次，我展读张晖的遗作，读着读着便悲伤难禁，然而那一本本素净的遗作，总是安详地展开在那里，一如张晖沉静的样子。我越来越明白，必须从难抑的悲恸中平静下来，只有平静，我才能真正走近这位温和的朋友。

第一次见到张晖，是在台湾的“中研院”。我去参加一个会议。张晖当时正在那里做博士后，也来旁听。会议茶歇的时候，一位喜欢开玩笑的“中研院”老师，把我带到张晖面前，狡黠地说这位是“张飞”。我看到一个满身书卷气的书生，抱着会议厚厚的论文集，微笑着站在那里，实在和这个赳赳武夫的名字搭不上关系。正疑惑间，那位老师连忙更正，不是“张飞”，是“张晖”！原来他就是《龙榆生先生年谱》的作者。以前曾经拜读过吴小如先生为张晖《龙榆生先生年谱》所作的书评。吴先生无论评书论文，都是严于臧否，竟然对一位年轻学子的著作称赏有加，实在不同寻常。张晖的名字也因此给我留下很深的印象。突然见面，张晖全无青年才俊的张扬，而是那样欲讷于言，叫他“张飞”，也全不分辩，只是憨憨地笑。他说，他已经读了我的论文，有时间要一起聊聊。

去台湾的时候，我正在准备调文学所，张晖已经听说，他很诚恳地对我说，我来文学所，他很高兴，以后可以更方便地论学。我调入所里时，他正担任古代室的秘书，总是耐心地告诉我许多事情该怎么做。在过去的五年里，我和张晖有过许多次愉快的聊天。或是在办公室，或是在工作午餐的饭桌边，还有就是下班的路上一起坐公交车、地铁。我们都住得离单位远，有很长一段可以同路，无所不聊的交谈，常常让我们忘记车厢的拥挤。回想闲谈的内容，好像都是关于学问的，即使有一些不相干的话题，也总是马上绕回到学问，以至于我一直以为张晖除了酷爱学术，好像对很多事情都没有兴趣。后来看到许多师友的回忆，才发现他其实很有生活的情趣，喜爱甜食，对菜肴也有自己的品鉴，然而我实在是太惭愧，这些事情竟然都没有发现。

记得几年前，所里到江西去考察，在一处风景很美的山路上，所里的同事三三两两，边走边聊。我和张晖好像聊起一本书，当时细雨濛濛，我看到好看的景色，总忍不住提议给他照张相，可张晖似乎对照相全无兴趣，但为了不拂我的好意，还是勉强站在指定的位置。几次下来，我才意识到他的心思全在那本书上。贞观出生的那年，我和几个朋友一起去看小贞观。襁褓中的小贞观，可爱极了，我们问着小贞观的种种，张晖倒插不上话，一直是张霖在回答。快到中午，张霖很体贴，让张晖带我们出去吃饭，张晖在饭桌上又谈起他当时思考的问题，一下子话又多了起来。我记得那一次和他很仔细地讨论了港台的抒情传统研究，他谈到自己的诗史讨论，谈到诗史与抒情传统的关系。那一顿午饭，好像直谈到下午四点多才结束。

然而闲谈总是被忙碌打断，2012 年夏天，我去台湾大学访学一个月，回到所里后很想和张晖聊聊在台湾的感受。可他好像很疲惫，不想多谈什么。后来听同事说，他当时家里头绪繁杂，心情不好。年底的一次会议上，北京难得地下了雪，开会的宾馆在郊外，地上还很有一些积雪。会议间歇时，大家都出来在雪地散步，张晖说他正在整理龙榆生先生的全集，感到很累。我看他的确是很疲惫的样子，就劝他不要给自己压太重的担子。张晖不置可否，默默地踏雪而行。后来，我了解到他已经为全集付出了很大的心血；他一定是感到很吃力了，可还是默默地坚持。

张晖离世后一个多星期，北京下了一场很大的雪，我看着狂野地压满枝头的积雪，和突然放晴、湛蓝的天空，突然为张晖感到一点点如释重负的感觉；因为，他在阴沉的天空下，踏雪而行的步履，有一种说不出的沉重，那沉重似乎随着这大雪而冰释，而消融。然而，这消融，来得太晚了。

我常常很愧疚，当时看到张晖很疲劳，为什么没有多劝他休息，没有能做点什么来分担他的劳累；然而更惭愧的是，虽然我们有那么多快乐的论学，但我没能在他身前，对他的学问和生活有更为全面的理解。清贫的生活、艰难的职称晋升，无疑都是沉重而难堪的，但张晖对学术如此地全力以赴，晨抄冥写，呕出全部心血，绝不是单单为了生计和声名。据说，发病前的那个春节，他夜以继日地撰写南明研究的书稿，其时他刚刚晋升副教授，仅仅从今后晋升职称的角度来看，并不需要如此拼命。

张晖无疑是优秀的学者，但他同时又是一位很特别的学者。他接受了非常好的学术训练，也取得了优秀的成绩，但他在论学时，对自己的成绩似乎全不在意，总是在谈新的计划、新的想法，还有就是新的困惑。谈到一些问题如何解决，有些他过去的研究已经有所涉及，但他也很少去提，而是大家一起在想新的办法。他很少谈自我，极少有成见，而对别人的想法，总是专注而热切地倾听。

这种沉潜的风格并非单纯性格温和使然，而是源于内心的抱负。记得有一次，我们在图书馆碰到，当时我正在借俞平伯先生的著作。我对张晖讲，自己希望写一篇俞平伯散文与六朝文之关系的文章。张晖则说他有一篇文章写俞先生，回头发给我看。这就是他那篇《俞平伯的淑世情怀》。在文章中，他着力谈到俞平伯先生对世患的忧虑，对学术意义的思考。一介书生，对于灾难深重的社会，能有什么作为呢？俞平伯先生虽然努力探索学者的淑世之路，但看得出，“学术有什么用”，是张晖在写作此文时，最为焦虑的问题。后来和他谈到此文，我说，学者也只能以学者的方式来表达淑世之意。张晖则不无困惑：“那么学者的方式，究竟是什么方式呢？”

这是一个让我们相对无语的困惑，张晖却一直没有放弃他的思考。他有很强的社会人生关怀，认为学术要有深刻的社会使命，但是，他也不同意把学术研究等同于时评、杂论，更不同意无视学术的严谨，而随意发挥所谓现实用意，在谈到“诗史”不可随意曲解时，他说：“诗歌是一种特殊的文献，而非用来简单证明历史的文献材料。阅读者要充分了解诗歌的体制和美学，掌握语言文字的细微之处，熟悉同一时代诗歌文本的趋同与差异，才不至于对诗歌的意义产生错误的把握，从而导致对某些历史信息的误判。最后方可曲径通幽，由诗歌的微妙门径进入一个更为广阔、真实、丰富的历史阐释空间。”（《中国“诗史”传统》）他也不同意学者用无谓的、消耗性的方式来表达现实的困惑。平常朋友聚会谈天，酒酣耳热之际，免不了讥弹时事、品评八卦，每当此时，张晖总是很淡然，对这样的话题似乎并没有太大的兴趣。在他去世后，我才读到他那篇《寻找古典文学的意义》，他说：“有理想抱负的研究者，在生活中和开展学术活动的时候，会感受到很多不如意之处，甚或一些较大的不满，但学者没有将这些不满内化为学术研究的动力，提升学术研究中的思考能力，反而是通过喝酒叫骂或者做课题捞钱等简单的方式抒发了、发泄掉了。试看学术史上第一流的学者，我们就可以知道，学术的向上一路是怎么走的，而学者一旦将对政治、社会、文化的诸多不满内化为治学的驱动力，则必将大大提升学术的境界。从黄宗羲、顾炎武、王夫之一直到章太炎、陈寅恪，我们的研究莫不如此。具体到古典文学研究中，很多研究成果都诞生于学者对于时代的紧张的思索之中。”读着这段话，我不禁想起有一次职称评审失利，张晖心情很低沉，但他没有抱怨任何具体的人与事，而是很茫然地说，为什么学术的价值似乎并不被看重？他在自己的痛苦里，似乎想到的是读书人更深的无奈。如果他的“目光”能短一点，能在酒酣耳热之时，讥弹发泄一番，或许就可以不那么沉重。然而，他要走“向上一路”，他要去思考天下读书人的苦。

他也知道自己是“无用”的一介书生，救不了别人的苦，连自己也救不了，可他总把这个“苦”背在自己身上。从大学时代的《龙榆生先生年谱》，到遗作《帝国的流亡》，他一直在关注文人士大夫在复杂历史中的痛苦命运，关注他们为维护尊严，所进行的痛苦挣扎。他以扎实的材料和细密的考证，揭示一个又一个看似弱小的生命，在历史洪流中的沉浮；而尤其值得体会的是，他对古人的观察，蕴含着一种对大生命的关切。鲁迅先生说：无穷的远方，无数的人们，都与我有关。这种对大生命的关怀，是人文学者最珍贵的品质。文化的精魂，乃是蕴含于这样的大生命之中。由无数小生命汇聚而成的大生命，包含着小生命一切的忧戚喜怒，却又有着超越具体小生命的力量；而一切历史中的小生命，又只有在这个大生命中，才能得到最充分的理解。

胸怀大生命的学者，无论是对自身学行的砥砺，还是对研究对象的观照，都有很独特的地方。张晖的求学之路，经历了许多对自我的挑战，从南大严格的考据文献训练，到港台的理论思辨与文学诠释，他在磨砺中不断打开自我的视野；工作以后，他又不断有新的探索。对于学界的朋友，他总是无私地给予帮助。他为我的小书《汉语思想的文体形式》撰写书评，参加关于小书的讨论，热切地鼓励我在研究中探索新的道路。这些也寄托着他自己开拓学术的巨大热情。

张晖的研究，涉及许多具体的历史人物，从表面看，他善于以扎实的实证来勾勒和梳理历史人物的行实，揭示其复杂的历史处境，而从深层看，他对知人论世有着深入的体会。孟子所说的“知人论世”，是与其“性善”之说相配合。“性善”奠定了人与人相知的基础，使历史中具体的个人，成为大生命中的一分子。离开了对大生命的关怀，缺少了同情共感的基础，“知人论世”往往难以深入地展开。张晖对其研究的对象，常有一种深刻的“温情”。这在他研究龙榆生时，即已鲜明地呈露。不是对对象刻意回护，而是在真实复杂的历史情境中，理解对象“尽吾心力不彷徨”的精神历程。在研究钱澄之等南明士人时，这样的温情，使他的分析，于细致绵密中，萦绕着深沉的慨叹。他尤其期望思考，书生与文士，如何用他们生死相依的诗与文，来表达经世的理想与精神的超越。他关于中国诗史传统的研究，就寄寓着这样的关怀，而对钱澄之真与悲之诗学命题的思考，也同样在回答这样的问题。他正是用这样的方式，思考着“文学的力量”。

对大生命的关怀，使得他的学问仿佛和人生的蓬勃郁秀之气相接，不断激发新的思考。朋友谈到张晖的许多学术计划，他的学问向未来敞开着如此多的生机和可能，这才是他的猝然离去，最让人痛惜的地方。

然而大抱负，无疑要面对大磨难，向上一路，必然是不好走的。在学术高度专业化的今天，任何一条具体的专业之路，都路途崎岖。张晖亲身领受大陆与港台的不同学术传统，他也期望融合不同学脉，走出一条自己的路，但这其间的艰难，非同寻常。从大的方面来讲，大陆与海外学界在经历长期的分隔之后，开始相互了解，但深入交流和相互融通的风气还尚未成熟，一个学者如果不想浮光掠影地“博采”，而想有更好的兼综与创发，就要付出艰辛的努力。作为一个真诚的探索者，张晖正经受着这样的压力。

而从人生来讲，关怀大生命的抱负，也需要辅之以对自我这个小生命的化解。张晖遇到许多生活中的不如意，他要由一己之苦，去思考天下之苦；然而人生矛盾的是，愈是要担当，愈是要放下。放下什么？放下自己。大抱负要靠小小的自我来承担，这个自我逃不开人世的烦恼，愈是知道这个被寄予重任的自我是如此渺小和无奈，也许愈能脱离烦恼，生出力量。记得当年从启功先生受业，第一次见先生，先生就对我说：“人要向前，不要温习烦恼，过去的便过去了。”先生一生受尽坎坷，而他那些“看来究竟我为谁”的自嘲与顿悟，正是自我的放下。放下之后，才有更加不泯的坚与净，才有更加博大的宽容与成就。先生是在极痛苦中领悟这层放下，如果张晖也能于此有所体会，他肩头的重担，或许能减轻一些吧。

如果不是这样早的离世，张晖的学术会有丰富的未来，他的人生，也许会经历峰回路转而有更多的宽裕与从容，然而这一切都已无法假设。世界是生生不息的川流，张晖所期望完成的工作，会有后来者来做，而他已经完成的研究，在将来也可能有新的增补和充实。任何有形的成果和想法，都是有限的，都是历史长河中的一瞬，但是，对大生命的关怀，却让张晖的文字，留下了长驻的温度，而每当我们回想起这位温和而又真诚的朋友，总是能重温那种探索新知的激动和素心论学的温暖，能够在将要疲惫的心中，燃起新的热情。这就是他留在这个世界上的声与光，也是一个真正的人文学者，一个似乎百无一用的书生，留给这个世界的意义。

写于 2014 年 3 月

后记

从上大学起，我就开始进入古典学术世界。求学之路上，得到许多师友的教诲与帮助。各种学习和工作的因缘，让我有机会走出国门，见识世界学术的多种风光。这本小书，是历年问学思考的一点体会。

改革开放让中国学术焕发生机。在这个腾涌的时代，少年者慷慨有以自立；斑白者亦不知老之将至，几代学人共同奋进于文苑；其中有学问奠基于民国的老一辈学者，有新中国培养的第一代学人，有八十年代崛起的新生代，还有新世纪更具国际视野的年轻学者。小书中记录的师友，年辈不同，经历各异，学术各擅风神。我能在求学之路上遇到他们，或立门墙受教，或一同放舟于学海，或读其书而想见其为人，都离不开这个独特的时代。

到其他国家和地区的访学与交流，有震惊，有感动，当然也有至今仍不能很好解答的困惑。哈佛大学的严谨、高强度，和普林斯顿高研院的宁静随性，形成强烈反差，显示了美国学术的多样传统；俄罗斯文化的独特气息，韩国对儒家文明的传承，台湾地区的精神氛围，都让我思索不已。这些经历强化了我对海外汉学和中外文明交流课题的持续关注。

荀子以解蔽为治学之要，而学者不仅要突破小我的拘束，更要突破自己所身处的代际局限，在生生不已中，理解自身的使命。充满激情的时代，调动起几代人的热情，在共同的时代舞台上创造与交流。多样人生学术的碰撞，让学者获得往古来今的真切体验，而打开的国门，更赋予这种碰撞以多文明交流的开阔视野。览夕秀与朝花，望天涯其路远，这是一个激情时代涤除鄙吝、恢廓胸襟的宝贵馈赠。

小书所记，是一点观察与思考，写作时间跨越多年。学有代变，取舍万殊，思考和体会总是光景常新的；然而一些昔日的笔墨或许会真切存留时代的气息，所以没有做大的改动。面对一个可以更好领略文明之深厚与广大的时代，小文一束，远不足以呈现学海涛澜的壮阔，却希望传达一点观澜的感动与感怀。非常感谢凤凰出版社给我这样一个机会，梳理自己的思考，感谢倪培翔老师、李相东老师为小书付出的辛劳！

2019 年 6 月于京西燕东园

凤凰枝文丛

三升斋随笔	荣新江 著
八里桥畔论唐诗	薛天纬 著
跂予望之	刘跃进 著
潮打石城	程章灿 著
会心不远	高克勤 著
硬石岭曝言	王小盾 著
云鹿居漫笔	朱玉麒 著
老营房手记	孟宪实 著
读史杂评	孟彦弘 著
古典学术观澜集	刘　宁 著
龙沙论道集	刘　屹 著
春明卜邻集	史　睿 著
仰顾山房文稿	俞国林 著
马丁堂读书散记	姚崇新 著
远去的书香	苗怀明 著